Claudia Kaufmann

DAS
HAUS DER
GOLDMANNS

Claudia Kaufmann

DAS HAUS DER GOLDMANNS

1. Kapitel

Britta

2023

J a?«

»Hier Prosch, von der Polizeiinspektion zweiundzwanzig in München. Spreche ich mit Britta Stadler?«

»Ja.«

»Dann sind Sie die Tochter von Margit Stadler?«

»Ja.«

»Wir haben Ihre Mutter an der S-Bahn-Haltestelle Englschalking aufgegriffen.«

»Was?«

»Sie irrte dort orientierungslos und völlig verwirrt herum. Offenbar war sie auf der Suche nach einer Bar, in der es Lambrusco gibt.«

»Lambrusco?«

»Sie wusste nicht mehr, wo sie wohnt. Zum Glück hatte sie einen Ausweis in der Tasche. Wir haben sie heimgefahren.«

»Danke.«

»Dann haben wir nach Angehörigen gesucht.«

»Und mich gefunden.«

»Sie sind das einzige Kind?«

»Ja.«

»Es hatte Minusgrade in der Nacht, sie hätte erfrieren können.«

»Es ist ja nochmal gut gegangen.«

»Ihre Mutter kann keinesfalls mehr allein bleiben. Sie müssen etwas unternehmen.«

»Und was?«

»Ihre Mutter muss betreut werden und Sie sind die nächste Angehörige.«

»Aber ich wohne in Hamburg und meine Mutter in München!«

»Dann müssen Sie etwas organisieren. Mein Kollege hat Ihnen ein paar Nummern von Beratungsstellen rausgesucht, bei denen man Ihnen vielleicht weiterhelfen kann.«

»Danke.«

Ich schaute auf die Uhr, während der Polizist Telefonnummern herunterratterte. Zwei Uhr nachts, nicht die Zeit für banale Mitteilungen, oder etwa Liebesgeflüster. Das war die Zeit für Katastrophen.

Ich dachte an meinen Vorstellungstermin am Vormittag. An die S-Bahn-Station Englschalking. Wo war das überhaupt? Eine Bar, in der es Lambrusco gab? Wer trank so etwas heute noch? Die Gedanken jagten in meinem Kopf herum wie eine Horde Schafe auf der Flucht vor einem Wolf, und als es mir gelang, sie halbwegs zu ordnen, blieb die Erkenntnis, dass ich mich um meine Mutter kümmern musste. Um ihre Wohnsituation, um all das, was ich bis jetzt erfolgreich vermieden hatte. Bereits bei dem Gedanken daran wurde mir die Luft knapp.

Ich versuchte, tief durchzuatmen, und wurde allmählich ruhiger. Im Organisieren war ich gut und bestimmt konnte ich von hier aus alles in die Wege leiten. Vor dem Vorstellungstermin würde ich noch die Nummern, die mir der Polizist gegeben hatte, durchtelefonieren. Mein Blick blieb bei dem Wort *Alzheimergesellschaft* hängen und es begann mich zu frösteln.

Wie lange war es her, dass ich sie zum letzten Mal gesehen hatte? Drei Jahre? Oder waren es schon vier? Damals war schon nicht zu übersehen, dass ihr Gedächtnis nicht mehr das Beste war und sie Sätze ständig wiederholte. Ich hatte es als normale Alterserscheinung einer Trinkerin abgetan, immerhin war sie über achtzig und hatte bestimmt schon einige Gehirnzellen dem Alkohol geopfert.

Der achtzigste Geburtstag war auch der Anlass meines Besuchs gewesen, allerdings hatte ich es an dem Tag nicht geschafft, war aber immerhin drei Tage später zum Gratulieren gekommen.

Margit, wie ich sie nennen musste, seit ich sprechen konnte, weil sie fand, dass das Ausdruck einer liberalen, partnerschaftlichen Erziehung sei, obwohl es nur Ausdruck dafür war, dass sie sich einen Dreck um mich scherte –, also Margit erzählte mir von der rauschenden Geburtstagsparty, die ich versäumt hätte und bei der sie so viel Spaß wie selten gehabt habe.

Es kam mir seltsam vor, weil das Haus ziemlich unordentlich war und im Kühlschrank abgelaufene Lebensmittel vor sich hingammelten. Wie hatte sie das mit der Party hinbekommen? Aber im Grunde interessierte es mich nicht.

Alzheimer, wirklich? Ich googelte die Krankheit und konnte mir beim besten Willen nicht vorstellen, dass Margit davon betroffen war. Vielleicht war es nur eine vorübergehende Gedächtnisschwäche, irgendetwas, das sich mit Vitaminen und ausreichender Flüssigkeitszufuhr wieder ins Lot bringen ließ. Wie oft hatte ich gelesen, dass alte Leute nicht genug trinken würden, womit ganz sicher kein Alkohol gemeint war. Und kochte sie sich überhaupt etwas? Meine diesbezügliche Frage hatte sie mit einem Lachen abgetan. Sie gehe lieber aus, hatte sie behauptet.

An Schlaf war nicht mehr zu denken. Um sieben stand ich unter der Dusche und um acht rief ich die Nummern an, die mir der Polizist gegeben hatte. Es dauerte ewig, bis ich bei einer Stelle jemanden ans Telefon bekam. Immerhin eine freundliche Stimme, die nicht mehr ganz so freundlich war, als ich zugab, Margit schon lange nicht mehr gesehen zu haben und nicht zu wissen, was mit ihr los sei.

»Dann wäre es wohl dringend ratsam, mit Ihrer Mutter zu einem Neurologen zu gehen«, sagte die Frau, bevor sie auflegte.

Um zehn war mein Vorstellungsgespräch. Ich hatte mir noch schnell eine Maske ins Gesicht geklatscht, aber auch die konnte den fehlenden Schlaf nicht kaschieren. Aus dem Alter, in dem man mir eine durchwachte Nacht nicht ansah, war ich leider raus. Ich schlüpfte in einen Hosenanzug, schlang meine Haare zu einem Knoten zusammen und schminkte mich sorgfältig, um einen halbwegs seriösen Eindruck zu machen.

Während ich mich mit meinem Fiat durch den Hamburger Verkehr quälte, dachte ich an den Flug nach München, den ich buchen musste, den Termin beim Neurologen und an all das, was danach vielleicht auf mich zukäme.

Immerhin schaffte ich es, nur ein paar Minuten zu spät bei der Immobilienfirma zu klingeln. So stylisch wie die Büros war auch der Inhaber. – *Nennen Sie mich ruhig Philip, wir sind hier nicht so förmlich.*

An der Wand hing Fotokunst, eine riesige Vergrößerung eines Rangierbahnhofs, dessen Gleise sich im Unendlichen verloren.

Ich weiß nicht, warum mein Gehirn dieses Bild mit dem S-Bahnhof assoziierte, an dem Margit hilflos herumgeirrt war. Jedenfalls brachte es mich vollkommen aus dem Konzept. Erst als Philip mich abwartend ansah, wurde mir klar, dass er mich etwas gefragt haben musste. Keine Ahnung, was, ich hatte nicht zugehört. Etwas irritiert wiederholte er, ob ich schon Erfahrungen auf dem Immobiliensektor gesammelt hätte. Ich stotterte etwas, das ihn von meiner Kompetenz überzeugen sollte, doch es seinem Gesichtsausdruck nach zu schließen keineswegs tat. Kurz gesagt, ich muss einen katastrophalen Eindruck bei Philip hinterlassen haben, dem die Coolness aus allen Poren quoll.

Das Einzige, womit ich punkten konnte, war mein angeblich angenehmes Äußeres, das Philip auch bewogen hatte, mich zum Vorstellungsgespräch einzuladen, wie er freimütig zugab. Denn hier sollten Luxusimmobilien an den Mann gebracht werden und die Makler sollten den Eindruck erwecken, auf der Sonnenseite des Lebens zu stehen, wobei gutes Aussehen in jedem Fall von Vorteil war.

Wie man sich auf der Sonnenseite des Lebens fühlt, wusste ich nicht, denn dort hatte ich mich selten aufgehalten, aber ich versuchte mit einem verschwörerischen

Lächeln so zu tun, als ob. Wahrscheinlich grinste ich nur dümmlich, denn der Blick von Phil – so wurde er von seiner ebenfalls coolen Assistentin genannt – kam mir fast mitleidig vor, als er mich mit einem laschen Händedruck und der Floskel *Sie hören von uns* verabschiedete.

Die Arbeit in diesem Maklerbüro wäre keineswegs mein Traumjob gewesen, aber angesichts der Ebbe auf meinem Konto würde sich eine monatliche Gehaltszahlung gut machen. Zumindest war der Job etwas, das ich mir zutraute, hätte ich das Vorstellungsgespräch nicht total vermasselt.

Danke Margit, dachte ich boshaft, wobei sie nun wirklich nichts dafürkonnte, dass ich schon wieder versagt hatte. Das Versagen lag bei uns in der Familie, nur dass ich es nicht mit Alkohol bekämpfte wie meine Mutter. Ich war schon oft gescheitert, beruflich und privat, müsste eigentlich daran gewöhnt sein, aber das war nicht der Fall.

Ich machte einen Termin bei einem Neurologen in München und buchte einen Flug. Margit anzurufen, davor scheute ich mich. Was sollte ich ihr sagen? Ich entschied mich dafür, sie einfach zu überraschen.

Sie schien aber gar nicht überrascht, als sie die Tür öffnete, stattdessen musterte sie mich kritisch.

»Grün steht dir überhaupt nicht, seit wann trägst du Grün?«, empfing sie mich.

Ich war so perplex, dass ich sie nur verblüfft anstarrte. Sie hatte enorm abgenommen und ihre braunen Haare waren offenbar schon ewig nicht nachgefärbt worden. Ihr Pullover war bekleckert und sie trug eine ausgebeulte Jogginghose. Sie war ungeschminkt und hatte, dem Geruch nach zu urteilen, auch länger nicht mehr geduscht. Margit, die immer großen Wert auf ihr Äußeres gelegt hatte, wirkte plötzlich wie eine uralte Frau.

»Wie geht's dir?«, fragte ich, und nachdem sie keinerlei Anstalten machte, die Tür freizugeben: »Lässt du mich rein?«

Margit bemerkte meinen Handgepäckkoffer. »Verreist du?«

»Ja«, erwiderte ich, und konnte mir ein Grinsen nicht verkneifen, »von Hamburg nach München.«

Der Witz kam nicht an. Ich ging an ihr vorbei in die Halle, die eine Garderobe beherbergte und von der eine breite Treppe in den oberen Stock führte. Im Erdgeschoss befand sich neben einem Gästebad die Küche, daneben eine Schlafkammer, die wahrscheinlich in früheren Zeiten einem Dienstmädchen als Unterkunft gedient hatte, ein Esszimmer, ein Kaminzimmer und ein riesiges Wohnzimmer. Alle Räume waren mit zusammengewürfelten Möbeln aus verschiedenen Epochen bestückt. Einige waren antik, andere aus der Gründerzeit oder den Fünfzigerjahren. Niemand hatte sich die Mühe gemacht, hier für etwas Gemütlichkeit zu sorgen.

Wie jedes Mal, wenn ich das Haus betrat, überkam mich eine gewisse Schwermut. Als ob sich die dunkle Patina mancher Möbelstücke auch auf mein Gemüt legen würde und für negative Erinnerungen sorgte.

Wie oft hatte ich Margit geraten, die Villa, die viel zu groß für sie war, zu verkaufen, oder zumindest das ganze Mobiliar rauszuschmeißen. Doch Margit, die mir in meiner Kindheit tausend Versprechen gegeben hatte und keine Skrupel hatte, sie zu brechen, hatte angeblich ihrer Mutter geschworen, das Haus nie zu verkaufen. Und daran hielt sie fest. Das einzige Zugeständnis, das sie im Laufe der Jahre gemacht hatte, war, eine Spülmaschine in die Küche zu stellen und eine Waschmaschine in den Keller.

Das Haus zeugte noch von einstiger herrschaftlicher Pracht, war aber mittlerweile ziemlich heruntergekommen. Nie war es mir mehr aufgefallen als heute. Es war offensichtlich, dass sich Margit eine entsprechende Instandhaltung nicht leisten wollte oder konnte, wobei ich auf Letzteres tippte. Ich hatte mich nie groß darum gekümmert und war, sobald ich einen Studienplatz gefunden hatte, der weit genug entfernt war, nach Hamburg gezogen.

»Ich mach mir mal einen Kaffee«, verkündete ich mit aufgesetzter Munterkeit. »Magst du auch einen?«

Ich bekam keine Antwort, aber sie folgte mir in die Küche, die vor Dreck starrte. Auf einer Herdplatte stand ein geschmolzener Wasserkocher, den sie statt auf die dafür vorgesehene Heizplatte auf den Herd gestellt hatte. Das hatte er nicht überstanden.

»Du kannst einen Wasserkocher nicht auf den Herd stellen«, belehrte ich sie schulmeisterlich und dachte darüber nach, was Margit hier sonst noch alles anstellen konnte. Würde sie irgendwann das Haus in Brand stecken?

»Kommt denn Frau Reiser nicht mehr?«, fragte ich. Soweit ich mich erinnerte, war die Putzfrau früher einmal die Woche im Haus.

»Die hat mich bestohlen, da habe ich sie rausgeschmissen!«, sagte Margit.

»Schade, mir ist sie immer ganz tüchtig vorgekommen«, entgegnete ich und suchte nach Kaffeepulver. Aber es war keines da. Auch keine Milch, Butter, oder gar Brot. Im Kühlschrank fand sich lediglich ein vollkommen vergammeltes Steak und zwei Flaschen Wein.

Ich entsorgte das stinkende Fleisch. »Nachher fahre ich einkaufen«, kündigte ich an. »Wird Zeit, dass sich jemand ein bisschen um dich kümmert.«

Margit starrte mich an. »Warum?«

Was sollte ich darauf sagen? Sie hatte ja recht. Bisher hatte ich mich nie um sie gekümmert, genauso wie sie sich früher nie um mich gekümmert hat. Und auch jetzt tat ich es nur, weil sonst niemand da war. Weil es meine verdammte Scheißpflicht als Tochter war, wie mir der Polizist am Telefon klargemacht hatte.

»Ich bring mal meinen Koffer rauf«, sagte ich statt zu antworten und ging die Treppe rauf in mein früheres Kinderzimmer. Hier war noch alles so wie damals, als ich für mein Abi büffelte, wobei büffeln vielleicht etwas übertrieben ist. Ich tat gerade das Allernötigste und das spiegelte meine Abiturnote auch deutlich wider.

Die Möbel hier waren so alt wie in den übrigen Räumen und komplett verstaubt. Nicht einmal das mittlerweile vergilbte Poster hatte jemand von der Wand genommen. Da ging immer noch die Titanic unter, weil ich nach dem Film mal für Leonardo DiCaprio geschwärmt hatte.

Wie seltsam, wieder in meinem alten Zimmer zu sein. Bis jetzt hatte ich es immer vermieden, hier zu übernachten, wenn ich in München war, obwohl es im Haus reichlich Platz gab. Geschlafen hatte ich lieber bei meiner Freundin Jenny, die ich noch aus Schulzeiten kannte.

Jenny war immer völlig aus dem Häuschen, wenn ich nach München kam, und die Abende mit ihr, wenn wir bei einer Flasche Wein gackernd Erinnerungen austauschten, entschädigten mich für die angestrengten Unterhaltungen mit Margit. Meine Mutter und ich hatten uns wenig zu sagen und kamen selten über die üblichen Floskeln hinaus.

Ich suchte den Staubsauger und bezog das Bett neu, wobei mich Margit kritisch musterte. »Ziehst du wieder hier ein?«, fragte sie, und es klang keineswegs begeistert.

Ich versicherte ihr, dass ich nicht die Absicht hätte, sondern nur ein paar Dinge für sie regeln wolle.

»Ich komme sehr gut allein zurecht«, behauptete sie trotzig.

»Klar!«, murmelte ich und überlegte, wie ich ihr den Besuch beim Neurologen schmackhaft machen sollte. Ich konnte sie ja schlecht gegen ihren Willen dorthin schleifen. »Aber erst mal gehen wir was einkaufen.« Wieder bemühte ich mich um einen Ton, mit dem man vermutlich aufsässige Kinder beruhigen würde, obwohl mir diesbezüglich die Erfahrung fehlte. Ich war schon jetzt genervt, aber bald würde ich wieder zurück in Hamburg sein, tröstete ich mich.

Der Besuch beim Arzt war dann problemloser, als ich ihn mir vorgestellt hatte. Ich hatte ihn Margit als allgemeinen Check-up verkauft und der sei schon lange wieder fällig, gab sie zu. Ich kriegte sie sogar dazu, vorher zu duschen.

Ich setzte mich ins Wartezimmer, das überwiegend von alten Leuten belegt war. Was die meisten gemeinsam hatten, war ihr leerer Blick. Den gleichen hatte ich auch bei Margit gesehen. Ergeben saßen sie da und warteten. Auf den Tod, musste ich unwillkürlich denken, denn alles hier roch nach Zerfall, nach Endgültigkeit, nach Hoffnungslosigkeit.

Ich musste hier raus und ging so hektisch zur Tür, dass ich über einen Rollator stolperte.

»Hoffentlich haben Sie sich nicht wehgetan«, sagte ein alter Herr freundlich, und ich schämte mich meiner Gedanken und lächelte zurück, obwohl mein Knöchel höllisch schmerzte.

Draußen ging es mir besser. Es waren nur ein paar Schritte bis zu einem kleinen Park, in dem ich hin und her laufen konnte. Das MRT und die Tests würden einige Zeit in Anspruch nehmen, hat man mich vorgewarnt, also würde es nicht schaden, hier ein bisschen Zeit zu vertrödeln.

Ich setzte mich auf eine Bank und hielt mein Gesicht in die letzten Strahlen der Herbstsonne. Schon waren die Bäume fast kahl, ihre nackten Äste ragten wie Gerippe in den Himmel. Der Park war wie ausgestorben, nur ein Kind sammelte Kieselsteine vom Weg auf und brachte sie stolz seiner Mutter. Sie lächelte, hob das Kind hoch in die Luft, und es jauchzte vor Freude.

Ich dachte an Niklas. Vor vier Jahren hatten wir uns getrennt. Das war die Version, die ich anderen auftischte, wenn ich nicht zugeben wollte, dass er mich verlassen hatte. Zwei Jahre waren wir zusammen und wir hatten auch vor, zusammen zu bleiben. Er wollte unbedingt Kinder und ich träumte ebenfalls von einer Familie.

Einer großen, glücklichen Familie, wie in den kitschigsten Werbespots. Einer Familie, wie ich sie nie hatte.

Bis heute kann ich mir nicht erklären, wieso ich die Pille weiternahm, obwohl ich ihm sagte, ich hätte sie abgesetzt.

Mein Unterbewusstsein hatte mir vorgegaukelt, dass ich eine schreckliche Mutter sein würde, mein Kind niemals lieben könnte. So zögerte ich die Entscheidung Monat für Monat hinaus. Als Niklas herausfand, dass ich ihn belogen hatte, zog er einen Schlussstrich. Ich akzeptierte es wortlos, machte nicht einmal den Versuch, ihm zu erklären, was in mir vorging. Ich verstand es ja selbst nicht.

Ich verscheuchte die düsteren Gedanken, schließlich hatte ich im Moment genug andere Probleme. Trotzdem trieb mir der Anblick dieser Mutter-Kind-Idylle im Park fast die Tränen in die Augen. Plötzlich fühlte ich mich wie der einsamste Mensch der Welt. Warum nur musste ich mir selbst alles kaputt machen?

Ich wählte Jennys Nummer. Auch wenn wir uns monatelang nicht sprachen und noch seltener sahen, war das Gefühl der Vertrautheit sofort wieder da. Ich erzählte ihr, weshalb ich in München war.

Sie schwieg lange. »Was muss das für ein schreckliches Gefühl sein, wenn man merkt, dass man sein Gedächtnis verliert«, sagte sie schließlich voller Empathie.

Daran hatte ich überhaupt noch nicht gedacht. Ich war bloß damit beschäftigt gewesen, mir die möglichen Konsequenzen für mein eigenes Leben auszumalen und wenn möglich, sollte es überhaupt keine Konsequenzen geben.

Jenny war schon immer mitfühlend gewesen. Sie war ein besserer Mensch und auch eine bessere Freundin als ich. Wie oft hat sie mich noch schnell vor der Stunde die Hausaufgaben abschreiben lassen. Ich hatte mich nie revanchiert, was auch daran lag, dass sie in fast allen Fächern besser war als ich.

»Hast du denn mit ihr darüber gesprochen?«, fragte sie.

»Du weißt doch, wie wir zueinander stehen«, sagte ich heftiger als ich eigentlich wollte. »Sie würde mir nie sagen, wie sie sich fühlt, genauso wenig wie ich das täte.«

»Ich glaube, du solltest mit ihr reden, solange es noch möglich ist«, riet mir Jenny. »Es gibt so viel Unausgesprochenes zwischen euch und vielleicht bereust du es eines Tages, dass du die Gelegenheit verpasst hast.«

Ich sagte nichts. Jenny versicherte mir noch, dass sie für mich da wäre und helfen würde, sofern ihr das möglich wäre. Ich dankte ihr.

Wie mochte man sich wirklich fühlen, wenn man merkte, dass einen das Gedächtnis im Stich ließ? Ich konnte es mir nicht vorstellen.

Am Morgen hatte ich Margit nach der Episode mit der Polizei gefragt und sie hatte mir fröhlich geantwortet, dass es nett gewesen sei, von den Polizisten heimgefahren zu werden und viel billiger als ein Taxi. War das ernst gemeint oder Selbstschutz, weil sie nicht zugeben wollte, wie es um sie stand?

Normalerweise nehme sie ja das Auto, sagte sie noch, und ich dachte mit Schrecken daran, was sie in ihrem verwirrten Zustand im Verkehr anrichten konnte.

Es war schon ein hartes Stück Arbeit gewesen, ihr den Autoschlüssel für die Fahrt zum Arzt abzunehmen. Ich hatte behauptet, so gerne mal wieder fahren zu wollen, in Hamburg hätte ich kein Auto und deshalb keine Gelegenheit dazu. Das war geschwindelt, aber sie gab mir widerstrebend den Schlüssel.

Mir wurde langsam kalt. Ich ging zurück und setzte mich wieder ins Wartezimmer. Nach einer weiteren halben Stunde wurde ich zu dem Arzt gerufen. Er fasste knapp zusammen, was das MRT und die ausführlichen Tests ergeben hatten, wobei er mir Zahlen und Punktesysteme um die Ohren warf, die ich nicht verstand. Schließlich kam er zum Ergebnis, sprach von einem progredienten dementiellen Syndrom und erläuterte auf meinen verständnislosen Blick hin: »Eine senile Demenz vom Alzheimer-Typ.«

Er redete noch eine Weile weiter, doch ich hörte nur das vernichtende Wort *Alzheimer*.

»Alzheimer«, stotterte ich. »Und was bedeutet das jetzt genau?«

Der Arzt sah mich irritiert an, weil er mir das wohl gerade versucht hatte zu erklären.

»Ich meine, was kann man tun und wie geht es jetzt weiter? Bis jetzt hat meine Mutter allein gelebt. Ich wohne in Hamburg und andere Verwandte gibt es nicht.«

»Ich habe Ihrer Mutter Medikamente verschrieben«, sagte er, »aber die können die Krankheit höchstens etwas verlangsamen. Sie kann keinesfalls mehr allein wohnen und wird bald ständige Pflege brauchen. Wenn Sie sich nicht um sie kümmern können, müssen Sie ein entsprechendes Heim für sie finden. Hat Ihre Mutter schon einen Pflegegrad? Wenn nicht, setzen Sie sich am besten mit ihrer Krankenkasse in Verbindung, die können auch mit allem anderen helfen.«

Er stand auf, ein unmissverständliches Zeichen, dass das Gespräch beendet war. »Alles Gute!«, fügte er noch hinzu.

Der Arzt war nicht unfreundlich, aber seine Sachlichkeit störte mich. Ich weiß nicht, was ich erwartet hatte, vielleicht ein bisschen Mitgefühl, obwohl ich selbst es bisher nicht aufgebracht hatte. Doch was hätte es geändert? Wahrscheinlich war es für ihn Routine, solche Urteile zu verkünden; er hatte hauptsächlich mit Menschen zu tun, die den besten Teil ihres Lebens hinter sich hatten. Auf was konnten sie noch hoffen?

Ich ging ins Wartezimmer, um Margit zu holen.

»Na endlich«, sagte sie. »So ein Aufwand, nur um ein paar Pillen verschrieben zu kriegen. Dabei ist mein Kreislauf schon wieder ganz in Ordnung.«

»Die sind nicht für den Kreislauf«, entgegnete ich und wartete darauf, dass sie nachfragte, aber sie reagierte nicht auf meine Bemerkung. Stumm fuhren wir nach Hause.

»Ich kann uns eine Pizza holen«, bot ich an, denn zum Kochen hatte ich keine Lust.

»Aber von Luigi«, forderte Margit.

Ich warf ihr einen Blick zu. »Luigi gibt es nicht mehr«, sagte ich und verkniff mir die Bemerkung, dass der schon dichtgemacht hatte, als ich noch in München wohnte.

Mein Handy klingelte. Es war der »Wir sind hier

nicht so förmlich«-Philip, bei dem ich das Vorstellungsgespräch in den Sand gesetzt hatte.

»Sie haben den Job!«, verkündete er und fragte, ob
ich gleich am Ersten anfangen könnte.

Offenbar hatte ich es dem eklatanten Mangel an
Arbeitskräften zu verdanken, dass er zum letzten Stroh-
halm griff und Leute wie mich einstellte, die keinerlei
Ahnung vom Job hatten und noch dazu das Vorstellungsgespräch verkackt hatten.

Der Erste war bereits in einer Woche und ich hatte
keine Ahnung, wie ich das alles in einer so kurzen Zeit
hinkriegen sollte, aber ich sagte *kein Problem* und dass ich
mich über die Zusage freue.

Margit war schon beim Wein, als ich mit der Pizza ankam.

»Ich habe gar keinen Hunger«, nörgelte sie und knab-
berte lustlos an dem Teil, das ich ihr auf den Teller gelegt
hatte.

»Du musst was essen, hat auch der Arzt gesagt.«

Sie deutete auf die Weinflasche. »Magst du?«

»Eigentlich sollst du keinen Alkohol ...«, begann ich,
an die mahnenden Worte des Neurologen denkend, und
brach gleich wieder ab. Was für eine Rolle spielte das
noch?

Außerdem fiel es mir nach einem Glas Wein vielleicht
leichter, mit ihr über die vernichtende Diagnose zu sprechen. Denn seit dem Arztgespräch dachte ich unaufhörlich darüber nach, wie zum Teufel ich ihr das mit dem
Heim beibringen sollte.

Ich holte ein Glas und schenkte mir ein. Sie war schon
beim dritten, dem Inhalt der Flasche nach zu urteilen.

»Du kannst nicht mehr allein wohnen«, begann ich vorsichtig.

»Unsinn, ich komme sehr gut allein zurecht.« Ihre Stimme war schon etwas undeutlich.

»Du brauchst jemanden, der sich um dich kümmert. Der für dich kocht, aufräumt, dir bei allem hilft.«

»Du bist doch da.«

»Aber ich kann nicht bleiben.«

Sie zuckte die Schultern. »Okay.«

»Also müssen wir eine andere Lösung finden.«

»Ich brauch niemanden.«

Ich dachte an das Gespräch mit der Krankenkasse, das ich beim Warten auf die Pizza geführt hatte. An all das, was noch zu erledigen wäre. Die Begutachtung des medizinischen Dienstes, die erfolgen musste, ein Beschluss des Amtsgerichts, den man brauchte, um einen Alzheimerpatienten in einem Heim unterzubringen, die Schwierigkeit, überhaupt einen Heimplatz zu finden, die Kosten, die vermutlich nur zu stemmen wären, wenn ich das Haus verkaufte, was eine entsprechende Vollmacht voraussetzte, die ich nicht hatte …

Mich verließ der Mut. Ich nahm einen großen Schluck Wein und beschloss, das entscheidende Gespräch auf morgen zu vertagen.

»Gehst du morgen mit mir auf den Friedhof?«, fragte Margit so unvermittelt, dass ich zusammenzuckte.

»Ähm … ja, sicher, warum nicht«, begann ich zu stottern.

»Es war eine schöne Beerdigung, oder? Obwohl er's weiß Gott nicht verdient hat.«

Ich wusste nicht, von wem sie sprach. Ihr Vater war

schon lange vor meiner Geburt gestorben. Meine Groß-mutter hatte ich auch nicht mehr kennengelernt. »Wen meinst du? Deinen Vater?«

»Er ist nicht mein Vater.« Sie sah mich kalt an und verschwand in der Küche, um eine neue Flasche Wein zu holen.

Ich starrte sie an, als sie wieder hereinkam. »Was hast du da gesagt? Wieso soll er nicht dein Vater sein?«

Sie legte den Zeigefinger auf den Mund und machte eine Geste des Verschließens. »Psst! Das darf er nicht wissen, sonst krieg ich Prügel«, sagte sie mit ängstlicher Stimme.

Margit setzte sich wieder hin und versuchte, die Fla-sche aufzumachen. Doch obwohl sie einen Schraubver-schluss hatte, gelang es ihr nicht.

Ich nahm sie ihr aus der Hand, öffnete sie und schenkte ihr einen kleinen Schluck nach. Dann angelte ich das gerahmte Foto meiner Großeltern vom Sims und betrachtete es. Es war vermutlich ihr Hochzeitsfoto, der festlichen Kleidung nach zu urteilen. Wie lange mochte das her sein?

»Ich habe meine Großeltern gar nicht mehr gekannt. Erzähl mir doch von ihnen!«, forderte ich sie auf.

Sie schaute in ihr Glas. »Deine Großeltern?«, fragte sie verwirrt.

»Deine Eltern«, präzisierte ich und zeigte auf das Foto.

»Er hat schnell zugehauen«, meinte sie nur und ihr Blick verlor sich irgendwo in der Ferne.

»Wieso hast du gesagt, er sei nicht dein Vater?«, hakte ich nach.

Sie überhörte die Frage und sah mich wieder an. »Geschlagen habe ich dich nie.«

»Dazu war ich dir wohl zu gleichgültig«, sagte ich und konnte nicht verhindern, dass sich ein bitterer Ton einschlich.

Sie sah mich an, als würde sie überhaupt nicht verstehen, wovon ich sprach.

»Dein Vater«, versuchte ich es noch einmal. »War er nicht dein biologischer Vater?« Doch sie sah mich nur verständnislos an.

Ich stand auf. »Wir sollten ins Bett gehen. Soll ich dir mit irgendwas helfen?«

»Ich werde wohl noch allein ins Bett gehen können, ich bin schließlich nicht mehr ...« Sie dachte nach. »Wie alt bin ich eigentlich?«

»Vierundachtzig.«

»Das kann nicht sein«, sagte sie.

»Wie alt bist du dann?«

»Da muss ich mal nachrechnen«, erwiderte Margit.

Ich half ihr aus dem Sessel hoch und brachte sie ins Bad, drückte Zahnpasta auf die Zahnbürste im Becher und gab sie ihr in die Hand. Folgsam begann sie zu putzen.

»Ich geh dann mal, gute Nacht!« Damit ließ ich sie allein und ging hinauf in mein altes Zimmer.

Ich war vollkommen fertig, doch als ich im Bett lag, wirbelten meine Gedanken wie Treibsand wild durcheinander und wenn ich versuchte, an irgendeiner Erinnerung festzuhalten, löste sie sich im selben Moment auf wie eine Fata Morgana.

Wie viele Geheimnisse, von denen ich nichts ahnte,

gab es in dieser Familie? Mein Großvater war nicht mein Großvater, meinen Vater, ein One-Night-Stand von Margit, von dem sie nicht mal den Nachnamen wusste, kannte ich ohnehin nicht.

Als sie gemerkt hatte, dass sie schwanger war, war es schon zu spät für eine Abtreibung, hatte sie mir einmal im Suff anvertraut. Sie hatte zwar immer die Pille genommen, doch einmal musste sie die wohl vergessen haben. Sie war schon Anfang vierzig und hätte niemals an eine Schwangerschaft gedacht. Wegen der Übelkeit, dachte sie, sie hätte was mit dem Magen.

Ich verdankte meine Existenz also ihrer Schlamperei. Aber auch ohne diese Enthüllung war mir klar, dass ich kein Wunschkind gewesen bin. Das hat sie mich immer spüren lassen.

Ich hatte mich damit abgefunden, hatte trotzig selbst die Distanz zu ihr gesucht.

Meine Großeltern hatte ich nicht gekannt und für das Leben meiner Mutter hatte ich mich nie interessiert. Aber ihre Bemerkung machte mich neugierig. Vielleicht war jetzt die letzte Gelegenheit, Familiengeheimnisse zu lüften, ehe Margits Verstand von den Ablagerungen in ihrem Gehirn vollständig überwuchert sein würde.

Ich verbrachte die Nacht mit schrecklichen Träumen, in denen eine Spezies von glibberigen Monstern meine Gehirnzellen besetzte und diese nacheinander erstickte.

2. Kapitel

Elisabeth

1933

E lisabeth hatte ein Tuch über die sorgsam geplättete Wäsche im Korb ausgebreitet, damit sie nicht verschmutze. Sie ging eng an der Hauswand entlang, achtete darauf, den braun Uniformierten auszuweichen, von denen man jetzt immer mehr auf den Straßen sah, oft lauthals Lieder grölend. Dafür waren die armseligen Gestalten, die mit Schildern wie *Suche Arbeit jeder Art* auf sich aufmerksam zu machen suchten, von den Gehwegen verschwunden.

Elisabeth hatte ihr Ziel erreicht. Die noble Villa der Goldmanns. Was für ein schönes Haus, musste sie jedes Mal denken, wenn sie vor der beeindruckenden Fassade stand. Sie klingelte.

Rosie, das Dienstmädchen, öffnete und nahm ihr den Korb ab.

»Komm rein, Frau Goldmann hat noch was zum Ändern für dich, du sollst es abstecken.«

Elisabeth folgte dem jungen Mädchen ins Wohnzimmer, in dem Frau Goldmann Blumen in einer Vase arrangierte.

»Elisabeth, schön, dass Sie da sind. Ich fürchte, ich habe in letzter Zeit etwas zugenommen, meine Abendkleider passen nicht mehr. Man müsste vermutlich an der Taille ein bisschen was rauslassen. Gehen wir doch hinauf ins Ankleidezimmer, dann zeige ich es Ihnen.«

Elisabeth folgte Frau Goldmann in den ersten Stock, wo die besagten Kleider bereitlagen. Frau Goldmann schlüpfte hinter einem Paravent in die erste Robe, die in der Mitte tatsächlich arg spannte.

»Kein Problem«, sagte Elisabeth, »wenn ich an jeder Seite zwei Zentimeter rauslasse, passt es wieder wie angegossen.«

Frau Goldmann probierte das nächste Kleid, auch das würde sich problemlos weiter machen lassen, versicherte Elisabeth.

Die Dame des Hauses seufzte erleichtert. »Wunderbar! Mein Sohn hat promoviert und wir geben zu dem Anlass ein kleines Fest.« Sie lächelte voller Stolz. »Aber ich habe mich noch nicht entschieden, welches der Kleider ich tragen soll. Was meinen Sie?«

»Sie sind alle wunderschön«, sagte Elisabeth.

»Dann werde ich meinen Mann fragen. Schaffen Sie die Änderungen bis morgen?«

Elisabeth dachte an all die Wäsche, die sie noch zu erledigen hatte und wie lange es dauern würde, die Kleider zu ändern. Sie nickte trotzdem. »Natürlich!«

Elisabeth musste über jeden Auftrag froh sein, notfalls würde sie auch die ganze Nacht durcharbeiten.

Seit Karl seine Arbeit auf dem Bau verloren hatte, brauchten sie jeden Pfennig, um über die Runden zu kommen. Die Miete war schon wieder eine Woche überfällig und sie fürchtete sich vor dem Moment, an dem der Vermieter läuten und mit Rauswurf drohen würde, wenn sie nicht umgehend zahlten. Was dann werden würde, daran wollte sie gar nicht denken.

Frau Goldmann gab ihr ein paar Münzen für die Wäsche, die Elisabeth dankbar einsteckte. Sie legte die Abendkleider sorgsam in ihren Korb und verließ die Villa.

Ein paar Schritte vor dem Haus herrschte ein ziemlicher Tumult. Zwei junge Burschen in Uniform warfen johlend Steine auf einen Mann. Er geriet dabei ins Straucheln und sein Hut landete im Straßengraben.

Elisabeth ließ ihren Korb fallen, um dem Mann zu Hilfe zu kommen. Die zwei Jungen, fast noch Kinder, rannten davon.

Sie hob den Hut auf, klopfte den Staub ab und gab ihn dem Mann zurück. Ein dünnes Rinnsal Blut lief über seine Stirn. Er wischte es schnell weg.

»Wie nett von Ihnen, vielen Dank!« Er reichte ihr die Hand. »Ich bin David Goldmann.«

»Elisabeth Stadler«, sagte Elisabeth und zeigte auf die Wunde an seinem Kopf. »Sie sind da verletzt.«

Er machte eine abwehrende Geste. »Nicht der Rede wert. Noch einmal vielen Dank, Fräulein Stadler, das war wirklich sehr freundlich von Ihnen.«

»Frau Stadler«, verbesserte ihn Elisabeth.

»Entschuldigen Sie, aber Sie sehen so jung aus, da dachte ich ...« Er lächelte.

Elisabeth lächelte zurück. »Ich bin schon zweiundzwanzig.«

»Schon so alt!«, scherzte er. »Tja, es war nett, Sie kennenzulernen, Frau Stadler. Man trifft heutzutage nicht mehr oft so freundliche Leute.«

»Es hat mich auch gefreut, und meinen Glückwunsch!«

Elisabeth wusste zwar nicht, wozu sie ihm gratulierte – das Wort *promovieren* kannte sie nicht –, aber offenbar musste es etwas Bedeutendes sein, das er geschafft hatte.

David sah sie überrascht an. »Danke!«

Er blickte von ihr zu dem Haus, aus dem sie offenbar gerade gekommen war.

»Das können Sie nur von meiner Mutter haben. Sie erzählt jedem von der Promotion.«

»Ist sicher ein Grund, stolz zu sein«, meinte Elisabeth.

»Na ja, so eine große Sache ist es auch nicht. Aber so sind Mütter eben.«

Er hatte es mit einem so warmen Unterton gesagt, dass man ahnen konnte, wie sehr er seine Mutter liebte. Und umgekehrt schien es ebenso zu sein.

Elisabeth sah David Goldmann nach, als er ins Haus ging. Wie mochte es wohl sein, in so einer Familie aufzuwachsen? Wo man keine Geldsorgen kannte? Wo man von seinen Eltern geliebt wurde?

Elisabeth konnte sich gar nicht mehr an all die Namen erinnern, mit denen man sie in der Schule beschimpft hatte. Bauernfünfer war noch einer der harmloseren gewesen.

Es stimmte, sie kam von einem Bauernhof, noch dazu von einem, der es kaum schaffte, seine Bewohner zu ernähren. Sie waren noch ärmer als die meisten anderen in dem niederbayerischen Dorf, das nur aus ein paar Höfen und einer Kirche bestand.

Elisabeth musste die Kleider ihrer größeren Schwestern auftragen, ganz egal, wie zerschlissen sie waren.

Lediglich zur Kommunion hatte sie ein neues Gewand bekommen, weil sich ihre Mutter vor dem Pfarrer nicht blamieren wollte.

Die Mutter war streng katholisch und die Erbsünde, mit der Elisabeth wie alle Menschenkinder auf die Welt gekommen war, galt es dem Kind auszutreiben. Das erforderte neben dem sonntäglichen Kirchgang samt Beichte das Beten vor jeder Mahlzeit, dem Schlafengehen und nach jedem Sündenfall. Und davon gab es etliche.

Weil Elisabeth gern lachte, galt sie als leichtfertig, und auch das musste ihr ausgetrieben werden.

Für die Mutter gab es nur den strafenden Gott, der Sünder ins Fegefeuer und in die Hölle schickte, und sie gab sich alle Mühe, es ihm in ihrem irdischen Dasein gleichzutun.

Der Vater war im Krieg gefallen, in einem Ort in Frankreich, den die Mutter nicht einmal aussprechen konnte. Sie ließ eine Messe für ihn lesen, das war's dann mit der Trauer. Was fehlte, war seine Arbeitskraft.

Elisabeth hatte ihn kaum gekannt, sie war erst drei, als er für den Dienst am Vaterland eingezogen wurde.

Vom Krieg bekamen sie in dem kleinen Dorf wenig mit. Zu hungern hatten sie auch zuvor schon gelernt, wenn die Ernte schlecht war.

Der Krieg, mit großem Hurrageschrei begonnen, endete für Deutschland mit einer Schmach, wie die Leute munkelten. Elisabeth war erst acht und wusste nicht, was das Wort bedeutete. Für sie änderte sich auch in Friedenszeiten nichts. Die Arbeit blieb dieselbe. Und es dauerte noch Jahre, bis jemand kam, der sie aus ihrer häuslichen Misere erlöste.

Die Rettung erschien in Form von Karl, den Elisabeth beim Maibaumfest im nächsten Ort kennenlernte. Karl konnte vom ersten Augenblick an seine Augen nicht von ihr lassen und er war auch der Erste, der sie küssen durfte. Nicht, dass es zuvor viele Gelegenheiten dafür gegeben hätte, denn über Elisabeths Tugend wachte die Mutter mit Argusaugen.

Karl war lustig und lachte gern und sie kamen gar nicht mehr runter vom Tanzboden, so ausdauernd schwenkte er sie im Kreis herum. Elisabeth mochte ihn auf Anhieb. Er war Maurer, und dass er ordentlich zupacken konnte, gefiel ihr auch. Was ihr noch mehr gefiel, waren seine großen Pläne. Er wollte nicht auf dem Land versauern, ihn zog es in die Stadt.

In München war Elisabeth noch nie gewesen, doch wenn Karl davon erzählte – von den eleganten Geschäften, den großen Häusern, den Straßen, auf denen sogar Autos fuhren –, dann erschien ihr das wie das gelobte Land. Sie wollte unbedingt mit ihm dorthin.

Die Hochzeit war bescheiden und Elisabeths Mitgift bestand lediglich aus einem Satz Bettwäsche, was ihr keineswegs den Weg ins Herz ihrer Schwiegereltern ebnete. Die hatten auch nicht viel, aber genug, um über Elisabeth und ihre bettelarme Verwandtschaft die Nase zu rümpfen.

Karl war das egal. In München würde es genug Arbeit geben, auch für Elisabeth, die zwar nichts gelernt hatte, weil sie beizeiten auf dem Hof helfen musste, aber putzen, waschen, flicken und kochen, das konnte sie, und ihr Hochzeitsgewand hatte sie sich auch selbst genäht.

Das Leben in der Stadt war dann keineswegs so rosig,

wie es sich das junge Paar ausgemalt hatte. Von den eleganten Geschäften war Elisabeth zwar gebührend beeindruckt, aber es blieb beim sehnsüchtigen Blick in die Schaufenster. Nie hätte sie sich etwas von der verlockend ausgestellten Ware leisten können.

Die Arbeitssuche war mühsam, genauso wie die Suche nach einer erschwinglichen Wohnung. Karl hatte über die Jahre gespart, aber das Geld rann ihnen förmlich durch die Finger. Hier war alles viel teurer als auf dem Land. Auch das Wohnen.

Das Zimmer auf der Schwanthaler Höhe, das sie sich von dem Geld leisten konnten, war heruntergekommen und der Abort im Treppenhaus. Aber sie waren beide nicht verwöhnt, Elisabeths Kammer auf dem Hof war nicht besser gewesen.

Karl fand schließlich Arbeit bei einem Abbruchunternehmen, während Elisabeth an den Türen besserer Häuser klingelte und ihre Dienste zum Waschen, Bügeln und Nähen anbot.

Sie waren jung und verliebt und hatten genug Optimismus, um zu glauben, dass es bald besser werden würde. Doch mit der Weltwirtschaftskrise wurde alles noch viel schlimmer. Karl verlor seine Arbeit und reihte sich in das Heer der Verzweifelten ein, die bereit waren, jede Arbeit anzunehmen.

Er war jung und kräftig und wurde bevorzugt, wenn es um körperlich schwere Arbeit ging. Aber meist brauchte man ihn nur für einen oder zwei Tage, die meiste Zeit saß er zu Hause und wurde zusehends schwermütiger.

Sie lebten hauptsächlich von dem Geld, das Elisabeth verdiente, und das machte ihm zusätzlich zu schaffen.

Es tat ihm weh, sie spät abends noch über ihr Nähzeug gebeugt zu sehen; er fühlte sich dann wie ein Versager, obwohl Elisabeth alles tat, um ihm dieses Gefühl zu nehmen.

Doch heute war es anders. Karl strahlte über das ganze Gesicht, als sie heimkam. Er hatte endlich wieder Arbeit. Und in München würde demnächst so viel gebaut werden, dass sie sich nie mehr Sorgen machen müssten.

Er hob Elisabeth hoch und küsste sie ungestüm. Elisabeth versuchte lachend, wieder auf den Boden zu kommen. Sie war glücklich, weil Karl glücklich war. Wann hatte sie ihn zum letzten Mal so gesehen?

Monatelang war er nur trübselig zu Hause gesessen, hatte seinen Kummer in sich hineingefressen, kaum mehr mit ihr gesprochen.

»Erzähl mir sofort alles!«, verlangte sie.

»Wir gehen aus«, sagte er. »Ich will feiern!«

»Von welchem Geld denn?« Elisabeth dachte sofort an die fällige Miete.

»Ich hab einen Vorschuss gekriegt«, erwiderte Karl strahlend. »Komm, zieh dir was Hübsches an!«

Elisabeth musste lachen. Karl tat so, als könne sie aus einer umfangreichen Garderobe wählen. Dabei hatte sie gerade mal zwei alte Kleider, von denen sie eines trug. Sie hatte schon lange nichts mehr für sich genäht, weil auch der Stoff Geld kostete.

Abgesehen davon, dass sie nichts »Hübsches« besaß, hatte sie auch keine Zeit.

»Ich kann nicht, ich muss bis morgen drei Kleider ändern«, sagte sie.

Ein Schatten legte sich auf Karls Gesicht. Elisabeth kannte seine Stimmungen mittlerweile und wollte sich weiter in seiner guten Laune sonnen.

»Jetzt erzähl doch erstmal! Kaum bin ich aus dem Haus, passieren die aufregendsten Dinge.«

»Du kennst doch Hermann«, sagte Karl. »Der hat gleich als Hilfspolizist bei der SA angeheuert und das hat sich ausgezahlt. Er kennt jetzt einen Haufen Leute, auch Leute, die was zu sagen haben. Der Sohn vom Kolff ist auch ein Kumpel von ihm und der hat geprahlt, dass sein Vater jetzt ganz groß im Geschäft wäre und sich gar nicht mehr retten könnte vor Aufträgen. Da bin ich einfach hin zu dem Kolff und habe gefragt, ob sie nicht noch einen Maurer brauchen könnten. Ja, hat er gesagt und mich sofort eingestellt.«

Erst jetzt bemerkte Elisabeth das Parteiabzeichen auf Karls Revers. »Du bist eingetreten?«, fragte sie überrascht.

Karl druckste ein bisschen herum. »Na ja, der Kolff ist so ein Hundertprozentiger, der hat mir einen langen Vortrag gehalten, dass sie jetzt das neue Deutschland gestalten und dass jeder seinen Teil dazu beitragen muss und so weiter. Dann hat er mich angeschaut und kein Parteiabzeichen gesehen. Sie sind nicht in der Partei?, hat er gefragt und da hab ich schnell gesagt, dass ich eigentlich schon längst eintreten wollte, aber immer etwas dazwischengekommen ist. Aber jetzt wird mich nichts mehr davon abhalten, hab ich ihm versichert.«

Elisabeths Miene war schwer zu deuten. Karl zuckte mit den Schultern. »Was hätt' ich denn tun sollen, der hätte mich sonst nicht eingestellt.«

»Du wolltest doch nie in eine Partei«, sagte Elisabeth.

»Ja, weil man eh nichts bewirken kann. Die da oben machen sowieso, was sie wollen. Aber manchmal muss man eben mit den Wölfen heulen. Jedenfalls wenn's einem einen Vorteil bringt.« Karl grinste wie bei einem gelungenen Streich.

Elisabeth erzählte, wie sie aus dem Haus von den Goldmanns kam und gesehen hatte, wie ein paar Jungen David Goldmann mit Steinen beworfen haben.

»Hat er die Kerle wenigstens verprügelt?«, fragte Karl.

Elisabeth schüttelte den Kopf. »Die sind ganz schnell weggelaufen.«

»Goldmann«, überlegte Karl. »Das klingt jüdisch.«

»Weiß ich nicht. Aber das sind nette Leute.«

»Volksschädlinge, sagt der Führer.«

»So ein Schmarrn! Wem tun die denn was?«

»Vielleicht nehmen sie anderen was weg. Hast du nicht von einer Riesenvilla erzählt, in der die wohnen? Glaubst du, das geht immer mit rechten Dingen zu, wenn Leute so viel Geld haben? Unsereins kann sich ein Leben lang abschuften und wird es nie zu so einem Haus bringen.«

Elisabeth sah sich in ihrer schäbigen Behausung um. Da hatte Karl wohl recht. Sie holte ihr Nähzeug heraus und breitete vorsichtig das erste Abendkleid von Frau Goldmann aus, sorgsam darauf achtend, dass es nicht verknitterte.

»Lass das doch jetzt, ich will dich ausführen!«

»Ich kann nicht, ich hab versprochen, das fertig zu machen.«

»Solche Leute kriegen immer, was sie wollen«, sagte Karl bitter. »Weil sich unsereins nicht dagegen wehrt.«

Er ging zur Tür. »Geh ich eben allein.«

Es war spätnachts, als er heimkam und er hatte ziemliche Schlagseite. Elisabeth schlief noch nicht, weil sie erst kurz zuvor das Nähzeug weggepackt hatte.

Karl zog seine Sachen aus, wobei er einmal das Gleichgewicht verlor und hinfiel, bevor er neben ihr ins Bett kroch. Er umfasste ihre Brust von hinten und flüsterte ihr etwas ins Ohr, was Elisabeth aber nicht verstand, weil er bereits ziemlich lallte. Aber es war klar, was er wollte.

Elisabeth hatte dem ehelichen Beischlaf nie besonders viel abgewinnen können. Sie mochte zwar die Zärtlichkeiten, die dem Akt manchmal vorausgingen, aber wenn Karl auf ihr lag, war sie froh, wenn die Angelegenheit in wenigen Minuten vorbei war.

Sie drehte sich zu ihm um, umfasste ihn liebevoll, erleichtert, dass er sich ihr wieder zuwandte und sie nicht mehr ignorierte wie in der letzten Zeit.

Dass sie mit ihrem kümmerlichen Verdienst für das Essen sorgte, nahm er ihr insgeheim übel. Er machte sich nicht einmal die Mühe, das vor ihr zu verbergen. Die Mahlzeiten waren zwar von Woche zu Woche bescheidener geworden, aber sie mussten wenigstens nicht hungern.

Nach ein paar Stößen stöhnte Karl und blieb reglos auf ihr liegen. Ein lautes Schnarchen bedeutete ihr, dass er eingeschlafen war. Sie schubste ihn vorsichtig von sich herunter, aber er wäre vermutlich ohnehin nicht aufgewacht.

Elisabeth machte sich mit einem Waschlappen notdürftig sauber und hoffte wie bei jedem Mal, dass sie nicht schwanger geworden war. Dann schlüpfte sie neben ihren Mann ins Bett, um wenigstens noch kurz zu schlafen.

Am Morgen sprang Karl beim ersten Sonnenstrahl aus dem Bett, griff sich aber gleich schmerzerfüllt an den Kopf und stöhnte. Er erzählte ihr, dass er Hermann und seine Kameraden in der Kneipe getroffen hatte und dass Hermann eine Runde Kurzen nach der anderen bestellt hatte. Am Ende konnten die meisten nicht mehr stehen. »Ich auch nicht«, gab Karl freimütig zu.

Elisabeth grinste. Das war ihr nicht verborgen geblieben. Sie stellte das Bügelbrett auf, um Frau Goldmanns Kleider vor dem Abliefern noch zu plätten.

»Das ist bald vorbei«, kommentierte Karl. »Du brauchst dir nicht mehr für andere Leute den Buckel krumm zu machen.«

»Das machst du doch auch, du arbeitest auch für andere. Was ist schon dabei?«

»Gestern ist viel über das geredet worden, was die Nationalsozialisten vorhaben, und manches davon finde ich gar nicht so übel.« Karl lachte. »Dass ich Arbeit habe, ist jedenfalls ein guter Anfang.«

»Sicher«, stimmte Elisabeth zu. Sie gab ihm einen Kuss, bevor sie mit ihrem Korb zur Straßenbahn eilte. Es war ein weiter Weg bis zur Goldmann-Villa in Bogenhausen.

Rosie öffnete ihr wie gewohnt und wollte ihr den Korb gleich abnehmen. »Frau Goldmann ist nicht da, sie bezahlt dich das nächste Mal«, sagte sie.

Elisabeth nickte und wollte sich schon zum Gehen wenden, als David Goldmann hinter Rosie auftauchte. »Ich mach das schon«, sagte er zu dem Dienstmädchen und forderte Elisabeth auf, hereinzukommen. »Was bekommen Sie denn für die Änderung?«

»Das, was Ihre Mutter für angemessen hält«, sagte Elisabeth. »Ich habe sieben Stunden daran gesessen.«

Er zog einen Geldschein aus der Tasche und gab ihn ihr.

»Das ist zu viel. Ihre Mutter wird sicher schimpfen, wenn sie es erfährt.«

»Dann bleibt es eben unser Geheimnis«, erwiderte David lächelnd.

Elisabeth lächelte ebenfalls. »Ich hoffe, die Kleider passen jetzt. Und ich wünsche Ihnen viel Vergnügen bei Ihrer Feier.« Sie ging zur Tür.

»Sie haben sich die Mühe mit den Kleidern leider umsonst gemacht. Ich habe meine Mutter gebeten, die Feier abzusagen.«

Elisabeth blieb stehen. »Warum denn?«

»Die Zeiten sind nicht zum Feiern«, sagte David. »Zumindest nicht für Leute wie uns.«

Elisabeth musste an das Wort *Volksschädlinge* denken, das Karl benutzt hatte. Sie wusste nicht, was sie darauf entgegnen sollte.

»Würden Sie vielleicht einen Kaffee mit mir trinken?«, fragte David.

»Ich weiß nicht«, sagte Elisabeth, die daran dachte, dass Frau Goldmann zwar immer freundlich zu ihr gewesen war, aber sicher etwas dagegen hätte, wenn ihr Sohn mit Dienstboten Kaffee trank.

»Sie würden mir eine Freude machen«, bekräftigte David und deutete auf den Sessel ihm gegenüber.

Elisabeth gab ihren Widerstand auf und setzte sich. »Ich kann aber nicht lange bleiben«, sagte sie.

David nickte und klingelte nach Rosie, die ihnen Kaffee bringen sollte.

Rosies Blick machte deutlich, was sie davon hielt, andere Dienstboten bedienen zu müssen.

David grinste, als sie mit gebührender Verachtung eine Tasse des feinen Meissener Services vor Elisabeth abstellte. Elisabeth war das Ganze peinlich. Sie wäre am liebsten aufgesprungen und gegangen, aber das wäre unhöflich gewesen.

»Bring uns doch auch etwas Gebäck, bitte!«, forderte David Rosie auf, die kurz darauf eine Schale mit Backwerk brachte.

»Nett, dass Sie mir Gesellschaft leisten.« David hielt ihr die Schale hin, aus der sie sich bedienen sollte. »Wie ich gestern schon sagte, man trifft nicht mehr oft freundliche Leute heutzutage.«

Wieder wusste Elisabeth nicht, was sie entgegnen sollte. Sie nahm sich von dem Gebäck, das so weich war, dass es wie Honig in ihrem Mund schmolz. Etwas so Köstliches hatte sie noch nie im Leben probiert.

»Erzählen Sie mir doch ein bisschen von sich«, bat David sie. »Sind Sie aus München?«

Elisabeth, die, seit sie in München wohnte, damit kämpfte, den derben niederbayerischen Dialekt ihres Dorfes zu unterdrücken, gab sich auch jetzt große Mühe, Schriftdeutsch zu sprechen, wobei sie sich fast verhaspelte. Es war ihr ein bisschen unangenehm zu erzählen, woher sie stammte, aber David fragte immer wieder nach und schien sich dafür zu interessieren, was sie berichtete. Er erkundigte sich auch nach den hygienischen Verhältnissen auf dem Bauernhof, von dem sie stammte. Nicht um die Nase darüber zu rümpfen, sondern weil er sich mit Krankheiten beschäftigte, die sich mit entsprechender Hygiene und gesunder Ernährung vermeiden ließen.

Elisabeth fragte, ob er Arzt sei, und erfuhr bei der Gelegenheit auch, was promovieren bedeutete. Es hieß, dass David Goldmann jetzt den Titel Doktor vor seinen Namen setzen durfte.

Er schaffte es, dass sie sich in seiner Gegenwart wohl fühlte und ließ sie die gesellschaftliche Kluft, die zwischen ihnen lag, für einen Moment vergessen.

Schließlich erzählte sie ihm auch, dass ihr Mann Karl endlich Arbeit gefunden habe und wie froh sie darüber waren. Dass Karl dafür in die Partei eintreten musste, erwähnte sie nicht.

»Ja, Arbeit für alle, das hat er versprochen«, sagte David. »Aber wie bei jedem politischen System gibt es die, die außen vor bleiben.«

Elisabeth entgegnete wieder nichts. Es war offensichtlich, dass er auf die Propaganda gegen die Juden anspielte.

Wie seltsam, bis vor kurzem hatte sie überhaupt nicht gewusst, dass die Goldmanns Juden waren, und wenn, hätte sie diesem Umstand keine Beachtung geschenkt. Was unterschied sie denn groß von ihnen? Der Glaube vielleicht, wobei Elisabeth nichts über den jüdischen Glauben wusste und sich scheute, David Goldmann danach zu fragen.

Zweifellos war er wohlhabender als die meisten seiner Mitmenschen und er war ziemlich gutaussehend, wie Elisabeth sich eingestand. Das war Karl aber auch, dachte sie sofort schuldbewusst, denn es war zweifellos sündig, einen anderen Mann als den eigenen attraktiv zu finden.

In dieser Hinsicht hatte ihre Mutter ganze Arbeit geleistet. Nach wie vor erschrak Elisabeth manchmal selbst über ihre ungehörigen Gedanken, konnte dann fast den Riemen der Mutter auf sich niedersausen spüren.

»A Penny for your thoughts«, meinte David und schreckte Elisabeth aus ihren Gedanken. Sie sah ihn verwirrt an, denn natürlich verstand sie kein Englisch.

»Einen Pfennig für Ihre Gedanken«, übersetzte David. »Das ist so ein amerikanisches Sprichwort.«

»Sie waren schon in Amerika?«, fragte sie, ohne auf seine Bemerkung einzugehen.

»Ja, mein Vater hat dort geschäftliche Verbindungen, er hat mich einmal nach New York mitgenommen.«

»New York«, wiederholte Elisabeth beeindruckt. »Ich war noch nie weiter als München.«

»Sie sind noch so jung«, sagte David. »Wer weiß, was Sie noch alles sehen werden.«

»Ich habe nicht Ihre Möglichkeiten«, erwiderte Elisabeth mit einem leicht bitteren Unterton, weil es sie plötzlich störte, dass er so tat, als seien sie gleichgestellt. Sie mochte sich gar nicht vorstellen, was eine Schiffspassage nach Amerika kostete.

»Man weiß nie, was das Schicksal bringt«, sagte David. »Alles kann sich so schnell ändern.«

Elisabeth stand auf. »Ich muss jetzt wirklich gehen.«

David erhob sich ebenfalls. Er gab ihr die Hand. »Ich hoffe, wir haben irgendwann wieder die Möglichkeit zu plaudern. Es hat mich jedenfalls sehr gefreut und ich wünsche Ihnen alles Gute für die Zukunft.«

»Danke«, erwiderte Elisabeth, »und ich würde an Ihrer Stelle doch feiern.«

»Ich überleg's mir«, sagte er.

Er brachte sie zur Tür und sah ihr nach, als sie zur Straßenbahn ging.

Elisabeth fühlte sich seltsam beschwingt nach diesem Gespräch. Unwillkürlich summte sie eine Melodie vor sich hin und als sie an der Metzgerei vor der Haltestelle vorbeikam, blieb sie stehen.

Sie konnte sich kaum daran erinnern, wann sie zum letzten Mal Fleisch gekauft hatte, und eigentlich wäre die Miete auch dringlicher gewesen. Aber heute wollte sie die Vernunft außer Acht lassen und einen Teil der großzügigen Bezahlung David Goldmanns in ein Festmahl investieren.

Fast eine Stunde hatte sie bei ihm im Wohnzimmer gesessen, wie sie jetzt beim Blick auf die Uhr feststellte, aber die Zeit war wie im Flug vergangen. Er hatte sie ernst genommen, hatte so mit ihr gesprochen, wie er vielleicht auch mit seinen Freunden sprechen würde, obwohl sie über keinerlei Bildung verfügte. Das hatte ihr gefallen.

Amerika, musste sie denken. Ob sie wirklich einmal die Möglichkeit haben würde, dahin zu reisen? Sie schalt sich selbst eine Idiotin, nie im Leben würde sie dorthin kommen.

Hatte nicht schon der Pfarrer auf ihrem Dorf gepredigt, sie müsse sich mit dem zufriedengeben, was das Leben für sie bereithielt? Bescheidenheit ist eine Tugend, hatte man ihr beigebracht und von vornherein alle unerfüllbaren Wünsche als Sünde gegeißelt. Man solle nicht streben nach des Nachbars Haus oder Hof, hieß es in der Bibel.

Elisabeth neidete anderen auch nicht ihr Glück, aber ein kleines Stück vom Kuchen stand ihr doch auch zu, oder?

Karl änderte sich. War er vor ein paar Wochen noch niedergedrückt und verzagt gewesen, so strotzte er jetzt vor Selbstbewusstsein. Man war mit seiner Arbeit sehr zufrieden und sein Chef sah in ihm großes Potenzial. Immer öfter sprach auch er jetzt von der Erschaffung des neuen Deutschlands und davon, dass endlich auch Leute wie er eine echte Chance erhielten.

Er hatte jetzt viele neue Freunde, die Elisabeth aber nur aus seinen Erzählungen kannte, weil er sich genierte, sie in seine ärmliche Behausung mitzubringen. Aber schon bald würden sie sich eine bessere Wohnung leisten können, versprach er. Er wollte nicht mehr, dass Elisabeth arbeitete, stattdessen drängte er auf eine Familiengründung.

Elisabeth hätte gern Kinder gehabt, doch bis jetzt war sie jeden Monat erleichtert gewesen, wenn ihre Regel kam, denn das Geld reichte ja kaum für sie beide. Nun hatte sich ihre Situation verbessert und sie würde sich über ein Kind freuen. Und ihr Kind sollte es einmal guthaben. Sie würde es besser machen als ihre Mutter.

Damals, nach der Hochzeit, als sie im Zug nach München saß, hatte sie sich fest vorgenommen, keinen Gedanken mehr an ihr Zuhause zu verschwenden. Doch sie kriegte ihre Mutter nicht aus dem Kopf. Wie ein böser Geist schien sie Elisabeth immer zu begleiten, rief Sünde, Sünde, Sünde, sobald Elisabeth auch nur in Gedanken vom Pfad der Tugend abwich.

Auf dem Tisch lag noch die Postkarte, die von ihrer Schwester Maria gekommen war. Der Mutter ging es schlecht. Maria konnte sie erst zum Besuch beim Doktor überreden, als es bereits zu spät war. Sie müssten mit dem Schlimmsten rechnen, hatte der Arzt zu ihr gesagt.

Elisabeth warf die Karte weg. Eigentlich sollte sie nach Hause fahren, Mitleid heucheln, über das ungerechte Schicksal klagen. Aber alles in ihr sträubte sich dagegen. Ihr tat die Mutter nicht leid, im Gegenteil. Sie hatte den ketzerischen Gedanken, vielleicht endlich erlöst zu werden, wenn die Mutter starb.

Karl bestärkte sie darin, nicht zu fahren. Ihre Schwestern waren doch da, um die Mutter zu pflegen, was konnte Elisabeth schon tun.

Manchmal meldete sich Elisabeths innere Stimme, die mahnte, sie solle sich mit ihrer Mutter noch vor ihrem Tod versöhnen, doch dann überkamen sie wieder die Erinnerungen und sie konnte nur noch Hass empfinden.

Die nächste Postkarte, die kam, informierte sie über die Beerdigung, die bereits stattgefunden hatte. Elisabeth wartete auf die Erleichterung, die sich nun einstellen sollte, aber sie fühlte nur ein vages Gefühl von Schuld, weil sie nicht heimgefahren war. Als würde die Mutter, wo immer sie jetzt war, Elisabeth noch dafür strafen wollen.

Karl machte sein Versprechen wahr und überraschte Elisabeth mit einer neuen Wohnung. Gegen das schäbige Zimmer, in dem sie bis jetzt gehaust hatten, schien sie Elisabeth wie das Paradies. Sie hatten ein Schlafzimmer mit einem richtigen Schrank und einem breiten Ehebett, in dem Elisabeth so gut schlief wie noch nie. Das Wohnzimmer zierte ein Tisch, an dem sechs Leute sitzen konnten, und morgens schien die Sonne herein. Elisabeth nähte Vorhänge und Tischdecken, versuchte, aus ihrem neuen Heim ein richtiges Schmuckstück zu machen.

In dem breiten Bett mühte sich Karl Nacht für Nacht, einen Sohn zu zeugen. Er wünschte sich nichts sehnlicher als einen Stammhalter.

Elisabeth hätte sich auch über eine Tochter gefreut, aber sie konnte ihren Mann verstehen. Mädchen galten nun einmal weniger.

Sie wusste noch gut, wie der Bauer vom Nachbarhof auf den Dorffesten verspottet worden war, weil er nur drei Mädchen zustande gebracht hatte.

So sehr Elisabeth früher vor dem Ausbleiben der Regel gezittert hatte, so enttäuscht war sie jetzt, wenn die Blutung wieder einsetzte. Karls Gesicht, wenn sie ihm gestehen musste, dass es wieder nicht geklappt hatte, war noch schwerer zu ertragen. Er gab Elisabeth die Schuld daran, auch wenn er es nicht aussprach.

Insgeheim dachte Elisabeth, dass es vielleicht die Strafe dafür war, dass sie erst keine Kinder wollten. Der Pfarrer hatte sie noch beim Brautgespräch ermahnt, dass der Sinn des Beischlafs einzig und allein darin bestand, Kinder zu zeugen. Keinesfalls sollte er der sündigen Lust dienen.

Nachdem sie jetzt auch über ein respektables Wohnzimmer verfügten, kamen Karls Kameraden öfter abends auf ein Bier zu ihnen. Meist ging es um Politik bei ihren Gesprächen, wobei alle der Meinung waren, dass es jetzt endlich aufwärts ging mit Deutschland. Als Elisabeth einmal etwas dazu sagte, wurde sie von Karl scharf zurechtgewiesen.

»Davon verstehst du nichts«, herrschte er sie an, wohl um seinen Kameraden zu beweisen, dass er der Herr im Haus war. Später hatte er ihr noch deutlich gesagt, dass es ihre Aufgabe wäre, schwanger zu werden, und nicht, sich in politische Diskussionen einzumischen.

Elisabeth fühlte sich langsam selbst minderwertig, weil sie es nicht schaffte, schwanger zu werden. Alle verheirateten Frauen, die sie kannte, hatten längst Nachwuchs, manchmal sogar schon zwei oder drei Kinder.

Hilde, eine von Elisabeths Bekanntschaften aus dem Haus, die, obwohl ihr letztes Kind noch nicht zwei war, schon wieder einen dicken Bauch vor sich her trug, riet zu einer besonderen Diät. Sie verriet Elisabeth flüsternd noch ein paar weitere Geheimnisse, aber bis jetzt hatte nichts bei Elisabeth gefruchtet.

Von Wilma im Haus nebenan kam der Rat, das Ganze entspannter anzugehen, dann würde es von ganz allein klappen.

Doch das war nicht so einfach. Es gab immer noch Karl, der ihr bei jedem Beischlaf das Gefühl vermittelte, seinen Part der Aufgabe gut erfüllt zu haben. Elisabeth winkelte dann die Beine an, bis sie fast einen Krampf bekam, um ja nichts von seinem kostbaren Samen zu vergeuden.

Von seiner Arbeit redete Karl nie, obwohl ihn Elisabeth oft danach fragte. Eine Baustelle sei wie die andere, sagte er dann und wollte wissen, was es zu essen gebe.

Mit dem Kochen gab sich Elisabeth große Mühe; sie wollte als Hausfrau glänzen, nachdem sie jetzt keine Aufträge mehr für andere übernahm. Karl hatte es ihr verboten, er verdiene genug, um eine Familie zu ernähren, hatte er gesagt.

Elisabeths Leben war sehr viel bequemer geworden. Trotzdem fragte sie einmal bei Frau Goldmann nach Näharbeiten, weil sie hoffte, bei der Gelegenheit vielleicht ihrem Sohn zu begegnen. Die Stunde, die sie mit ihm verbracht hatte, ging ihr nicht aus dem Kopf und sie hätte sich gern noch einmal mit ihm unterhalten. Aber er war nirgends zu sehen und hinterher schalt sich Elisabeth eine Närrin. Sicher wüsste David Goldmann gar nicht mehr, wer sie war, während Elisabeth einen Riesenkrach mit Karl hatte, weil er herausfand, dass sie sein Verbot missachtet hatte.

Zum Einkaufen ging sie meist in den Lebensmittelladen, der nur einen Block entfernt war und alles hatte, was sie brauchte. Sie stutzte, weil bereits ein paar Frauen vor der Tür standen, ohne den Laden zu betreten. Beim Näherkommen sah sie auch den Grund. Ein großes Schild klebte an der Eingangstür: ***Deutsche, wehrt euch! Kauft nicht bei Juden!***

Während Elisabeth noch überlegte, ob sie trotz dieses Schildes in das Geschäft gehen sollte, ging auf der gegenüberliegenden Straße ein Trupp SA-Männer vorbei. Und stolz an vorderster Front marschierte Karl.

Elisabeth starrte ihm mit offenem Mund hinterher.

3. Kapitel

Britta

2023

Noch nie hatte ich mich so einsam gefühlt wie in München mit meiner Mutter. Ich hatte keine Geschwister, ebenso wie meine Mutter keine hatte. Unsere Familie bestand nur aus uns beiden und es gab keine weiteren Schultern, auf die man die Last hätte verteilen können.

Jenny war mein Halt und meine Stütze, ohne sie wäre ich wahrscheinlich verzweifelt. Sie bestärkte mich auch darin, mehr über die Vergangenheit meiner Mutter herauszufinden. Ich sollte die letzte Gelegenheit dafür nicht verstreichen lassen, mahnte sie.

Ich war längst selbst neugierig geworden, würde ihren Rat nur zu gern befolgen. Erst gestern war ich mit Margit auf der Suche nach dem Grab ihrer Eltern kreuz und quer über den Friedhof in Bogenhausen gelaufen.

»Ich glaube, hier vorne ist es«, hatte sie ein ums andere Mal behauptet, dann aber immer wieder den Kopf geschüttelt und einen anderen Weg eingeschlagen. Nachdem wir endlos in die Irre gelaufen waren, hatte ich schließlich bei der Friedhofsverwaltung nachgefragt. Ich erfuhr, dass das Grab von Karl Stadler schon vor Jahrzehnten aufgelöst worden war. Das von Elisabeth Stadler hatte bis zum letzten Jahr existiert. Doch nachdem auf das Schreiben der Verwaltung niemand reagiert hatte, war es ebenfalls aufgelöst worden.

Ich hatte angenommen, dass es sich um ein Familiengrab handelte, doch das war ein Irrtum. Auf der Suche nach der Grabstätte hatte ich Margit immer wieder gefragt, wer denn ihr richtiger Vater sei, ob sie ihn gekannt hätte, ob er auch hier begraben sei und so weiter.

Auf keine meiner Fragen bekam ich eine Antwort. Margit suchte stattdessen manisch nach einem Grab, das es schon lange nicht mehr gab.

Die Beschäftigung mit der Vergangenheit war für mich nur ein Aufschub vor den drängenden Problemen der Gegenwart. In drei Tagen ging mein Flug zurück nach Hamburg, wo ich einen neuen Job antreten musste, und in München war rein gar nichts geklärt. Fest stand nur, dass meine Mutter nicht mehr allein bleiben konnte.

Das Thema Heim sprach ich nach der Friedhofsepisode an. Ich tarnte es als Kuraufenthalt, wie mir ein Mitarbeiter der Alzheimergesellschaft am Telefon geraten hatte.

Ich hatte Kuchen besorgt und Kaffee gekocht, um so etwas wie Gemütlichkeit vorzutäuschen.

»Was hältst du von einer Kur?«, fragte ich. »Du hast so viel abgenommen, du musst irgendwohin, wo man dich wieder ein bisschen aufpäppelt.«

»Ich geh nirgendwo hin«, gab sie mir zur Antwort.

Ich versuchte weiter, ihr einen Kuraufenthalt so verlockend wie möglich darzustellen, wobei ich mir ein bisschen schäbig vorkam.

»Ist doch herrlich, wenn du dich um nichts kümmern musst, jeden Tag für dich gekocht wird und du nette Leute um dich hast.«

Sie sah mich durchdringend an. »Was kümmert's dich denn?«

Es kam mir so vor, als würde sie mich mühelos durchschauen. Ich suchte nach Worten. »Ich muss zurück nach Hamburg und du kannst nicht mehr allein in dem Haus bleiben.«

»Warum nicht?«

Ich versuchte, die aufkommende Aggression zu unterdrücken. »Weil du abgebaut hast. Du kannst dich nicht mehr allein versorgen. Das hat auch der Arzt gesagt.«

»Ist dir aufgefallen, wie jung der war?«, sagte Margit. »Der war sicher noch gar kein richtiger Arzt. Nur weil ich alt bin, denkt jeder, er kann über mich bestimmen. Aber das lass ich mir nicht gefallen.«

Ein Stück Kuchen war ihr von der Gabel gefallen, sie merkte es nicht und trat darauf, als sie aufstand.

»Fahr du nur zurück nach Hamburg und lass dir die Haare schneiden, du siehst ja aus wie Liane aus dem Urwald.«

Ich gab auf. Freiwillig würde ich sie niemals in so ein Heim kriegen, aber irgendetwas würde mir schon einfallen, wenn ich erst einen Platz hätte.

Wie naiv diese Vorstellung war, erfuhr ich, nachdem ich Stunden am Telefon verbracht hatte, um jedes Mal die Auskunft zu erhalten, dass kein Heimplatz frei wäre, ich außerdem eine gerichtliche Verfügung bräuchte, um Margit ins Heim einzuweisen. Dazu sei ich aber nicht berechtigt, weil ich über keine dementsprechende Vollmacht verfügte und um diese Vollmacht zu erlangen, bräuchte ich die Bestätigung ihres Arztes, dass sie noch geschäftsfähig sei. Das aber könne er mir keinesfalls bestätigen, wie er mir am Telefon sagte, denn Margit sei nicht in der Lage, noch irgendetwas selbst zu regeln, geschweige denn ihre Geschäfte.

Ich hatte keinen Zugriff auf ihr Konto, keine Ahnung, ob sie sich ein Heim überhaupt leisten konnte. Wahrscheinlich müsste ich das Haus verkaufen, aber wie zum Teufel sollte ich das anstellen, ohne Vollmacht?

Um die zu bekommen, müsste ich Margit quasi entmündigen lassen und mich vom Gericht zum Betreuer bestellen lassen, sagte mir irgendjemand bei den zahlreichen Stellen, die ich anrief. Das Gericht konnte aber auch eine andere Person zum Betreuer bestellen, wenn ich das nicht wollte.

Das war der einzige Lichtblick bei all diesen Telefonaten. Ich konnte Margit mitsamt ihren Problemen jemand anderem aufhalsen. Einem Profi, der wusste, wie man so etwas handhabe. Der sie nicht zu einem Heim überreden musste, sondern sie einfach dort einwies.

Am liebsten hätte ich Margit sofort ihrem Schicksal überlassen, aber noch war ich für sie verantwortlich. Ich musste den medizinischen Dienst organisieren und jemanden, der sich um sie kümmerte, wenn ich wieder nach Hamburg flog. Der kurze Anflug von Euphorie verpuffte, als ich an all das dachte, was noch zu erledigen war. Am liebsten hätte ich mir ein großes Glas Wein eingegossen und meine Probleme damit heruntergespült. Aber hatte ich nicht mein Leben lang Margit vorgeworfen, genau das zu tun?

Ob sie Probleme hatte, oder nur zum Vergnügen soff, wusste ich nicht und es war mir auch egal. Als Kind hatte es mich zu Tode geängstigt, wenn sie sich aufgrund ihres Alkoholkonsums vollkommen verwandelte, entweder aufdrehte wie verrückt, oder in einer Ecke saß und weinte. Ich wusste nie, was mich erwartete, wenn ich aus der Schule nach Hause kam. Manchmal ging es auch wochenlang gut und sie rührte nichts an. Dann ging sie mit mir Eis essen und lobte mich in den Himmel, weil ich so selbstständig war. Das wertete sie als Erfolg ihrer Erziehung, dabei war mir schlicht nichts anderes übriggeblieben.

Einmal, in einer ihrer guten Phasen, brachte ich eine Gruppe Schulfreunde mit nach Hause. Wir wollten für eine Theateraufführung üben und bei uns war genug Platz. Ich hatte Margit extra Bescheid gesagt, um keine unangenehmen Überraschungen zu erleben. Trotzdem war sie hackevoll, als sie uns die Tür öffnete und lallend anbot, uns etwas zu essen zu machen. Dann kippte sie vor unseren Augen um und ich musste sie in ihr Schlafzimmer schleppen.

Die anderen Kinder standen mit großen Augen dabei und verkniffen sich nur mühsam das Grinsen. Einzig Jenny packte mit an und half mir. Fortan waren wir beste Freundinnen und sie ging dazwischen, wenn über mich gelästert wurde. Denn natürlich machte die Geschichte in der ganzen Schule die Runde.

Dass meine Mutter auch dafür sorgte, dass mein »erstes Mal« ein Albtraum wurde, wusste ebenfalls nur Jenny. Ich war siebzehn und schwärmte für Patrick aus dem Abiturjahrgang. Dass er sich auch für mich interessierte, machten seine Blicke deutlich, wenn wir uns in der Schule zufällig über den Weg liefen. Diese »Zufälle«

waren jedes Mal sorgfältig von mir geplant und ich hoffte, dass er mich nach einem Date fragen würde. Als er das dann tatsächlich tat, sagte ich sofort ja. Wir tanzten die Nacht in einem Club durch und als er mich nach Hause fuhr, küsste er mich lange. Er konnte großartig küssen, und als er mich fragte, ob er noch mit reinkommen könne, nickte ich und ließ ihn eintreten.

Das Risiko war überschaubar, denn es war fünf Uhr früh und um diese Zeit schlief meine Mutter. Außerdem lag mein Zimmer weit genug entfernt von ihrem, wir würden sie nicht wecken.

Wir schlichen hinauf in mein Zimmer, wobei sich Patrick gebührend beeindruckt von dem großen Haus zeigte. Er zog mich hastig aus, bevor er selbst aus T-Shirt und Jeans schlüpfte, drängte mich aufs Bett, küsste mich immer wieder, während seine Hand erst meine Brüste umkreiste und dann zwischen meine Beine glitt.

Natürlich hatte ich mich selbst schon da angefasst und ich wusste, wie ich mir Lust verschaffen konnte. Aber eine fremde Hand dort zu spüren, war etwas anderes, noch dazu die Hand eines Jungen, in den ich rasend verliebt war, wie ich mir zumindest einbildete. Und Patrick hatte im Gegensatz zu mir Erfahrung, er wusste, was er tun musste.

Ein kurzes Gefummel mit dem Kondom, dann spürte ich, wie er vorsichtig in mich eindrang. Ich hatte ihm kurz zugeflüstert, dass ich noch nie vorher … und war ihm dankbar für seine Rücksichtnahme.

Im Flur ertönte ein lautes Krachen.

»Was war das?«, fragte er irritiert und hielt inne.

»Kümmer dich nicht darum!«, sagte ich und wollte

ihn zum Weitermachen animieren. In dem Moment wurde die Tür aufgerissen und meine Mutter kam hereingetorkelt. Dass sie sturzbetrunken war, sah ich auf den ersten Blick. Sie hatte sich an der Hand geschnitten und war sich mit der blutenden Hand dann durchs Gesicht gefahren. Es war ein Anblick wie aus einem Horrorfilm. Geschockt rollte Patrick von mir herunter.

»Ich hab mich geschnitten«, lallte Margit und sah erst gar nicht, dass ein Kerl in meinem Bett war. »Ach, du hast Besuch«, stammelte sie dann, als sie Patrick bemerkte.

»Wahrscheinlich gehst du besser«, sagte ich zu dem fassungslosen Patrick.

»Soll ich vielleicht einen Notarzt rufen?«, fragte er noch hilflos, bevor er nach seinen Klamotten angelte.

Ich war inzwischen aus dem Bett gesprungen und untersuchte ihre Hand. Ein tiefer Schnitt, aber lebensbedrohlich sah er nicht aus.

»Passt schon«, sagte ich, »geh nur!« Worauf Patrick, ohne mich noch einmal anzusehen, erleichtert das Weite suchte.

Ich bestellte ein Taxi, fuhr mit Margit in die Notaufnahme und wartete zwei Stunden, bis sie endlich dran war und genäht wurde.

Patrick rief mich nicht mehr an, er schrieb mir auch nicht. Wenn wir uns zufällig in der Schule sahen, beließ er es bei einem Nicken. Ich konnte es ihm nicht verübeln. Ohnehin versuchte ich, ihm aus dem Weg zu gehen und hoffte inständig, er würde dieses megapeinliche Erlebnis nicht herumerzählen.

Der Verlust meiner vermeintlich großen Liebe – in meiner Erinnerung vergrößerte sie sich ständig und stand in keinem Verhältnis zu ihrer Dauer – frustrierte mich dermaßen, dass ich mich auf den Nächstbesten, der mich anmachte, einließ.

Wir waren beide betrunken und das Beste, was ich darüber sagen kann, war, dass ich mich nicht mehr genau daran erinnerte.

Danach ließ ich für lange Zeit die Finger von Männern und vom Alkohol. Mehr denn je war ich der Überzeugung, mit Patrick die Liebe meines Lebens verloren zu haben.

Als ich ihn fünfzehn Jahre später zufällig auf der Straße traf, hätte ich ihn fast nicht erkannt. Mit Bierbauch und schütteren Haaren erinnerte er mich in tragischer Weise an die Vergänglichkeit der Zeit. Er hatte eine umgekehrte Metamorphose durchlaufen, war vom schönen Schmetterling zur unansehnlichen Raupe geworden.

»Wie geht es deiner Mutter?«, fragte er und ich musste sofort losprusten.

Die Definition von Komödie, hatte ich mal gelesen, sei Drama plus Zeit. Nie war es mir richtiger erschienen als bei diesem Wiedersehen mit Patrick, meiner vermeintlich großen Liebe. Deshalb konnte ich auch nicht aufhören, hysterisch zu lachen, während er mich so fassungslos anstarrte, wie damals, als Margit plötzlich als Horrorfigur auftauchte.

Ein Klingeln riss mich aus meinen Gedanken. Jenny. Ich umarmte sie kurz und sie begrüßte Margit, die vor dem Fernseher saß.

»Wir haben uns ja ewig nicht mehr gesehen«, sagte Jenny mit freundlichem Lächeln. Nachdem Margits

Miene keinerlei Erkennen verriet, fügte sie hinzu: »Ich bin Jenny, Brittas Freundin, früher hab ich sie oft hier besucht.«

»Jenny ...«, wiederholte Margit und wandte sich wieder dem Fernseher zu. Dann drehte sie sich abrupt wieder um. »Und was wollen Sie hier?«

»Nur Britta besuchen«, sagte Jenny. »Ich werde Sie bestimmt nicht stören.«

Margit murmelte etwas vor sich hin, was aber nicht zu verstehen war.

Meiner Freundin machte ich ein Zeichen, mir in die Küche zu folgen und setzte Kaffee auf. Ich rief ins Wohnzimmer, ob Margit auch einen wolle, bekam aber keine Antwort.

Jenny hatte die Begegnung mit Margit sichtlich verstört; sie hatte meine Mutter nicht mehr gesehen, seit ich nach Hamburg gezogen war.

»Wie viele Jahre ist das jetzt her? Zwanzig?«

»Vierundzwanzig«, korrigierte ich sie.

»Sie hat sich überhaupt nicht mehr an mich erinnert«, sagte Jenny, »und dieser leere Blick, als würde sie gar nichts mehr wahrnehmen.«

»Es ist nicht immer gleich«, erwiderte ich. »Sie hat auch ihre guten Momente, dann wirkt sie ganz normal.«

Jenny erzählte, dass sie im Netz verschiedene Agenturen gefunden hätte, die entsprechende Pflege vermittelten. Sogar halbwegs bezahlbar. Ich hatte auch schon daran gedacht. Zumindest bis Margit einen gerichtlich bestellten Betreuer hatte, war das eine gute Lösung. Wenn Margit nicht genug auf dem Konto hatte, musste ich das Geld eben irgendwie zusammenkratzen und mir später zurückholen, wenn das Haus verkauft war.

Wir machten uns auf die Suche nach Margits Unterlagen, irgendwo waren sicherlich Kontoauszüge. Was wir fanden, war ein Wust von Papieren, jede Schublade quoll davon über. Nichts war geordnet, Werbung, Mahnungen, Rechnungen, alles flog wild durcheinander.

Die Auszüge, die wir fanden, waren Jahre alt. Wir gaben auf und telefonierten die Agenturen durch, das war wichtiger. Wir nahmen die, die am schnellsten jemanden schicken konnte.

Die Pflegerinnen kamen aus Polen, sprachen aber etwas Deutsch, wie mir versichert worden war. Nachdem ich einen umfangreichen Vertrag, den die Agentur per Mail schickte, unterzeichnet hatte, wurde mir Hankas Ankunft in einer Woche angekündigt.

Wir hängten uns wieder ans Telefon, versuchten, einen Kurzzeitpflegeplatz für Margit zu finden. Vergebens. Eine Woche musste ich wohl oder übel noch bleiben.

Ich rief bei der Immobilienfirma an und fragte nach Philip, dem ich dann erklärte, dass ich wegen unvorhergesehener Umstände leider erst eine Woche später anfangen könne. Es tue mir sehr leid, sagte ich noch, aber es sei wirklich ein Notfall.

Philip war nicht begeistert, er hatte aufgrund von personellen Engpässen schon fest mit mir gerechnet. Aber die personellen Engpässe sorgten vermutlich auch dafür, dass er die Verschiebung akzeptierte. Andernfalls hätte er mir wohl gesagt, dass ich den Job los sei.

Ich versicherte ihm, dass ich mich freute, in einer Woche anzufangen, und legte auf.

Zwei Tage später kam die Gutachterin vom Medizinischen Dienst. Ich hatte Margit angekündigt, dass jemand von der Krankenkasse kommen würde, dem sie ein paar Auskünfte geben müsse. Das Wort Pflegegrad hatte ich vermieden.

Als es klingelte, saß Margit beim Frühstück. Sie hatte vergessen, worum es ging, und war nicht erfreut, gestört zu werden.

»Was wollen Sie?«, fragte sie unfreundlich, als ich Frau Niedermayer hereinführte.

»Ich will Ihnen nur ein paar Fragen stellen«, sagte Frau Niedermayer geduldig. »Wissen Sie, welcher Tag heute ist?«

»Wozu wollen Sie das wissen?«, fuhr Margit die Frau an.

»Ist heute Montag, oder Dienstag, ich will nur den Wochentag wissen.«

»Meinetwegen«, willigte Margit ein. »Heute ist Donnerstag.«

Es war Montag. Obwohl ich Margit eine große Uhr gekauft hatte, die das Datum und die Wochentage anzeigte, verwechselte sie die Tage ständig.

»Und wissen Sie auch den Monat?«, fragte Frau Niedermayer.

»Juni«, antwortete Margit, »bald ist Ostern.«

Mit Fragen dieser Art ging es noch eine ganze Weile weiter. Dann ging es um Margits physische Beschaffenheit. Abgesehen von ihrem erheblichen Untergewicht fehlte ihr körperlich aber nichts.

»Doch, mein Gesicht brennt«, klagte Margit. »Ich habe einen Ausschlag.«

In der Tat war ihre Haut im Gesicht ganz rot.

»Hast du vielleicht eine neue Creme, die du nicht verträgst?«, fragte ich und wir gingen ins Bad, um zu sehen, was den Ausschlag verursacht haben könnte.

»Die da«, sagte Margit und hielt mir anklagend ihre Zahnpasta entgegen.

Eigentlich war es tragisch, aber ich musste trotzdem grinsen. »Das ist deine Zahnpasta. Kein Wunder, dass es brennt, wenn du dir die ins Gesicht schmierst«, erklärte ich.

In dem Schreiben, das später kam, stand, dass Frau Niedermayer Margit Pflegegrad drei zugestanden hatte. Damit übernahm die Krankenkasse einen Teil der Pflegekosten, wobei das weder die Kosten für die Pflegerin aus Polen, geschweige denn einen Heimplatz auch nur annähernd decken würde. Aber Margits Haus war bestimmt ein Vermögen wert und würde ihren Aufenthalt auf Jahre hinaus finanzieren können.

Seltsam genug, ich hatte nie daran gedacht, dass ich es mal erben würde. Erst Jenny brachte mich darauf. Das Haus war mir immer ebenso fremd geblieben wie meine Mutter. Ich wusste nur, dass es seit Generationen in der Familie war. Einer Familie, die für mich nur aus meiner Mutter und mir bestand und der ich mich nicht zugehörig fühlte. Selbst wenn mich die Umstände nicht dazu zwangen, ich würde das Haus sofort verkaufen.

Mein Flug nach Hamburg war gebucht, Hanka würde morgen ihren Dienst antreten. Noch hatte ich Margit nichts davon gesagt, ich hielt es für besser, sie vor vollendete Tatsachen zu stellen.

Jenny war vorbeigekommen, um mich bei der undankbaren Aufgabe zu unterstützen.

Ich ging in die Küche, um eine neue Flasche Wein zu holen, für genügend Vorrat hatte ich beim Einkaufen gesorgt. Ich schenkte auch Jenny und mir ein. Wir setzten uns zu Margit vor den Fernseher.

»Ich habe jemanden gefunden, der dich ein bisschen im Haushalt unterstützt«, begann ich vorsichtig.

»Wieso?«, fragte Margit misstrauisch.

»Du hattest doch immer eine Putzfrau«, sagte ich. »Und die brauchst du auch jetzt wieder.«

»Das Haus ist so groß, es sauber zu halten, ist eine Menge Arbeit«, versuchte es Jenny.

Margit schaute sie verwundert an. »Und wer sind Sie?«

»Jenny. Brittas Schulfreundin.«

Margit nickte. »Ja, ich hab Sie schon hier gesehen.«

»Also die neue Putzfrau heißt Hanka. Sie kommt morgen und ich mache ihr das Gästezimmer zurecht.«

»Warum?«

»Sie wird hier wohnen.«

»Kommt nicht in Frage«, wehrte sich Margit kategorisch. »Hier wohnt niemand!«

»Du kannst nicht mehr allein bleiben«, bestimmte ich ebenso kategorisch. »Was, wenn du das Haus abfackelst, weil du wieder was auf dem Herd vergessen hast?«

»Ein bisschen Gesellschaft ist vielleicht ganz nett«, versuchte Jenny einzulenken, denn meinem Ton war anzuhören, dass ich meine Wut nicht mehr lange unterdrücken konnte.

»Nein!«, rief Margit. »Und das ist mein letztes Wort.«

»Wenn du das nicht willst, musst du ins Heim«, sagte ich, denn sie machte mich wirklich wütend.

Sie sah mich lange an. »Wie dein Großvater.« Margit machte eine lange Pause. »Der hat auch welche ins KZ gebracht.«

Mir verschlug es die Sprache. Jenny sah mich ebenfalls geschockt an. Wir konnten beide nicht fassen, was sie gesagt hatte.

»Was redest du da?«, sagte ich schließlich hilflos. »Ich habe lediglich eine Frau besorgt, die dir den Haushalt macht.«

Margit nickte und schaute wieder in den Fernseher, wo eine Sendung lief, die sie sicher gar nicht wahrnahm.

Jenny und ich gingen in mein Zimmer.

»Was war das denn?«, fragte Jenny, immer noch vollkommen fassungslos.

»Keine Ahnung«, sagte ich wahrheitsgemäß.

»Was weißt du denn über deine Großeltern?«

»Nichts, gar nichts. Sie waren schon tot, als ich auf die Welt kam, und Margit hat nie über ihre Eltern gesprochen. Bis auf neulich, als sie sagte, ihr Vater sei nicht ihr Vater.«

»Von welchem sie da wohl gesprochen hat? Einer von denen muss wohl ein Nazi gewesen sein.«

»Gruselige Vorstellung!« Ich schüttelte mich. Gleichzeitig fühlte ich ein vages Schuldgefühl, weil Margit mir offenbar das Schlimmste zutraute, mich mit jemandem verglich, der Leute ins KZ gebracht hatte.

Ich weiß noch genau, wie erschüttert ich war, als wir mit der Schule das Konzentrationslager Dachau besuchten.

Wir hatten zwar im Geschichtsunterricht das Dritte Reich samt dem Holocaust ausführlich behandelt, aber an Ort und Stelle das Grauen nachzuempfinden war etwas ganz anderes. Damals hatte ich lange geweint bei dem Gedanken, zu welchen Gräueltaten Menschen fähig waren.

Was war von der damaligen Empathie geblieben? Nie hatte ich mir Gedanken gemacht, wie das Leben meiner Mutter wohl ausgesehen hatte, bevor sie mich bekam. Jetzt wollte ich es wissen.

Ich wollte wissen, von wem ich abstammte, wer mein Vater, wer mein Großvater war. Die Vorstellung, dass er ein Nazi gewesen war – und offenbar Täter und nicht nur ein Mitläufer –, ließ mich schaudern. Aber ich wollte es herausfinden, ehe Margits Gedächtnis vollkommen verschüttet war.

Am nächsten Morgen kam Hanka. Sie war mindestens sechzig, dick, was auf gute polnische Küche schließen ließ, und umarmte Margit warmherzig. Ihre Sprachkenntnisse in Deutsch beschränkten sich auf *Guten Tag*.

Margit wich erschrocken zurück, als die von der langen Reise im Bus verschwitzte Hanka sie an ihren beachtlichen Busen drückte, und flüchtete in ihr Schlafzimmer.

Hanka und ich verständigten uns per Übersetzungs-App auf dem Handy, was für einige Missverständnisse sorgte. Ich zeigte ihr das Haus, übergab ihr Margits Medikamente und bekam ein angemessen schlechtes Gewissen, als ich sie nach ihrer Familie fragte und erfuhr, dass sie die im Stich lassen musste, um in Deutschland Geld zu verdienen. Immerhin bekam sie hier das Vielfache des polnischen Lohns, trotzdem kam ich mir vor wie ein Sklavenhalter in den Südstaaten.

Ich klopfte an Margits Tür, um mich zu verabschieden, und versicherte ihr, dass ich jederzeit erreichbar wäre. Ich gab Hanka meine Handynummer für alle Fälle.

Margit sah mich vorwurfsvoll an. »Du hältst mich für blöd, oder?«

»Wie kommst du denn darauf?«

»Weil du mir diese Frau ins Haus geschleppt hast. Die soll auf mich aufpassen, oder?«

»Hanka soll dir nur helfen.«

»Die klaut sicher.«

»Sicher nicht.« Ich deutete so etwas wie eine Umarmung an. »Ich komm nächstes oder übernächstes Wochenende wieder. Je nachdem, wie es mit der Arbeit läuft. Du weißt ja, ich hab einen neuen Job.«

»Was musst du denn da machen?«

Ich lachte. »Das weiß ich selbst nicht so genau.«

Ich winkte noch einmal, dann war ich draußen.

Im Flieger war ich in Gedanken bei meinem Großvater. Die Bemerkung von Margit hatte mich so nachhaltig verstört, dass ich an nichts anderes mehr denken konnte.

Einmal hatten wir in der Schule die Aufgabe bekommen, einen Stammbaum unserer Familie zu basteln. Als ich Margit bat, mir zu helfen, lehnte sie das rundheraus ab. Sie schrieb in mein Heft, dass sie es übergriffig fände, von den Kindern so etwas zu verlangen und mir untersagt hätte, die Hausaufgabe zu machen.

Ich hatte es mir gemerkt, weil ich nicht wusste,

was das Wort übergriffig bedeutete und Margit danach gefragt hatte.

»Das bedeutet, dass deine Lehrkraft Dinge wissen möchte, die sie nichts angehen«, erklärte Margit.

Die Lehrerin schaute in mein Heft, las Margits Bemerkung und sagte nichts weiter. Das Thema Stammbaum war damit erledigt.

Es war nicht so, dass ich nie Fragen gestellt hätte. Meine Mitschüler vermuteten, wir müssten immens reich sein, weil wir in so einem großen Haus wohnten. Aber das waren wir nicht. Wir mussten durchaus sparen. Waren meine Großeltern vermögend gewesen? So viele Gedanken schwirrten mir im Kopf herum.

Die Anschnallzeichen leuchteten auf und der Steward verkündete, dass wir uns im Landeanflug befänden und die Sitzlehnen wieder senkrecht stellen sollten.

Ich versuchte, an den Job zu denken, den ich morgen antreten würde und daran, was hier in Hamburg zu erledigen wäre. Aber meine Gedanken verloren sich immer wieder in der Vergangenheit, die neuerdings so viele Rätsel barg.

4. Kapitel

Elisabeth

1934

Es dauerte Tage, bis Elisabeth es wagte, Karl auf seine Zugehörigkeit zur SA anzusprechen. Sie hatte lange überlegt, wie sie es anstellen konnte, ohne dass er böse wurde, denn so sanftmütig, wie er zu Beginn ihrer Ehe gewesen war, war er längst nicht mehr.

Als ob sein Bestreben, seinen Körper immer weiter zu stählen, sich auch auf seinen Geist auswirken würde. Eigentlich hätte sie es längst ahnen können, denn wozu sollte ein Maurer schon bei Tagesanbruch Waldläufe absolvieren? Früher war Karl froh gewesen, sich nach der schweren Arbeit abends ausruhen zu können. Jetzt ging er oft noch mit seinen Kameraden auf ein Bier und kam spät heim.

Elisabeth hatte nie genau gewusst, was sie vom Nationalsozialismus halten sollte. Sie musste zugeben, dass es allen, die sie kannte, jetzt besser ging. Allen voran Karl und ihr. Aber das Gehetze gegen die Juden mochte sie nicht; sie sah nicht ein, was die den Deutschen getan haben sollten.

Einmal hatte sie gesehen, wie eine Horde SA-Leute einen alten Mann zwang, den Gehsteig mit einer Zahnbürste zu reinigen. Das hämische Gelächter der Männer hatte sie lange nicht vergessen können. Sie empfand Mitleid mit dem Greis, ging aber schnell weiter, ohne etwas zu sagen.

Es war ihr wieder eingefallen, als sie sich endlich dazu entschlossen hatte, Karl zu fragen, ob er bei der SA sei.

»Ja«, sagte Karl stolz und dass er aktiv mithelfen wolle, das neue Deutschland zu gestalten.

»Wieso hast du es mir nicht gesagt?«, fragte Elisabeth.

»Stimmt«, gab er zu, »ich hätte es dir erzählen sollen. Aber es ist meine Sache, womit ich mein Geld verdiene«, setzte er trotzig hinzu.

»Findest du es richtig, was die mit den Juden machen?«, fragte Elisabeth. »Wir kennen doch Leute, die immer anständig waren. Ich hab nicht einmal gewusst, dass das Juden waren. Die haben uns doch nichts getan.«

»Im Einzelfall mag das vielleicht stimmen«, sagte Karl, »aber es ist eine Tatsache, dass es eine jüdische Weltverschwörung gibt. Schau dir an, wer hier die großen Vermögen besitzt. Das sind Juden. Vermögen, die sie den Deutschen weggenommen haben. Das holen wir uns jetzt wieder zurück.«

Elisabeth sagte nichts mehr. Sie dachte an die Goldmanns in ihrem großen Haus, aber auch an ihren Lebensmittelhändler, der bestimmt keine Villa hatte und bei dem sie jetzt nicht mehr einkaufen sollte.

Karl riss sie aus ihren Gedanken. »Immer noch nicht guter Hoffnung?«, fragte er, obwohl er genau wusste, dass sie heute wieder ihre Blutung bekommen hatte.

Elisabeth gab keine Antwort.

»Vielleicht solltest du mal zum Arzt gehen«, fuhr

er fort, »untersuchen lassen, ob da irgendwas nicht stimmt.«

»Ich werde mich mal erkundigen, zu wem man da gehen kann«, sagte Elisabeth folgsam, obwohl ihr vor so einer Untersuchung graute. Bei einem Frauenarzt war sie noch nie gewesen und außer Karl hatte sie noch nie jemand »da unten« angefasst. Die Vorstellung, dass das vielleicht ein völlig Fremder tun könnte, war ihr zuwider.

Aber sie wusste, er würde nicht locker lassen. Also fragte sie ihre Nachbarin Hilde um Rat.

Hilde hielt die Untersuchung für eine gute Idee und sagte ihr, sie solle am besten zu ihrem Frauenarzt gehen. Das sei Dr. Kabus in der Klinik an der Maistraße. So eine Untersuchung sei nicht angenehm, aber vielleicht könne ihr der Arzt dann sagen, warum sie nicht schwanger wurde.

Elisabeth wollte die Sache so bald wie möglich hinter sich bringen und machte sich am nächsten Tag auf den Weg in die Maistraße. Die Klinik war riesig, und obwohl ihr der Pförtner sagte, wo sie hinmusste, verlief sie sich.

Die Arzthelferin, eine streng aussehende Dame, fragte ebenso streng, warum sie sich nicht angemeldet habe, der Doktor sei vielbeschäftigt. Elisabeth schüttelte den Kopf. Sie hatten kein Telefon, wie hätte sie das machen sollen?

»Dann müssen Sie eben warten«, sagte die Arzthelferin. »Es kann aber dauern.«

Elisabeth saß geschlagene drei Stunden im zugigen Flur auf der Bank, ehe die Helferin sie in die Praxis rief. Sie wurde in den Untersuchungsraum geführt, wo sie auf den Doktor warten sollte. Mit ängstlichem Blick registrierte Elisabeth den Stuhl, auf den sie sich zweifellos später setzen musste und der ihr wie ein Folterinstrument vorkam.

Der Doktor betrat den Raum. Wäre er wenigstens älter gewesen ... Doch er war jung und schneidig und der Gedanke, sich vor ihm entblößen zu müssen, ließ Elisabeth rot werden.

»Was kann ich für Sie tun, Frau Stadler?«, fragte er.

»Wir möchten so gern ein Kind, mein Mann und ich«, stotterte Elisabeth, »aber ...«

»Sie werden nicht schwanger«, half ihr der Arzt weiter.

»Ja«, bestätigte Elisabeth erleichtert.

»Dann wollen wir mal nachsehen. Wenn Sie sich bitte untenrum freimachen würden?« Er wies auf eine mit einem Vorhang abgetrennte Kabine neben dem Stuhl, wo sie ihre Unterwäsche ablegen konnte.

Elisabeth wusste nicht, ob sie auch ihren Strumpfhalter ablegen sollte, beschloss dann aber, nur den Schlüpfer auszuziehen.

Der Arzt wies sie an, sich auf den Stuhl zu setzen und die Beine auf die dafür vorgesehenen Halteschienen zu legen.

»Rutschen Sie noch etwas nach vorne, bitte!«, sagte er.

Elisabeth tat wie geheißen und lag mit weit gespreizten Beinen vor ihm. Sie hätte sterben können vor Scham. So hatte sie noch nicht einmal Karl gesehen. Der eheliche Beischlaf fand stets im Dunkeln statt und ohnehin berührte Karl sie dort eher selten.

Elisabeth schaute verzweifelt zur Decke, damit sie wenigstens den Arzt nicht ansehen musste.

»Versuchen Sie, sich etwas zu entspannen«, sagte der Doktor, und gleich darauf fühlte sie, wie er irgendetwas Kaltes in sie einführte. Sie zuckte zusammen.

»Ich untersuche Sie nur mit einem Spekulum«, erklärte der Doktor, »damit ich sehen kann, ob es eine körperliche Ursache für Ihren unerfüllten Kinderwunsch gibt.«

Elisabeth nickte und hoffte nur, es würde schnell vorbeigehen. Schmerzhaft war es außerdem, denn obwohl er sie mehrmals ermahnte, sich zu entspannen, verkrampfte sich Elisabeth immer mehr.

Endlich war sie erlöst und durfte sich wieder anziehen. Als sie dem Arzt gegenüber saß, wurde sie gleich wieder rot bei dem Gedanken, was er da gerade betrachtet hatte.

Er lächelte. »Also, ich habe nichts gefunden, was eine junge, hübsche Frau wie Sie vom Kinderkriegen abhalten könnte. Ihr Mann ist auch gesund, nehme ich an? Und arisch?«

Elisabeth nickte.

»Dann werden Sie sicher bald ein gesundes, arisches Baby in den Armen halten.« Er stand auf. »Ich wünsche Ihnen alles Gute!«

Elisabeth bedankte sich und ging.

Im Treppenhaus lief ein junger Mann an ihr vorbei. Als er ihren Mantel streifte, drehte er sich um und rief »Verzeihung!«. Er blieb auf dem Absatz stehen und sah sie genauer an.

»Frau Stadler, was für eine Überraschung!«

Elisabeth hatte ihn ebenfalls sofort erkannt, obwohl sich ein paar Falten in sein Gesicht gegraben hatten und er nicht mehr so gut gekleidet war wie damals.

»Herr Goldmann! Arbeiten Sie hier in der Klinik?«

»Schön wär's, nein, nein. Ich wollte bloß einen Studienkollegen besuchen, aber der ist zu beschäftigt, um mich zu empfangen. Darf ich fragen, was Sie herführt?«

Elisabeth wurde wieder rot.

David Goldmann winkte ab. »Um Gottes willen, ich wollte nicht indiskret sein. Sie brauchen es mir wirklich nicht zu sagen.«

Aber vor ihm genierte sie sich weit weniger als vor dem Arzt. »Mein Mann und ich, wir wünschen uns Kinder, aber bis jetzt vergeblich.«

»Verstehe. Dann kann ich Ihnen nur alles Gute für die Zukunft wünschen.«

Er wollte sich schon wieder zum Gehen wenden, drehte sich aber noch einmal um.

»Ich hatte gehofft, Sie noch einmal bei meiner Mutter zu sehen, aber sie sagte mir, dass Sie jetzt nicht mehr für sie arbeiten.«

»Mein Mann will nicht mehr, dass ich arbeite«, erklärte Elisabeth.

»Das verstehe ich«, sagte David und betrachtete das hübsche Kleid, das sie trug. »Jetzt können Sie zu Ihrem Vergnügen nähen, das macht sicher mehr Freude.«

»Und Sie und Ihre Familie wohnen noch in dem schönen Haus?« Erst als es Elisabeth ausgesprochen hatte, wurde ihr bewusst, wie es klingen musste. »Natürlich tun Sie das, es gehört schließlich Ihrer Familie«, setzte sie verlegen hinzu.

»Vielleicht nicht mehr lange«, sagte er. »Wenn es nach mir ginge, würden wir morgen schon unsere Koffer packen. Aber meine Eltern wollen nicht gehen, sie hängen an dem Haus und an Deutschland. Ohne sie kann ich nicht gehen, das würde ich mir nie verzeihen.«

Elisabeth nickte. Noch vor zwei Jahren waren die Goldmanns »die Herrschaft« gewesen und Elisabeth eine Dienstbotin. Jetzt sah es ganz anders aus. Aber um ihren Familienzusammenhalt beneidete Elisabeth die Goldmanns. So etwas hatte sie nie kennengelernt. Obwohl ihre Mutter die Bibel auswendig zitieren konnte, war ihr die Liebe zu ihren Nächsten fremd geblieben.

»Mein Vater hat im Ersten Weltkrieg für Deutschland gekämpft. Er ist überzeugt, der Spuk ist bald vorbei«, fuhr David fort, »und meine Mutter bestärkt ihn darin. Ich wünschte, die beiden hätten recht, aber ich glaube nicht daran. Ich hatte eine Anstellung als Assistenzarzt in Aussicht. Als ich sie antreten wollte, hieß es, sie hätten einen geeigneteren Kandidaten gefunden. Die Eignung zeigt sich heutzutage im Stammbaum.«

»Das tut mir leid«, sagte Elisabeth.

Ihr fehlten die richtigen Worte und sie fühlte sich schuldig, weil Karl jetzt zur SA gehörte. Wenn David Goldmann das wüsste, stünde er sicher nicht hier und würde mit ihr plaudern.

»Ich würde Sie gern auf einen Kaffee einladen«, sagte er, »aber ich will keinesfalls, dass Sie Schwierigkeiten deswegen bekommen.«

»Auf einen Kaffee hätte ich schon Lust«, entgegnete Elisabeth in einer Anwandlung plötzlicher Kühnheit. Karl würde einen Anfall bekommen, wenn er wüsste, dass sie sich mit einem Juden traf, aber er musste ja nicht alles wissen.

»Das freut mich sehr«, sagte David.

Sie nahmen die Straßenbahn zur Villa der Goldmanns. David sperrte die Tür auf. Elisabeth wunderte sich, dass er nicht klingelte, denn normalerweise öffnete Rosie und nahm den Eintretenden die Garderobe ab.

»Rosie hat uns verlassen«, erklärte David, als hätte er ihre Gedanken erraten. »Aber ich helfe meiner Mutter, so gut es geht. Ich habe ja sonst nicht viel zu tun.«

Er sagte es mit einem Lächeln, aber Elisabeth konnte sich vorstellen, was es für einen jungen Mann bedeutete, ohne Arbeit zu sein. Sie hatte es am Beispiel von Karl gesehen, doch an ihn wollte sie jetzt am wenigsten denken.

David rief nach seiner Mutter, die ihn bereits gehört hatte und in den Flur geeilt kam.

»Schau mal, wen ich mitgebracht habe«, sagte er. »Ich habe Frau Stadler in der Maistraße getroffen.«

»Wie nett!« Frau Goldmann lächelte freundlich.

Sollte sie Elisabeths Besuch für unpassend halten, so ließ sie sich das nicht anmerken. »Kommen Sie doch herein und erzählen Sie uns, wie es Ihnen ergangen ist.«

Weder Frau Goldmann noch ihr Sohn beklagten sich mit einem Wort über ihre Situation. Warum auch, dachte Elisabeth, sie saßen immer noch in ihrem schönen Haus, tranken den Kaffee aus kostbarem Meissener Porzellan. Vielleicht hatte Karl recht, wenn er sagte, jetzt seien mal Leute wie Elisabeth und er an der Reihe.

Doch als sie sah, wie Frau Goldmann beim Einschenken des Kaffees zitterte und David fürsorglich nach der

Kanne griff, um sie ihr abzunehmen, schämte sie sich ihrer neidischen Gedanken.

Das Haus, das ihr einst so prachtvoll vorgekommen war, schien fast etwas von seinem ursprünglichen Glanz verloren zu haben. Als hätte es sich seinen Bewohnern angepasst, die die Traurigkeit wie ein unsichtbarer Mantel umgab.

Als David die Klinik erwähnte, in der er Elisabeth getroffen hatte, konnte Elisabeth die Erwartung im Blick seiner Mutter sehen. Doch er schüttelte fast unmerklich den Kopf und Frau Goldmann versuchte, sich die Enttäuschung nicht anmerken zu lassen. Sicher war es um eine Anstellung gegangen, vielleicht wollte er den Studienfreund bitten, sich für ihn zu verwenden.

Elisabeth gab sich alle Mühe, unbefangen auf die Fragen zu antworten, die ihr gestellt wurden, aber die Unterhaltung war etwas gezwungen. Sie vermied es, Karl zu erwähnen, erzählte nur, dass er eine gute Arbeit als Maurer gefunden hätte, was gelogen war. In Wahrheit hatte er ihr von seinen Karrieremöglichkeiten bei der SA vorgeschwärmt, wollte als Nächstes Scharführer in der Sturmabteilung werden.

Nach einer halben Stunde verabschiedete sie sich und David brachte sie zur Tür.

»Es war schön, dass Sie da waren«, sagte er und sah ihr dabei in die Augen, was sie ein bisschen verlegen machte.

»Ja«, entgegnete Elisabeth und hätte nicht erklären können, warum es ihr plötzlich so schwerfiel zu gehen. In Wahrheit hatte sie sich schon zu ihm hingezogen gefühlt, als er sie das erste Mal zum Kaffee eingeladen hatte. Aber das würde sie sich nie eingestehen.

Karl war schon zu Hause, als Elisabeth kam, und überraschte sie mit der Nachricht, dass er zum Blockleiter ernannt worden war.

»Was musst du denn da machen?«, fragte Elisabeth, die den Ausdruck nicht kannte.

Karl verlieh seiner Stimme einen überlegenen, geschäftsmäßigen Klang. »Als Hoheitsträger muss ich mich um alles kümmern. Ich muss alles erfahren. Mich überall einschalten.«

»Was musst du erfahren?«, fragte Elisabeth.

»Na ja, wer judenfreundlich ist und solche Sachen. Welche Juden hier im Block Wohnungen haben und über was für einen Besitz sie verfügen. Wir müssen die nationalsozialistische Gesinnung verbreiten.«

»Was heißt denn judenfreundlich? Bist du so etwas wie ein Spitzel?«

»Ich tue das, was getan werden muss. Und du kannst mir dabei helfen. Spitz mal bei dem üblichen Hausfrauentratsch die Ohren und finde raus, was die Leute so denken.«

Er sah auf die Uhr und dann hinüber in die Küche, wo noch nichts fürs Abendessen vorbereitet war. »Wo warst du denn?«

Elisabeth vermied es, ihn anzusehen, denn im Lügen war sie nicht geübt. »Ich war in der Frauenklinik in der Maistraße. Und weil ich nicht angemeldet war, musste ich stundenlang warten.«

»Und?«, fragte Karl. »Was hat der Doktor gesagt?«

»Alles in Ordnung, ich kann hübsche arische Babys kriegen, hat er gemeint.«

»Dann werden wir uns nachher wieder an die Arbeit machen«, kündigte Karl mit süffisantem Grinsen an.

»Ich kümmere mich erstmal ums Abendessen«, sagte Elisabeth und verschwand in der Küche. Sie richtete Wurst und Käse auf einem Brett an, garnierte alles mit Gurken und Radieschen und schnitt Graubrot dazu auf.

Nach dem Essen traf sich Karl wie meist noch mit seinen Kameraden auf ein Bier. Er sei aber zeitig zurück, zwinkerte er ihr zu, sie hätten ja noch etwas Wichtiges zu erledigen.

Als er dann hereinpolterte, ihr seinen biergeschwängerten Atem ins Gesicht blies und ihre Beine grob auseinanderdrückte, musste sie an David Goldmann denken, an den zärtlichen Ausdruck in seinen Augen, als er sie ansah, an seine schlanken Finger, die ihre Hand beim Abschied umfasst hatten. Während Karl in sie hineinstieß, stellte sie sich vor, David wäre an seiner Stelle. Wie es sich wohl anfühlen würde, wenn er sie küsste und streichelte.

Sie erschrak selbst über ihre schlechten Gedanken, sah sofort wieder ihre Mutter vor sich, die die sündigen Gedanken aus ihr herausprügeln würde. Sie konnte den Lederriemen durch die Luft zischen hören, spürte ihn förmlich auf der Haut. Manchmal hatte die Mutter auch einfach das genommen, was gerade zur Hand war. Einmal war es ein Rechen, den sie auf Elisabeths Rücken zerbrach, was sie noch wütender machte.

Mit einem Stöhnen rollte sich Karl von ihr herunter. »Ich hab dich so vollgepumpt mit meinem Saft, das muss doch jetzt was werden«, lallte er.

Elisabeth wollte ihm noch sagen, was ihr der Arzt über die fruchtbaren Tage erklärt hatte, aber Karl war bereits eingeschlafen.

Dass Karl der neue Blockwart war, sprach sich schnell herum. Er bestand zwar auf der Bezeichnung Blockleiter, weil das offizieller klang, aber das setzte sich nicht durch. *Treppenterrier* nannten manche die Blockwarte auch, aber solche Ausdrücke fielen nur hinter Elisabeths Rücken. Ihr gegenüber passten die Leute jetzt auf, was sie sagten. Alle gingen davon aus, dass sie ihrem Mann weitererzählen würde, was sie hörte.

So auch Hilde, die Elisabeth nach dem Einkaufen abpasste.

»Dein Mann ist doch auch für das Haus Nummer sechsundvierzig zuständig, oder?«

»Ja, soviel ich weiß, für den ganzen Block. Deshalb heißt es ja Blockleiter.«

Hilde beugte sich verschwörerisch näher zu Elisabeth. »Sag deinem Mann, dass die Adler im Haus Nummer sechsundvierzig einen Hund hat.«

»Na und?«

»Haustiere sind für Juden verboten«, erklärte Hilde triumphierend. »Sie steckt ihn zwar immer in eine Tasche und geht zwei Straßen weiter, ehe sie ihn rauslässt, aber ich hab einmal so einen merkwürdigen Laut aus der Tasche gehört und bin ihr nachgegangen. Da hab ich ihn gesehen. Ist sowas wie ein Pudel, aber natürlich nicht reinrassig.« Hilde grinste wegen der Anspielung.

Was sollte Elisabeth darauf sagen? Eigentlich hatte sie Hilde immer gemocht, aber jetzt, als sie mit hämischem Grinsen das Ergebnis ihrer Spitzelei präsentierte, war sie ihr plötzlich richtig zuwider.

»Was passiert dann mit so einem Hund?«

»Keine Ahnung. Den Hund von einem Juden will bestimmt keiner. Ich wette, der hat Flöhe.«

»Und was passiert mit der Adler?«

»Weiß nicht.« Hilde zuckte die Achseln. »Die werden sie sicher rausschmeißen. Die Wohnung ist eh viel zu groß für einen allein. Sag deinem Mann auch, dass wir sie gern hätten, wenn die Adler rausfliegt. Er will doch sicher lieber arische Mieter drin haben.«

»Bestimmt«, sagte Elisabeth, obwohl sie Hilde am liebsten ihr Grinsen aus dem Gesicht geschlagen hätte.

Sie hatte nicht vor, Karl auch nur ein Wort davon zu sagen, aber sie wusste auch, dass Hilde keine Ruhe geben würde.

Karl war ohnehin mit wichtigeren Dingen beschäftigt. Gerade war völlig außer sich einer seiner Kameraden von der SA erschienen und hatte von einem Gerücht berichtet, das die Runde machte. Ernst Röhm, der Führer der Sturmabteilung, und mindestens hundert andere SA-Führungskräfte seien angeblich von der SS erschossen worden, weil sie einen Putsch gegen Hitler angezettelt haben sollten.

Natürlich waren jetzt alle in der SA besorgt, nicht auszudenken, wenn das stimmte und vielleicht noch mehr verhaftet oder gar umgebracht würden. Dabei hatten sich Karl und seine Kameraden nicht das Geringste vorzuwerfen. Sie standen immer treu zu Hitler und hatten keine Ahnung von irgendeinem Putsch. Wenn es Pläne dafür gab, so waren sie nicht eingeweiht.

»Du kannst froh sein, dass du nichts mit der Führung zu tun hast«, sagte Elisabeth, »euch tun sie bestimmt nichts.«

Es ärgerte Karl zwar, dass sie das sagte, aber im Grunde war er zum ersten Mal froh, nur ein kleines Licht in der Organisation zu sein.

Mehr als die getöteten SA-Männer beschäftigte Elisabeth die Sache mit der Frau im Haus Nummer sechsundvierzig und ihrem Hund. Selbst wenn sie Karl nichts davon erzählte, würde es herauskommen, weil Hilde scharf auf die Wohnung war. Elisabeth achtete darauf, ihr nicht über den Weg zu laufen, aber das war natürlich keine dauerhafte Lösung.

Nach langer Überlegung beschloss sie, Frau Adler zumindest zu sagen, dass man über ihren Hund Bescheid wusste.

Sie musste mehrmals klingeln, ehe die Tür von der alten Frau geöffnet wurde. Frau Adler war schon ziemlich gebrechlich und benutzte einen Stock als Gehhilfe. Sie höre nicht mehr gut, entschuldigte sie sich auch gleich bei Elisabeth, als die zugab, öfter geläutet zu haben.

»Kann ich kurz reinkommen?«, fragte Elisabeth leise. Sie hatte Angst, jemand könnte sie hier sehen und Karl darüber Bericht erstatten.

»Bitte«, willigte die alte Dame ein und Elisabeth folgte ihr in das große, penibel aufgeräumte Wohnzimmer. Auch Frau Adler selbst war sorgfältig frisiert und gekleidet, doch wenn man näher hinsah, bemerkte man, dass ihre Strickjacke schon an mehreren Stellen gestopft war.

Die Wohnung zeugte noch davon, dass die alte Frau einmal in guten Verhältnissen gelebt hatte, aber das schien nicht mehr der Fall zu sein.

Sie fragte, ob sie Elisabeth etwas anbieten könne.

Elisabeth lehnte dankend ab. »Sie wollen sicher wissen, warum ich gekommen bin«, begann sie das Gespräch, das ihr reichlich unangenehm war.

»Ich habe gern Besuch«, sagte Frau Adler. »Früher waren immer viele Leute da, aber jetzt traut sich kaum mehr einer aus dem Haus.«

»Ich weiß, dass Sie einen Hund haben«, platzte Elisabeth heraus.

Frau Adler sah sie erschrocken an. »Bitte sagen Sie es niemandem!«, bat sie ängstlich. »Flori ist doch das Einzige, was mir geblieben ist.«

»Leider hat Sie jemand mit dem Hund gesehen«, sagte Elisabeth, »deshalb bin ich gekommen. Um Sie zu warnen.«

Frau Adler war den Tränen nahe. »Was soll ich denn jetzt bloß tun?«

»Können Sie vielleicht einen anderen Platz für den Hund finden?«, fragte Elisabeth. »Dann könnten Sie sagen, Sie hätten nur einmal kurz auf ihn aufgepasst.«

Die alte Dame schüttelte traurig den Kopf. »Von meinen deutschen Freunden redet keiner mehr mit mir. Dabei war ich gut mit allen im Haus. Anfangs haben sie mich noch gegrüßt, aber jetzt geht jeder an mir vorbei, als hätte ich Lepra.«

Elisabeth sah sie fragend an.

»Aussatz«, sagte Frau Adler erklärend. »Und Juden dürfen keine Haustiere mehr halten. Eine der vielen Schikanen, die sie sich für uns ausgedacht haben.«

Sie stand auf. »Warten Sie, ich zeige Ihnen Flori.« Sie ging hinaus und kam kurz danach mit einem weißen Fellknäuel wieder herein.

»Ich glaube, er ist eine Mischung zwischen einem Spitz und einem Pudel. Ich habe ihn vor Jahren in einer Mülltonne gefunden. Heute, wo man so großen Wert auf Rasse legt, hat so einer schlechte Chancen.«

»Dabei ist er so niedlich!« Elisabeth streichelte den Hund, der sofort ihre Hand ableckte, als würde er ahnen, dass sie es gut mit ihm meinte.

»Ich würde Ihnen so gern helfen, wenn ich nur wüsste, wie«, sagte Elisabeth, und sie meinte es ehrlich. Sie mochte sich nicht vorstellen, was man mit der alten Frau machte. Den Hund würde man sicher sofort töten.

Elisabeth hatte nicht nur einmal gesehen, wie sich SA-Leute auf offener Straße an Mitbürgern ausgetobt hatten. Immer war sie schnell weitergegangen, froh, dass sie aufgrund ihres arischen Aussehens vor ihnen sicher war. Doch nie war ihr etwas so nahegegangen wie das Schicksal von Frau Adler und ihrem kleinen Mischling. Die alte Frau im Stich zu lassen, hätte sie nicht über das Herz gebracht.

Aber den Hund selbst zu nehmen, war unmöglich, und sie wusste nicht, wem sie noch trauen konnte. Auch Hilde war bis jetzt einfach eine nette Nachbarin gewesen, bis sich herausstellte, dass sie gewissenlos genug war, um vom Unglück anderer zu profitieren.

Plötzlich fiel Elisabeth jemand ein, dem sie traute, obwohl sie ihn kaum kannte: David Goldmann.

Das Haus der Goldmanns verfügte über einen großen Garten und die nächsten Nachbarn waren gebührend weit entfernt. Sie konnten sicher einen Hund halten, der von niemandem bemerkt werden würde.

»Ich glaube, ich weiß jemanden, der den Hund nehmen könnte«, sagte Elisabeth.

»Aber es muss auch jemand sein, der den Flori mag!«

Man konnte Frau Adler ansehen, wie schwer es ihr fallen würde, den Hund wegzugeben.

Elisabeth kraulte Floris Fell, während sich der Hund genüsslich auf den Rücken legte. »Ich kann mir nicht vorstellen, dass jemand den Flori nicht mag«, sagte sie. »Der ist doch ein Herzensbrecher.«

»Hoffentlich haben Sie recht. Sie wissen nicht, was es für mich bedeutet, mich von ihm zu trennen.« Sie fing an zu weinen.

Elisabeth reichte ihr ein Taschentuch. »Bestimmt wird es ihm dort gut gehen«, sagte sie und versuchte, überzeugt zu klingen, obwohl sie das keineswegs war. Was, wenn die Goldmanns den Hund nicht nehmen wollten?

»Haben Sie eine Tasche für ihn?«, fragte sie, denn natürlich durfte sie niemand mit dem Hund sehen.

Frau Adler holte die Tasche und drückte den kleinen Hund an sich, während ihre Tränen sein Fell nässten. Elisabeth hätte fast mitgeweint, so traurig war dieser Abschied.

Der kleine Hund ließ sich widerstandslos in der Tasche verstauen, das war er schon gewohnt.

Elisabeth schaute sich nach allen Seiten um, bevor sie sich aus dem Haus schlich. Nicht auszudenken, wenn ihr jetzt Hilde begegnet wäre!

Erst in der Straßenbahn atmete sie auf. Gleichzeitig hatte sie Angst vor dem, was vor ihr lag. Was, wenn David Goldmann gar nicht zu Hause war? Würde Frau

Goldmann für ihr Anliegen Verständnis aufbringen? Und was war mit Herrn Goldmann? Elisabeth hatte ihn noch nie gesehen; vielleicht würde er fragen, was ihr einfiele, hier einen Hund anzuschleppen.

Elisabeth musste aussteigen. Hier kannte sie niemand, also nahm sie Flori aus der Tasche und ließ ihn an der Leine neben sich herlaufen.

Dann stand sie vor dem Haus, nahm ihren ganzen Mut zusammen und klingelte. Frau Goldmann kam zur Tür.

Falls sie überrascht war, Elisabeth zu sehen, so ließ sie es sich nicht anmerken.

»Frau Stadler! Wie nett, möchten Sie hereinkommen?«

Erst jetzt sah sie Flori. »Ich wusste gar nicht, dass Sie einen Hund haben. Der ist aber niedlich!«

»Er gehört mir nicht, aber das ist eine längere Geschichte. Wenn ich darf, würde ich sie Ihnen gern erzählen.«

Elisabeth schien es ungehörig, nach David zu fragen, seine Eltern mussten ohnehin ebenfalls einverstanden sein.

»Ich setze einen Kaffee auf, dann können wir in Ruhe reden«, sagte Frau Goldmann.

Sie führte Elisabeth ins Wohnzimmer und kam kurz darauf mit einem Tablett wieder. Dem Hund stellte sie eine Schüssel mit Wasser hin und das Kaffeegeschirr verteilte sie auf den Tisch.

Es war nicht das Meissener Service, sondern etwas sehr viel Schlichteres. Elisabeth registrierte auch die fehlenden Bilder an den Wänden. Große helle Quadrate, die sich von der ursprünglichen Wandfarbe unterschieden, verrieten, wo sie vorher gehangen hatten.

Frau Goldmann schenkte Kaffee in die Tassen. »Also, was haben Sie auf dem Herzen, Frau Stadler?«

Elisabeth erzählte die Geschichte der alten Nachbarin, sagte, wie schwer es für Frau Adler gewesen war, sich von ihrem Hund zu trennen und dass sie ihr gern helfen würde.

»Haben Sie denn keine deutschen Freunde, bei denen Sie den Hund unterbringen können?«, fragte Frau Goldmann. »Wir sind in derselben Situation wie Frau Adler.«

»Ich weiß«, erwiderte Elisabeth und versuchte zu erklären, warum es keine deutschen Freunde gab, denen sie trauen konnte. Dass ihr Mann Blockwart war, zuständig dafür, andere zu bespitzeln und anzuschwärzen, das wollte sie auf keinen Fall sagen. Sie hatte sich nie mehr dafür geschämt.

»Ich dachte nur, weil Sie so viel Platz haben. Niemand würde ihn sehen.«

»Sie haben keine Ahnung, wie uns die Leute hier ausspionieren.«

Elisabeth bereute, dass sie gekommen war. Was hatte sie sich nur dabei gedacht! »

Verzeihen Sie. Es war dumm von mir, dass ich gefragt habe. Mir hat die alte Frau nur so leid getan.«

»Das kann ich gut verstehen, aber es gibt viele unter uns, die weit größere Probleme haben.«

»Das verstehe ich.« Elisabeth war es jetzt nur noch peinlich, dass sie gekommen war. Es war einfältig von ihr zu glauben, die Goldmanns hätten weniger Probleme, nur weil sie in dem großen Haus lebten.

»Danke für den Kaffee«, sagte sie und wollte gerade aufstehen, als David Goldmann hereinkam.

Sie musste daran denken, wie sie sich vorgestellt hatte, von ihm geküsst zu werden, und wurde rot.

»Frau Stadler!«, begrüßte er sie erfreut. »Was führt Sie zu uns?«

Elisabeth überließ es seiner Mutter, die Sache zu erklären.

»Wir hätten Ihnen gern geholfen, aber das ist leider nicht möglich«, schloss Frau Goldmann an Elisabeth gewandt.

David streichelte den Hund. »Ich nehme ihn.«

»David!«, rief Frau Goldmann entsetzt. »Wir sollten uns wirklich nicht noch zusätzliche Probleme aufhalsen!«

»Ich habe es so satt, mich von denen schikanieren zu lassen. Soll ich mir auch noch jeglichen Schneid abkaufen lassen?«, rief er aufgebracht. »Ich will so nicht leben!«

»Du bist viel zu leichtsinnig!«, sorgte sich seine Mutter. »Ich habe jeden Tag Angst um dich!«

Elisabeth konnte sehen, wie unglücklich sie war und versuchte einzulenken. »Ich wollte Sie wirklich nicht in Gefahr bringen, das war unüberlegt von mir.«

»Wir sind jeden Tag in Gefahr«, sagte David bitter. »Lass uns endlich von hier weggehen, Mutter!«

»Deinem Vater geht es zu schlecht für so eine Reise. Und denk an all unsere Verwandten hier. Deine Großeltern sind zu alt, die kann man nicht mehr entwurzeln. Und wo sollen wir hin? Du hast selbst gesagt, dass niemand in Amerika für uns bürgen will.«

David war anzusehen, dass sie diese Diskussion nicht

zum ersten Mal führten. »Auch wenn du es nicht sehen willst, Mutter, nichts wird besser werden, höchstens noch schlimmer.« Er wandte sich an Elisabeth. »Ich bring Sie raus, Frau Stadler. Ach übrigens, wie heißt denn mein neuer Hund?«

»Das ist Flori.«

»Komm, Flori!«, rief David, und der Hund lief tatsächlich zu ihm hin. Er nahm den kleinen Mischling auf den Arm und ging mit Elisabeth zur Tür.

»Es wäre mir arg, wenn ich Sie in Schwierigkeiten brächte«, sagte Elisabeth.

David lachte bitter. »Wir sind längst in Schwierigkeiten und es wird jeden Tag schlimmer. Meine Mutter denkt, wenn man nur alles tut, was die wollen, dann kann man das überstehen. Ich bin anderer Meinung.«

Er stand ihr gegenüber und sah sie an. »Ich mag Sie. Ich wünschte, wir hätten uns zu anderen Zeiten kennengelernt. Vor diesem Spuk.«

»Da hätten wir uns niemals kennengelernt«, sagte Elisabeth. »Damals waren Sie ganz oben und ich ganz unten.«

»Und jetzt ist es umgekehrt?«, fragte er.

Elisabeth sah verlegen zu Boden. »So habe ich das nicht gemeint.«

Er winkte ab. »Ich rede Unsinn. Vergessen Sie, was ich gesagt habe.«

»Ich mag Sie auch«, sagte Elisabeth und bereute die Worte in dem Moment, als sie ihren Mund verließen. Sie wusste selbst nicht, wie sie den Mut aufbringen konnte, so etwas zu einem fremden Mann zu sagen. Dabei war sie doch eine verheiratete Frau.

Sie konnte förmlich spüren, wie sie wieder rot wurde.

David lächelte. »Ich hoffe sehr, dass Sie Flori einmal besuchen werden. Er würde sich bestimmt darüber freuen.«

»Das werde ich!« Elisabeth erwiderte seinen Blick. Dann drehte sie sich schnell um und ging davon.

5. Kapitel

Britta

2023

Ich betrat das Apartment, in dem ich wohnte, seit Niklas und ich uns getrennt hatten. Eigentlich hatte ich die kleine Wohnung immer gemocht, doch plötzlich hatte ich das Gefühl, keine Luft mehr darin zu bekommen. Es war alles so eng. Ich riss das Fenster auf, atmete die Hamburger Regenluft tief ein, bis das seltsame Gefühl verschwand.

Danach packte ich meinen Koffer aus, viel hatte ich ohnehin nicht nach München mitgenommen. Dabei waren meine Gedanken immer wieder bei Margit. Paradox, dabei hatte ich Hanka doch engagiert, damit ich mir keine Gedanken mehr um meine Mutter machen musste. Zumindest momentan nicht, denn dass noch ein Wust von Problemen auf mich wartete, war mir nur allzu bewusst.

Zum Glück musste ich erst um neun anfangen, so dass ich vorher noch mit den Ämtern telefonieren konnte. Als Erstes musste ich dafür sorgen, dass Margit einen amtlichen Betreuer bekam, dem ich sie mitsamt ihren Problemen aufhalsen konnte.

Es gelang mir sogar, eine Frau ans Telefon zu bekommen, die sich als kompetent erwies. Doch sie machte mir keinerlei Hoffnung, dass mein Anliegen schnell erledigt werden könnte. Praktisch handele es sich um die Entmündigung meiner Mutter, die das Amtsgericht beschließen müsse, natürlich erst nach einer Untersuchung durch einen Amtsarzt.

Ich wollte, Jenny wäre hier, denn enge Freunde hatte ich in Hamburg nicht, beziehungsweise nicht mehr, denn bei der Trennung von Niklas hatten sich die gemeinsamen Freunde auf seine Seite geschlagen. Sie konnten verstehen, wie enttäuscht er darüber war, dass ich ihn hintergangen hatte.

Ich stopfte den ganzen Kofferinhalt in die Waschmaschine in der Küche, die den vorhandenen Platz dort noch erheblich schmälerte. Aber mein neuer Boss Philip hatte mir Provisionen beim erfolgreichen Verkauf der Objekte in Aussicht gestellt, vielleicht könnte ich mir irgendwann eine größere Wohnung leisten. Vorausgesetzt, ich musste Hanka nicht allzu lange aus meiner Tasche bezahlen. Vorläufig hatte ich meinen Dispo dafür ausgereizt.

In der Nacht schlief ich schlecht. Aber wann hatte ich das letzte Mal gut geschlafen? In jedem Fall bevor mich das Universum unsanft daran erinnerte, dass ich eine Mutter hatte.

Ich stellte mich lange unter die Dusche, wusch mir die Haare, um halbwegs attraktiv auf mögliche Kunden zu wirken, und ließ dann zum Wachwerden einen Schwall kalten Wassers auf mich herunterprasseln.

Punkt neun saß ich an dem mir zugewiesenen Schreibtisch und wühlte mich durch einen Berg von Exposés zu den Objekten, die ich an solvente Kunden vermitteln sollte.

Philip schaute kurz vorbei, fragte, ob ich mich schon mit den anderen Mitarbeiter*innen (natürlich genderte er vorbildlich) bekannt gemacht hätte, und als ich verneinte, schleifte er mich kurz durch die anderen Büros. Dabei nannte er Namen, die ich sofort wieder vergaß, und teilte mir mit, dass Marianna, mit der ich mir ein Büro teilte, momentan im Mutterschutz wäre. Deshalb sollte ich ihre Projekte mit übernehmen und hätte um 11.30 Uhr eine Besichtigung. Ich könne den Firmenwagen nehmen, sagte er, wahrscheinlich nachdem er meinen Fiat auf dem Parkplatz erspäht hatte.

Vom Navi auf dem Head-Display des schicken BMWs ließ ich mich zu einer Villa in Blankenese dirigieren.

Die möglichen Käufer waren ein älterer Herr mit einer mindestens dreißig Jahre jüngeren Frau, die ihn auf ihren High Heels weit überragte. Ich identifizierte sie sofort als »Trophy-Wife«, die alle Anforderungen, die man an eine solche stellen mochte, im Übermaß erfüllte. Von den endlos langen Beinen, der seidigen Mähne, dem Modelgesicht bis zu dem gemachten Busen war alles vorhanden, was Männer schätzen mochten.

Das Haus war ein Traum und ich hütete mich, es über Gebühr anzupreisen. Seine Lage und Ausstattung sprachen für sich und ich hob nur die Details hervor, die nicht gleich sichtbar waren. Trotzdem hatte die TW, wie ich sie insgeheim abkürzte, an allem etwas herumzumäkeln. Sie wollte einen Pool, den man allerdings problemlos anlegen könnte, wie ich ihr versicherte. Auch die nagelneue Bulthaup-Küche rauszureißen, weil sie sich bei Freunden in St. Tropez in eine hinreißende Landhausküche verliebt hatte – gar kein Problem. Und natürlich könnte ein Innenarchitekt die Räume nach ihren Wünschen umgestalten.

Nachdem ich insgeheim schon meine Provision überschlagen hatte, die ein angemessenes Schmerzensgeld darstellen würde, erläuterte ich noch die technischen Details des Smart Houses.

Ich war gerade so richtig in Fahrt, als mein Handy klingelte. Eine Festnetznummer, die mir verdächtig bekannt vorkam. Margit hatte zwar ein Handy, verlegte es aber ständig.

»Ich rufe gleich zurück«, versuchte ich sie abzuwimmeln.

»Nein!«, schrie sie verzweifelt ins Telefon. »Du musst die Polizei rufen!«

Jetzt war ich doch besorgt. »Schauen Sie sich doch in Ruhe um, ich bin gleich wieder da«, sagte ich zu den Leuten und ging schnell mit dem Telefon in den Garten.

»Was ist passiert?«, fragte ich Margit.

»Ich bin eingesperrt. Ich bin in meinem eigenen Haus eingesperrt und sie lässt mich nicht raus. Sie bedroht mich.«

»Wer? Hanka?«

»Heißt die so? Ja, die! Die schlägt mich!«

Im Hintergrund hörte ich Hanka irgendetwas plärren. »Gib sie mir mal!«, verlangte ich.

Hanka kam ans Telefon und redete aufgeregt auf Polnisch auf mich ein.

»Hanka! Ich verstehe kein Polnisch!«, sagte ich laut, um ihren Redeschwall zu unterbrechen. »Können Sie versuchen, das auf Deutsch zu sagen?«

Schweigen am Telefon.

Inzwischen war die TW samt Mann ebenfalls in den Garten gekommen.

»Kann ich helfen? Ich spreche Polnisch«, bot sie mir an.

»Das wäre wirklich besonders freundlich«, sagte ich und reichte ihr das Handy.

Wieder eine Menge polnisches Kauderwelsch, von dem ich nichts verstand, dann klärte mich die TW auf. Nachdem Hanka die Verantwortung für meine demente Mutter übernommen hatte, sperrte sie die Haustür ab, damit Margit nicht weglaufen konnte. Das brachte Margit so in Rage, dass sie auf Hanka losging. Hanka wiederum hat sich lediglich gewehrt.

Hanka übergab das Handy wieder an Margit.

»Ich komme am Wochenende nach München«, versicherte ich ihr, dann würde ich alles regeln und sie sollte bitte versuchen, bis dahin mit Hanka auszukommen. Wenn sie rauswollte, sollte Hanka sie einfach begleiten.

Ich bedankte mich vielmals bei der TW, die ich jetzt eigentlich sehr nett fand. Leider wollte sie das Haus doch nicht, es war insgesamt zu klein. Ich gab ihr meine Karte und versicherte ihr, ich würde noch etwas Passendes für sie finden.

»Alles Gute für Ihre Mutter«, sagte sie noch, was mich endgültig für sie einnahm.

Zum ersten Mal meldete sich auch ihr Mann zu Wort. »Komm jetzt, ich muss zum Flieger!«, sagte er und zog sie zum Auto.

Ich sah ihnen nach, wie sie in ihren Aston Martin stiegen. Dann suchte ich im Netz nach der billigsten Möglichkeit, am Wochenende nach München zu kommen.

Mit meinem alten Fiat Stunden auf der Autobahn zu verbringen, war wenig verlockend und in München konnte ich Margits Auto fahren. Vielleicht erinnerte sie sich auch daran, dass ich ihr gesagt hatte, ich hätte kein Auto in Hamburg.

Fliegen war teurer als die Bahn, also blieb der Zug. Bald würde ich vollkommen pleite sein, aber ich konnte schlecht gleich am ersten Arbeitstag nach einem Vorschuss fragen.

Gern wollte ich wissen, wie es mit Margits Finanzen aussah. Das Haus war zwar heruntergekommen, aber allein das Grundstück in dieser Lage musste ein Vermögen wert sein.

Ich hatte es fotografiert und bei nächster Gelegenheit zeigte ich Philip die Fotos auf dem Handy.

»In München?«, fragte er. »Bogenhausen?«

Ich nickte.

»Das verkauf ich Ihnen morgen für fünf Millionen. Wem gehört es?«

»Meiner Mutter.«

Philip lachte. »Was machen Sie dann noch hier?«

»Es gehört mir ja nicht.«

»Aber Sie werden es vermutlich erben. Selbst wenn Sie einen Haufen Geschwister hätten, bleibt noch genug.«

Ich erzählte ihm von Margits Alzheimer-Erkrankung und dass ich einen Betreuer für sie suchte.

»Lassen Sie sich das nicht aus der Hand nehmen«, warnte Philip. »So ein staatlicher Betreuer hat vielleicht hundert solcher Fälle an der Backe oder mehr. Der verscherbelt alles, was da ist, und steckt Ihre Mutter in ein

Heim. Vielleicht hat er auch einen Freund oder Schwager, dem er das Haus günstig unter Preis verkauft. Wäre nicht das erste Mal, dass so etwas passiert.

Ihre Mutter kenne ich nicht, vielleicht ist es eine Zumutung, sie zu betreuen, aber das ist ein wunderschönes altes Haus, das würde ich auf keinen Fall aus der Hand geben.« Er schaute noch einmal auf die Fotos. »Wenn man da ein bisschen was investierte ... da könnte man ein Schmuckstück draus machen.«

Philips Worte stimmten mich nachdenklich. Eigentlich wollte ich alles, was Margit betraf, weit von mir wegschieben, andererseits würde ich dann auch nichts über die Vergangenheit in Erfahrung bringen.

Mit ihrer Bemerkung über meinen Großvater hatte Margit die Büchse der Pandora geöffnet, und so uninteressiert ich früher an Familiendingen war, so unbedingt wollte ich nun etwas über meine Vorfahren herausfinden. Und das würde mir sicher nicht gelingen, wenn ein Fremder Margits Betreuung übernahm. Aber daran wollte ich vorläufig nicht denken.

Ich erledigte Bürokram und fuhr zu Besichtigungen, die leider nie mit einem Verkauf endeten. Aber ich lernte viel über die Klientel im Luxussegment und deren Ansprüche.

Darunter gab es die, die auf keinen Fall zeigen wollten, wie vermögend sie waren und bescheidener auftraten als jeder kleine Angestellte.

Andere wiederum protzten mit den Insignien des Reichtums und ließen mich gleich wissen, wo auf der Welt sie noch Häuser besaßen. Für mich waren sie alle wie exotische Tiere im Zoo – und die hatte ich schon immer gern betrachtet.

Hankas Anruf holte mich mitten in der Nacht aus dem Bett. Sie war völlig außer sich, überfiel mich mit einem Schwall polnischer Worte. Das Einzige, was ich zu verstehen glaubte, war, dass sie nicht bleiben würde. Ich verlangte, Margit zu sprechen, aber Hanka holte sie nicht ans Telefon. Ich geriet in Panik. Irgendetwas musste passiert sein, aber was konnte ich von hier aus tun? Ich rief Jenny an, entschuldigte mich tausendmal, sie geweckt zu haben.

»Ich zieh mir was an und fahr hin«, unterbrach sie mich. »Sobald ich was weiß, melde ich mich.«

Ich hätte sie küssen mögen.

Noch völlig neben mir, kochte ich Kaffee und wartete. Zwei Stunden später rief Jenny an. Sie hatte erst stundenlang läuten müssen, weil Hanka sich in ihrem Zimmer verbarrikadiert hatte und sich nicht raustraute. Mit Hilfe der Übersetzungs-App fand Jenny dann heraus, was passiert war.

Hanka war schon ins Bett gegangen, als Margit unbedingt aus dem Haus wollte. Natürlich hat Hanka ihr die Tür nicht aufgeschlossen. Daraufhin ist Margit auf sie losgegangen, und hat, als Hanka nicht nachgab, nach einem Messer gegriffen. In Todesangst flüchtete Hanka in ihr Zimmer, wie sie Jenny immer noch zitternd versicherte. Sie wollte keinen Tag länger bleiben und hat noch in der Nacht ihre Agentur alarmiert, damit sie gleich morgen jemanden schicken, der sie abholt.

Jenny ging dann zu Margit ins Zimmer und beruhigte sie.

Margit erzählte ihr, dass sie ausgehen wollte. In eine Bar, in der sie früher oft war, die es aber längst nicht mehr gibt. Natürlich wollte sie der Dicken – wie heißt die? – nicht wirklich etwas tun. Aber dass die über sie bestimmt, konnte sie sich doch nicht gefallen lassen!

»Was für eine Scheiße«, sagte ich. »Aber mein Zug geht übermorgen. Hoffen wir, dass Margit bis dahin niemanden umbringt.« Wir lachten beide, aber es war Galgenhumor.

Jenny versprach, am nächsten Tag nach ihrer Arbeit noch einmal bei Margit vorbeizuschauen.

»Ich weiß nicht, was ich ohne dich täte«, sagte ich. »Ich hoffe, ich kann es irgendwann wiedergutmachen.«

»Wozu sind denn Freunde da?«, entgegnete Jenny, bevor sie auflegte.

Ihre Bemerkung beschämte mich, denn so eine gute Freundin war ich nie gewesen.

Ich sprach mit Philip. Ob ich nach dem Wochenende wieder nach Hamburg zurückkommen könnte, war mehr als fraglich, genauer gesagt eher unwahrscheinlich. Ich konnte meine Mutter nicht ohne Aufsicht lassen. Und wo sollte ich so schnell jemanden herkriegen, den sie akzeptierte?

Philip war nicht begeistert, aber er wusste um meine Lage und verstand, dass ich keine Wahl hatte. Ich musste ihm aber versprechen, ihn auf dem Laufenden zu halten, was das Haus anbelangt. Er hatte sich ein bisschen in das Objekt verguckt. Wenn ich es jemals verkaufen wollte, sollte ich ihm Bescheid sagen.

Nach der langen Bahnfahrt – das Ticket war billig gewesen, weil der Zug um fünf Uhr morgens abfuhr – nahm ich U-Bahn und Bus. Ich hatte beschlossen, vorerst so sparsam wie möglich zu leben. Diesmal kam ich mit einem größeren Koffer, denn ich hatte keine Ahnung, wie lange ich in München bleiben müsste.

Margit wunderte sich nicht über mein Kommen, öffnete mir ganz selbstverständlich die Tür. Ich weiß nicht, ob sie überhaupt registriert hatte, dass ich weggefahren war. Offenbar war ich ihr immer noch lieber als diese »grässliche Frau«, die sie wie eine Gefangene behandelt hätte.

»Und einen Ton hatte die an sich, wie in der Kaserne. Vielleicht ist die sonst Gefängniswärterin.«

»Übertreibst du nicht ein bisschen?«, sagte ich. »Auf mich machte sie einen ganz netten Eindruck.«

»Sie hat mich eingesperrt«, beschwerte sich Margit. »Aber geputzt hat sie ordentlich.«

Ich musste lachen. »War sie wenigstens zu etwas gut.«

Weil ich keine Lust zum Kochen hatte, schlug ich vor, zum Italiener zu gehen. »Lädst du mich ein?«, fragte ich, in der Hoffnung, bei der Gelegenheit mehr über ihre Finanzen herauszufinden.

»Ja, gehen wir zu Luigi«, sagte sie begeistert.

Ich verzichtete darauf, sie noch einmal darauf hinzuweisen, dass es Luigi längst nicht mehr gab.

»Wir gehen zu seinem Nachfolger«, sagte ich.

Ich half ihr, ein Kleid auszusuchen, denn sie wollte sich hübsch machen.

Als sie vor mir aus ihrer schlabbrigen Jogginghose und dem T-Shirt schlüpfte, erschrak ich. Sie war fast nur noch Haut und Knochen, sah so mitleiderregend aus, dass ich schnell wegsehen musste.

Ich suchte ihre Tasche, in der ich auch ihre Geldbörse fand, samt Bank- und Kreditkarte und circa zweihundert Euro. Im Fach der Geldkarte steckte auch ein Zettel mit der dazugehörigen PIN. Sie musste selbst irgendwann festgestellt haben, dass sie sich die Zahlen nicht mehr merken konnte.

Wie musste sie sich fühlen, allein in einer Welt, die sie nicht mehr verstand? In der alles bis jetzt Gekannte langsam fremd und bedrohlich wurde? In der ihr das Gedächtnis Stück für Stück entglitt und die Erinnerung Jahrzehnte durcheinanderwürfelte, wie bei einem Glücksspiel?

Bis jetzt hatte ich mich erfolgreich gegen alle Anwandlungen von Mitleid gewehrt, sah Margits Zustand nur als einen weiteren Versuch, mein Leben zu zerstören. Aber als ich sie dabei beobachtete, wie sie fahrig ihre Tasche wieder und wieder nach einem Taschentuch durchsuchte und am Ende nicht mehr wusste, was sie gesucht hatte, tat sie mir unendlich leid.

Im Restaurant ein Gericht auszusuchen, gestaltete sich ebenfalls schwierig, weil Margit nicht mehr wusste, welches ihre Lieblingspizza gewesen war. Die wollte sie unbedingt wieder essen.

Nachdem wir die Karte, die leider eine endlose Auswahl bot, ausgiebig studiert hatten, vermutete ich ihrer vagen Beschreibung nach, es könnte sich vielleicht um Artischocken handeln, die sie auf der Pizza haben wollte.

Als die bestellten Pizzen kamen und ich sie fragte,

ob das nun ihre Lieblingspizza wäre, nickte sie nur teilnahmslos.

Zum Essen musste ich sie immer wieder animieren, denn ohne mein ständiges Insistieren hätte sie wohl kaum etwas zu sich genommen.

»Schmeckt es denn?«, fragte ich, und sie nickte wieder. Aber ich hatte den Eindruck, dass es ihr völlig egal war, was sie auf dem Teller hatte. Nachdem sie zwei Gläser Wein getrunken hatte und etwas fröhlicher wurde, startete ich die Operation Vergangenheitserforschung.

»Ich weiß eigentlich nichts über meinen Vater«, begann ich.

Sie überlegte eine Weile. »Deinen Vater … kenn ich den?«

»Du hast ihn jedenfalls mal gekannt. Ihr habt ein Kind zusammen gemacht. Mich.«

»Weiß ich nicht mehr. Das ist lange her.«

»Aber sowas vergisst man doch nicht«, sagte ich und schalt mich im selben Augenblick für meine dumme Bemerkung. Irgendwann würde sie nicht nur das vergessen haben, sie würde im Endstadium auch mich nicht mehr erkennen. Umso mehr wollte ich etwas herausfinden, solange sie noch klare Momente hatte. Ich fragte weiter.

»Was ist mit deinem Vater?«

»Was soll mit dem sein?«

»Du hast gesagt, dass er gar nicht dein richtiger Vater ist.«

»Hab ich das?«

»Ja, hast du. Und ich wüsste gern mehr darüber. Wo ich herstamme, wer mein Vater ist, wer meine Großeltern waren.«

»Wozu?«

»Du hast gesagt, mein Großvater hätte welche ins KZ gebracht. Kein Erbe, auf das man stolz sein kann, oder? Was weißt du darüber?«

Ich konnte fast sehen, wie ihre Gedanken abdrifteten, wie ihr Blick wieder leer wurde.

»Margit!«, versuchte ich sie zurückzuholen.

Sie richtete mühsam den Blick wieder auf mich. »Lass doch die alten Geschichten!«

Der Kellner kam zu uns an den Tisch und fragte, ob wir noch einen Wunsch hätten. Ich verlangte die Rechnung und Margit suchte mühsam die passenden Scheine zusammen. Mein Angebot, ihr zu helfen, lehnte sie ab. Ich sagte auch nichts, als sie ein viel zu hohes Trinkgeld gab.

Als wir zum Auto gingen, machte sie plötzlich kehrt. »Wir haben nicht bezahlt«, rief sie panisch. Ich beruhigte sie und sie setzte sich ins Auto.

Eine Weile fuhren wir schweigend.

Unvermittelt fing sie an zu reden. »Ich war dir keine gute Mutter. Aber ich hab nicht gewusst, wie das geht.«

Ich war überrascht, dass sie so etwas zugab und wollte den Moment unbedingt nutzen, um sie zum Weitersprechen zu animieren.

»Was war mit deiner Mutter? Hat sie es dir nicht gezeigt?«, fragte ich.

»Sie hatte Depressionen. Nur dass man das damals nicht so nannte. Sie wollte nicht am Leben sein.«

»Hat sie versucht ...?« Ich hatte Hemmungen, weiter zu fragen. »Das war sicher schrecklich für dich«, sagte ich nur.

Sie zuckte hilflos die Achseln.

»Und dein Vater?«

Margit schaute aus dem Fenster. »Wir sollten morgen Blumenzwiebeln kaufen. Die muss man jetzt setzen, oder?« Sie überlegte. »Jetzt ist doch bald Ostern, oder ist es schon zu spät?«

»Jetzt kommt erst mal Weihnachten«, entgegnete ich, enttäuscht darüber, dass das Gespräch diese Wendung nahm. Aber ich nahm mir vor, nicht lockerzulassen. Ich war entschlossen, mehr herauszufinden.

Margit schlief lange und das gab mir die Gelegenheit, in der Zeit Dinge zu erledigen. Ich suchte im Netz nach Heimen, die einen halbwegs guten Eindruck machten, und meldete Margit an. Bei meinen zahllosen Telefonaten in Hamburg hatte mir das jemand geraten – wer das war, wusste ich nicht mehr. Aber einen Heimplatz zu ergattern, noch dazu in der »beschützenden Abteilung«, wie der Bereich für die Demenzkranken euphemistisch genannt wurde, glich offenbar einem Sechser im Lotto. Da war es gut, bereits auf der Warteliste zu stehen.

Margit würde sicher bald auf dauerhafte Pflege angewiesen sein und die konnte und wollte ich nicht leisten. Gestern Morgen hatte ich ihr Bett frisch beziehen müssen, ein Hinweis darauf, dass eine neue Stufe erreicht war. Und diese Stufen würden nur immer weiter nach unten führen, das wusste ich. Ich bestellte eine Inkontinenzunterlage im Internet.

Zum ersten Mal stellte es sich als Vorteil heraus, dass ich es beruflich nie weit gebracht hatte. Wäre ich auf irgendeinem bedeutenden Gebiet tätig gewesen, hätte ich wohl kaum alles stehen und liegen lassen können. Doch ich leistete keinen wertvollen Beitrag für die Menschheit, sondern hangelte mich von Job zu Job, weil mich nichts so sehr interessierte, dass ich dabeiblieb.

Zumindest redete ich mir das ein und unterschlug gern, dass ich manchmal auch gefeuert wurde.

Schon bei der Wahl der Studienfächer war es mir schwergefallen, mich zu entscheiden. Ich wechselte von Grafikdesign zu Geschichte, von Geschichte zu Anthropologie, von Anthropologie zu Psychologie, wo ich nur Gasthörer war, weil ich natürlich den erforderlichen NC nicht hatte.

Danach brach ich das Studium ganz ab, jobbte bei Starbucks und wurde Barkeeperin, und als ich da gefeuert wurde, fuhr ich Taxi. Ich versuchte, Stewardess bei der Lufthansa zu werden, aber es mangelte mir an der erforderlichen Freundlichkeit schwierigen Fluggästen gegenüber, wie die Ausbilderin bedauerte, als sie mich aussortierte.

Ich hatte mal davon geträumt, Malerin zu werden, zumindest solange, bis meine Mappe, mit der ich mich auf der Kunstakademie bewerben wollte, von dem Aufnahmegremium gnadenlos verrissen wurde. Die Adjektive, mit denen die Professoren meine Werke bedachten, hallten mir noch lange danach in den Ohren.

Mich davon zu überzeugen, dass meine Kunst nichts taugte, war nicht besonders schwer. Ich war mir ja selbst nie sicher gewesen, ob ich das nötige Talent hatte. Nur weil ich in Kunst immer eine Eins hatte, war ich noch lange kein Picasso.

Margit fand die Kunstakademie ohnehin eine

schwachsinnige Idee, einzig Jenny wollte mich überreden, es noch woanders zu versuchen. Aber von Kunst verstand sie nichts und ich wollte mir keine weitere Abfuhr holen. Ich habe seitdem nie wieder gemalt.

Ich weiß nicht, wie ich auf die Idee kam, aber plötzlich interessierte es mich, wie ich diese Mappe heute beurteilen würde. Damals hatte ich meine Arbeiten für absolut genial gehalten, sonst hätte ich es auch nicht gewagt, mich damit zu bewerben. Umso härter hat mich dann das vernichtende Urteil getroffen. Ich schmiss die Mappe in eine Kiste und schob sie unter das Bett.

Margit hatte meine Sachen sicher zum größten Teil entsorgt, aber die Putzfrau, eine gute Seele, die gewiss nie etwas gestohlen hatte, wie Margit behauptete, sagte mir einmal, dass sie einen Karton mit meinen Habseligkeiten auf dem Speicher verstaut hätte.

Ich stieg die Treppe zum Dachboden hinauf, öffnete die Luke. Ein Schwall verbrauchter Luft empfing mich und der Modergeruch nahm mir fast den Atem. Wie lange mag hier oben schon niemand gewesen sein?

Das Licht ging nicht und ich schaltete die Taschenlampe meines Handys ein und tastete mich damit langsam vorwärts.

Der Speicher war riesig und angefüllt mit dem Gerümpel von Jahrzehnten. Von alten Fahrrädern bis zu vergammelten Matratzen war hier alles gelagert, was man nicht mehr brauchen konnte. Etwas Tageslicht fiel durch eine Luke im hinteren Teil des Dachbodens.

Ich kämpfte mich durch jede Menge Spinnweben vorwärts und hoffte nur, keine der Spinnen aufzuscheuchen. Ich gruselte mich vor ihnen und der Gedanke, dass sich vielleicht eine auf mich abseilen könnte, war nicht gerade angenehm.

Es gab mehrere alte Kisten, von zentimeterdickem Staub bedeckt. Ich öffnete die erste, wobei ich so viel Staub aufwirbelte, dass ich einen Hustenanfall bekam. Ich zog ein gerahmtes Foto heraus, wühlte weiter.

Dass ich eigentlich nach meiner Mappe suchen wollte, vergaß ich schlagartig. Denn das, was ich gerade entdeckt hatte, waren zweifellos Bilder meiner Vorfahren. Die altmodische Kleidung und der eingefrorene Gesichtsausdruck, weil man stillhalten musste, bis der Film belichtet war, ließen keinen Zweifel daran. Ein Bild zeigte auch unser Haus. Davor posierte ein Paar im mittleren Alter. Neben ihm stand ein gutaussehender junger Mann, zweifellos der Sohn, wie die Ähnlichkeit mit der Mutter verriet.

Waren das meine Großeltern? Nein, auf dem Foto unten sahen sie anders aus. Ich tippte auf Urgroßeltern, wenn das Haus schon so lange im Besitz unserer Familie war. Aber wer war der junge Mann?

Auf den anderen Fotos war die Familie nicht mehr zu sehen. Ich wühlte weiter, entdeckte einen jungen Mann in der Uniform der SA, der stolz den Arm zum Hitlergruß reckte.

Ich war so aufgeregt, mein Herzschlag galoppierte geradezu.

Kurz entschlossen schleppte ich die Kiste nach unten, wobei ich fast die enge Treppe heruntergefallen wäre.

Ich konnte es kaum erwarten, die Fotos Margit zu zeigen. Sicher würden sie ihrem Gedächtnis nachhelfen und ich würde endlich mehr über meine Vorfahren in Erfahrung bringen können.

Ich bereitete das Frühstück vor, setzte Kaffee auf und machte dann ordentlich Krach vor Margits Zimmertür, um sie aufzuwecken. Nach einer kleinen Ewigkeit öffnete sie schlaftrunken die Tür.

»Was ist denn das für ein Lärm?«

Ich holte ihren Bademantel und wickelte sie darin ein, denn es war nicht gerade warm im Haus. Die hohen Räume ließen sich schlecht heizen.

»Ich hab dir Frühstück gemacht«, erklärte ich und legte ihr eine Brotscheibe auf den Teller. »Was willst du drauf?«

Margit konnte sich nicht entscheiden, also schmierte ich Butter auf das Brot und legte eine Käsescheibe darauf. Ich schenkte ihr Kaffee ein und rückte dann mit meiner Entdeckung heraus.

»Stell dir vor, ich habe auf dem Speicher eine Kiste mit alten Fotos gefunden.« Ich zeigte ihr das Bild mit dem Paar vor dem Haus.

»Kennst du das Paar auf dem Bild?«, fragte ich. »Sind das vielleicht meine Urgroßeltern?«

Sie betrachtete das Foto. »Die kenn ich nicht.«

»Aber das ist doch unser Haus«, insistierte ich, »auch wenn es auf dem Foto noch schöner aussieht.«

»Aber die Leute kenn ich nicht«, sagte Margit.

Ich zeigte ihr das Foto von dem Mann in SA-Uniform.

Sie runzelte die Stirn. »Da ist er noch so jung ... das war sicher vor dem Krieg.«

»Ist das dein Vater?«

»Ich weiß nicht. Vielleicht. Nach dem Krieg hat er viel älter ausgesehen.«

Ich kramte ein anderes Foto heraus. Derselbe Mann in Zivil mit einer hübschen blonden Frau an der Seite, die einen Säugling im Arm hielt.

Margit zeigte auf das Baby und lachte begeistert. »Ja, das bin ich. Das ist das einzige Babyfoto, das es von mir gibt. Das hat mir meine Mutter mal gezeigt, als ich klein war.«

»Dann ist der in der SA-Uniform dein Vater, oder?«

»Muss wohl.«

»Dein richtiger Vater?«

»Was sonst?«

Jetzt hatte ich den Beweis, dass mein Großvater ein Nazi gewesen war. Als Margit es zum ersten Mal erwähnte, hatte ich es für ein Hirngespinst gehalten. Aber hier hatte ich den Beweis schwarz auf weiß vor mir liegen und ich musste sofort an Margits Bemerkung, dass er welche ins KZ gebracht hatte, denken. Welche Gene hat er mir wohl vererbt, fragte ich mich und spürte, wie mir das Frühstück hochkam.

Rechtsradikale waren mir immer zuwider gewesen und dass sie neuerdings so viel Zuspruch in der Bevölkerung erhielten, machte mir Angst.

Als ich mit Niklas zusammen war, hatten wir uns beide in der Flüchtlingshilfe engagiert. Als ich wieder allein war, gab ich es auf. Aus Bequemlichkeit, oder weil ich kein so guter Mensch war wie Niklas? Beides traf zu, wenn ich ehrlich war.

Vielleicht hätte ich es lieber lassen sollen, in der Vergangenheit herumzustochern. Wer weiß, was ich noch alles zutage fördern würde. Aber jetzt konnte ich nicht mehr damit aufhören.

Ich griff noch einmal nach dem Foto, das unser Haus zeigte. »Kennst du die Leute wirklich nicht?«

»Die hab ich noch nie gesehen«, wiederholte Margit.

Ich wollte sie weiter ausfragen, griff wieder nach den Fotos, aber sie schob sie weg. »Gehen wir heute in den Zoo?«

Im Zoo waren wir nie zusammen gewesen. Als ich klein war, wurde ich von einer Tagesmutter betreut, später war ich ganztags im Kindergarten und im Hort nach der Grundschule. Aber was spielte das für eine Rolle in Margits Universum, zu dem ich keinen Zutritt hatte.

Ich schaute aus dem Fenster. Es regnete in Strömen.

»Später vielleicht«, sagte ich.

6. Kapitel

Elisabeth

1935-1936

lisabeth hatte die alte Frau Adler nicht retten
können. Was mit ihr geschehen war, wusste sie
nicht, doch Hilde residierte jetzt in der schönen
Wohnung. Sie hatte Elisabeth eingeladen, sie dort zu besuchen, aber Elisabeth hatte bis jetzt Ausreden bemüht,
um nicht hingehen zu müssen. Sie konnte sich noch genau an die Einrichtung erinnern, die mit vielen Kleinig-
keiten liebevoll gestaltet gewesen war. Hilde in diesen
Räumen zu sehen, hätte sie nicht ertragen.

Hilde hatte sich damals direkt an Karl wenden müssen, nachdem ihm Elisabeth die Sache mit dem Hund
nicht gemeldet hatte. Es hatte einen fürchterlichen
Krach deswegen gegeben. Karl hatte Elisabeth wütend
angeschrien und es fehlte nicht viel und er hätte sie auch
geschlagen.

Sie würde seine Autorität untergraben, plärrte er, sie
sei nicht imstande, die einfachsten Dinge zu erledigen –
wozu sei sie überhaupt imstande, er bereue es jeden Tag,
so eine nutzlose, frigide Frau wie sie geheiratet zu haben.

Elisabeth redete sich damit heraus, dass sie es einfach vergessen hätte, weil damals doch die Sache mit
dem Röhm-Putsch passiert sei und sie Angst gehabt hätte,
Karl würden sie vielleicht auch noch holen.

Das hatte ihn wieder etwas zur Besinnung gebracht. Zum Glück hatte er ihren Fehler noch ausbügeln können, bevor Hilde überall herumerzählte, er sei nicht imstande durchzugreifen.

Er schlief nach wie vor mit ihr, doch dabei war er grob und nahm auf sie noch weniger Rücksicht als vorher. Es ging nur noch um die Befriedigung seiner Bedürfnisse. Die Hoffnung auf einen Sohn hatte er weitgehend aufgegeben.

Elisabeth, die beim Beginn ihrer Regel stets unter heftigen Schmerzen litt, kassierte dann statt Mitleid verächtliche Blicke von ihm. Bei jeder Gelegenheit ließ er sie spüren, dass sie bei der wichtigsten Aufgabe einer Frau versagt hatte.

Elisabeth hätte nur zu gern einen Kinderwagen durch die Straßen geschoben, jemanden gehabt, um den sie sich kümmern konnte. Sie fühlte sich oft schrecklich allein.

Die Wohnung hielt sie tadellos in Schuss, putzte, kochte und backte, um Karl ja nicht zornig zu machen. Denn wenn er wütend wurde, hatte sie regelrecht Angst vor ihm. Dass er der Rasse der Herrenmenschen angehörte, hatte er voll verinnerlicht.

Es war kaum vier Jahre her, dass er dankbar für jede Arbeit sein musste, die ein paar Mark einbrachte, war sie auch noch so schwer und dreckig. Jetzt herrschte er über einen ganzen Block und führte sich auf, als sei er Hitlers Stellvertreter persönlich.

Solche Gedanken teilte Elisabeth natürlich mit niemandem. Mit wem auch. Hilde ging sie aus dem Weg, weil sie fürchtete, man könne ihr auf der Stirn ablesen, was sie über die frühere Freundin dachte. Wilma, mit der sie früher oft schwatzte, hatte jetzt nie mehr Zeit. Elisabeth vermutete, dass sie vielleicht nicht ganz so linientreu war wie viele andere und mit der Frau eines Blockwarts nichts zu tun haben wollte. Aber nie hätte Elisabeth sie darauf angesprochen, außerdem hätte ihr Wilma nicht die Wahrheit gesagt. Wenn jemand eine andere Gesinnung hatte, so äußerte er sie ganz bestimmt nicht vor Elisabeth.

Außer den Gesprächen beim Einkaufen hatte Elisabeth kaum Unterhaltung. Karl verbrachte die Abende oft außer Haus. Beim Essen, das er meist kommentarlos in sich hineinschaufelte, redete er höchstens von den Heldentaten, die die SA wieder vollbracht hatte, wobei er die gewichtige Rolle, die er dabei innehatte, besonders hervorhob.

Wenigstens hatte Karl beim Umzug in die neue Wohnung einen Volksempfänger gekauft, so dass Elisabeth Radio hören konnte. Sie mochte aber weder das Propagandageschrei von Goebbels noch Hitlers aufpeitschende Reden hören.

Wenn Karl zu Hause war, gab es allerdings kein Entrinnen. Er wurde dann ganz aufgeregt, hörte mit glänzenden Augen zu und ballte die Faust.

Vollkommen aus dem Häuschen war er, wenn er bei Hitlers Auftritten persönlich zugegen sein durfte. Manchmal bestand er darauf, dass Elisabeth sich dann in der Wochenschau ansah, wie hunderte von SA-Leuten die Arme hochrissen und Parolen brüllten. Es war zweifellos ein beeindruckendes Schauspiel, aber Elisabeth überkam jedes Mal ein Frösteln bei dieser geballten Demonstration der Macht.

Nachts, wenn Karls Schnarchen signalisierte, dass er schlief, dachte Elisabeth oft an David Goldmann. Erst wenn sie sicher war, ungestört zu sein, gestattete sie sich diese Gedanken. Sie gehörten nur ihr allein, und hätte irgendjemand geahnt, in welch kühne Bereiche sich ihre Fantasie vorwagte, sie wäre gestorben vor Scham.

Jedes Wort, das er mit ihr gewechselt hatte, konnte sie auswendig herbeten. Er hatte gesagt, dass er sie mögen würde, und so, wie er sie angesehen hatte ...

Es war Monate her, dass Elisabeth ihm den Hund gebracht hatte, und ihre Sehnsucht nach David wurde mit jedem Tag größer.

Sie würde ihn gern besuchen, doch sie fürchtete sich vor Karl. Was er tun würde, wenn er herausfände, dass sie sich mit einem Juden traf, wollte sie sich gar nicht ausmalen.

Aber fast noch mehr fürchtete sie sich vor ihren eigenen Gefühlen.

Es war Sünde, sich in einen anderen Mann als den eigenen zu verlieben. Sie war Karl versprochen und hatte vor Gott das Ehegelübde abgelegt. Selbst ihre Gedanken waren sündig und die konnte sie noch nicht einmal beichten.

Beim letzten Gottesdienst hatte der Pfarrer von der Schuld der Juden gesprochen, die Christus ans Kreuz genagelt hätten. Er hatte es nicht direkt gesagt, doch wer wollte, konnte heraushören, dass es nur gerecht war, die Juden jetzt dafür büßen zu lassen.

Bei ihm wollte Elisabeth bestimmt nicht beichten.

Manchmal schlich sie sich außerhalb der Messe in die Kirche, um Zwiesprache mit Gott zu halten. Sie bat ihn um Verzeihung für ihre Sünden und flehte ihn an, ihr endlich ein Kind zu schenken. Vielleicht würde das Karl ändern und sie würde ihn wieder lieben können.

Aber Gott erhörte ihre Gebete nicht und die Sehnsucht blieb.

Elisabeth hielt es nicht mehr aus. Sie fuhr zum Haus der Goldmanns. Sie hatte Bauchschmerzen dabei und eine ganze Weile überlegte sie, wieder umzukehren. Selbst als sie vor dem Haus stand, zögerte sie noch. Doch dann drückte sie entschlossen ihren Finger auf die Klingel.

Es dauerte eine Weile, dann öffnete ihr David die Tür. Als er sie sah, huschte ein Strahlen über sein Gesicht. »Elisabeth! Was für eine Überraschung. Kommen Sie herein!«

Es schien ihr ganz natürlich, dass er sie beim Vornamen nannte. In Gedanken war er für sie auch immer nur David gewesen.

Er zog sie schnell nach drinnen, damit niemand sie sehen konnte. Sie folgte ihm ins Wohnzimmer.

»Sie wollen sicher Flori besuchen«, sagte er und holte den Hund aus dem Keller, wo er ihn eingesperrt hatte, damit man beim Läuten sein Bellen nicht hörte.

Flori beschnüffelte Elisabeth und sie streichelte ihn ausgiebig, um ihre Verlegenheit zu überspielen.

»Was kann ich Ihnen anbieten?«, fragte er. »Die Auswahl ist allerdings begrenzt, denn in vielen Geschäften werden wir nicht mehr bedient. Aber einen Kaffee kann ich Ihnen machen.«

»Ein Kaffee wäre wunderbar«, sagte Elisabeth.

Kurz darauf kam David wieder mit einem Tablett, das er vor Elisabeth abstellte.

»Wie geht es Ihrer Mutter?«, fragte Elisabeth.

Davids Gesichtsausdruck spiegelte seine Hilflosigkeit wider. »Nicht besonders gut, leider. Mein Vater hatte einen Herzinfarkt und seitdem lebt sie in ständiger Angst um ihn. Meinen Vater bringt es um, dass er seine Familie nicht mehr versorgen kann. Das ist das Schlimmste für ihn. Ich finde auch keine Arbeit, nicht mal als Krankenpfleger.«

»Es tut mir so leid«, sagte Elisabeth und schämte sich plötzlich dafür, eine Deutsche zu sein.

»Sie hätten nicht kommen sollen«, sagte David. »Ihr Mann weiß sicher nicht, dass Sie hier sind.«

Elisabeth zuckte mit den Schultern. Aber ihre Miene verriet, dass David mit seiner Annahme richtig lag.

»Ich vermute, er hat vielleicht eine andere politische Einstellung als Sie?«, fragte er vorsichtig.

Elisabeth wollte ihm nichts vormachen. »Er ist bei der SA.«

Eine Weile sprach keiner von beiden.

David räusperte sich. »Dann sollten Sie wirklich nicht hier sein.«

»Ich wollte Sie aber sehen«, sagte Elisabeth und wurde rot dabei.

Man konnte David ansehen, wie er mit seinen Gefühlen kämpfte. »Ich will Sie nicht in Gefahr bringen, das würde ich mir nicht verzeihen.« Er stand entschlossen auf. »Auch wenn ich mich dafür hasse, das zu sagen, aber Sie müssen gehen.«

Elisabeth erhob sich ebenfalls. Ihr Gesicht war nur Zentimeter entfernt von seinem. »Ich ...«, begann sie und wusste dann nicht weiter.

»Ich mag Sie so sehr, Elisabeth«, sagte David, und machte eine lange Pause, in der er sie nur ansah. »Und darum bitte ich Sie, zu gehen. Es ist zu gefährlich.«

Elisabeth zögerte, sie wollte hier bei ihm bleiben. »Aber wir reden doch nur.«

David lachte sarkastisch. »Das wird sicher auch bald verboten, zum Schutz des deutschen Blutes.«

Er spielte auf die Rassengesetze an, die letztes Jahr erlassen worden waren. Groß plakatiert und in jeder Zeitung abgedruckt, waren sie jedem Bürger zur Kenntnis gebracht worden.

»Sie haben doch gesagt, Sie wollen weg aus Deutschland«, sagte Elisabeth. Sie wollte nicht, dass er wegging, aber sie wusste, dass das selbstsüchtig war.

»Ich wollte, wir könnten«, entgegnete David. »Aber meinem Vater geht es zu schlecht. Er kann im Moment unmöglich reisen. Selbst meine Mutter hat jetzt eingesehen, dass es hier nur noch schlimmer wird. Leider zu spät.«

»Ich hoffe, Ihr Vater erholt sich bald«, sagte Elisabeth.

»Das hoffe ich auch.«

Er sah sie an. »Ich weiß, das ist eine ungehörige Frage, aber Ihr Mann ... Wie stehen Sie zu ihm?«

Elisabeth antwortete nicht gleich.

»Entschuldigen Sie, dass ich gefragt habe. Das geht mich wirklich nichts an.«

»Nein, nein«, sagte Elisabeth. »Ich weiß nur nicht, was ich darauf sagen soll. Als wir geheiratet haben, war er ganz anders. Jetzt ist er mir oft vollkommen fremd.«

»Ja, diese Zeiten verändern Menschen. Wahrscheinlich nicht nur ihn.«

Er brachte sie zur Tür. »Es war trotzdem schön, dass Sie gekommen sind. Ein kleiner Lichtblick in düsteren Zeiten.«

Elisabeth rührte sich nicht. Sie wünschte sich so sehr, hier bei ihm bleiben zu können. Sie sehnte sich so danach, von David geküsst zu werden, dass sie unwillkürlich die Augen schloss und sich näher zu ihm beugte. Plötzlich spürte sie seine Lippen auf ihren. Sie öffnete den Mund, erwiderte seinen Kuss. Es fühlte sich an wie in ihren Träumen und sie wünschte sich nichts mehr, als bis in alle Ewigkeit weiter zu träumen. Doch David schob sie entschlossen von sich. Sein Gesicht wurde hart.

»Du musst gehen! Auf der Stelle!«

Elisabeth war den Tränen nahe. Er wirkte plötzlich völlig verändert. »Du weißt, wie man das nennt, oder? Rassenschande! Ich käme ins Zuchthaus, wenn das rauskäme, und was dein Mann mit uns täte ... Das kann ich dir und meiner Familie nicht antun!«

»Es tut mir leid, ich ... ich ...« Elisabeth wusste nicht mehr weiter.

»Du hast dich in den Falschen verliebt, und ich mich auch«, sagte er kalt. »Pech für uns beide. Das sind keine Zeiten für Liebe. Nur für Hass.«

Jetzt weinte Elisabeth wirklich.

Er strich ihr durchs Haar und lächelte traurig. »Was für schöne Haare du hast, so golden! Und was für ein schönes, unschuldiges Gesicht! Ich glaube, ich war schon nach unserer ersten Begegnung verliebt in dich.«

Elisabeth schmiegte sich in seine Arme. Sie hätte für immer so bleiben mögen.

Er schob sie sanft von sich weg. »Aber du darfst nicht wiederkommen, auch wenn ich mir nichts mehr wünschen würde.«

Sie wünschte es sich genauso, aber ihr blieb nichts anderes übrig, als zu gehen.

Die ganze Zeit in der Straßenbahn konnte sie an nichts anderes denken als an David und seinen Kuss. Von dieser Erinnerung würde sie zehren, wenn sie Karl wieder gegenübertreten musste. Wenn sie wieder so tun musste, als sei sie die perfekte Ehefrau, die brav jedem seiner Wünsche nachkam, die eilfertig sein Bier aus dem Kühlschrank holte, wenn er heimkam und ihm half, die Stiefel auszuziehen. Als sie daran dachte, überkam sie ein solcher Widerwille, dass ihr fast der Kaffee hochkam.

Die ganze Zeit hatte sie sich gegeißelt für ihre sündigen Gedanken, aber was für eine Sünde war es wohl, David und seinen Leuten so etwas anzutun? Hieß es nicht, du sollst deinen Nächsten lieben wie dich selbst?

Bis jetzt hatte sie die Verhältnisse immer so hingenommen, wie sie waren, froh, dass sie von den Schikanen nicht betroffen war und bequem leben konnte. Sie war es gewohnt, dass »die da oben« die Dinge entschieden und sie sich zu fügen hatte.

Zum ersten Mal hatte sie gegen diese Regeln verstoßen, als sie der alten Frau Adler geholfen hatte. Und was hatte es gebracht? Nichts. Im Gegenteil, sie hatte Karls Zorn fürchten gelernt.

Karl, der seine arische Herkunft bis zu seinen Urgroßeltern zurückverfolgen konnte und daraus das Recht ableitete, sich über andere zu erheben. Elisabeth hatte ebenfalls einen lupenreinen Ariernachweis. Der Zufall ihrer Geburt hatte darüber entschieden.

Karl und sie stammten beide von Bauern ab, hatten ein paar Jahre, wenn nicht gerade Ernte war und Arbeit anfiel, bei der alle Hände gebraucht wurden, die Schule besucht. Und nun waren sie angeblich wertvoller für die Gesellschaft als manche Ärzte, Anwälte oder Lehrer, die jahrelang studiert hatten.

Die Begegnung mit David hatte dafür gesorgt, dass Elisabeth aufgewacht war. Aber es war bequemer gewesen, die Augen vor den Dingen zu verschließen, denn ändern konnte sie nichts.

»Wo warst du?«, begrüßte Karl sie.

Elisabeth hatte sich natürlich eine entsprechende Ausrede überlegt, falls er bereits zu Hause sein sollte.

»Ich habe noch einen Spaziergang im Englischen Garten gemacht«, erklärte sie. »Es ist so schönes Wetter!«

Doch Karl hörte gar nicht richtig zu, er hatte seine Ohren am Volksempfänger, wo Hitler gerade die Wettkämpfer aus aller Welt zur Olympiade begrüßte.

»Ist das nicht bombastisch? Die ganze Welt ist bei uns zu Gast. Alle können sehen, was aus Deutschland geworden ist. Was für ein Triumph! Nur schade, dass es in Berlin ist. Ich wäre so gern dabei.«

»Ja, sehr schade«, murmelte Elisabeth.

Sie ging in die Küche und machte Abendessen.

Später, als sie beim Essen saßen und Karl nicht aufhörte, von der Olympiade zu schwärmen, unterbrach ihn Elisabeth.

»Findest du es eigentlich richtig, was die Nazis mit den Juden machen?«, fragte sie.

Karl sah sie überrascht an. Sie hatten nie darüber gesprochen, auch nicht, als letztes Jahr das »Blutgesetz« erlassen worden war.

»Wieso fragst du sowas?«, sagte Karl.

»Weil ich nicht wirklich begreife, was die Juden getan haben sollen. Was hat der Lebensmittelhändler verbrochen? Warum darf man nicht mehr bei ihm einkaufen?«

Elisabeth hatte auch nicht mehr bei ihm gekauft, obwohl es nicht einmal verboten gewesen war. Aber hätte sie sich als Einzige gegen die anderen stellen sollen? Jetzt hatte sie ein ungutes Gefühl deswegen.

»Es gibt eine globale jüdische Verschwörung«, sagte Karl, »das weißt du doch. Die Juden haben Deutschland schon im Ersten Weltkrieg verraten und sie sind verantwortlich für die wirtschaftliche Misere, in der Deutschland steckte.«

»Der Lebensmittelhändler auch?«

»Weshalb geht es uns denn heute wieder gut? Warum wohl?«

»Weil die Juden nicht mehr arbeiten dürfen?«, fragte Elisabeth, obwohl sie merkte, dass Karl bereits grimmig die Stirn zusammenzog.

»Von Politik verstehst du wirklich nichts und deshalb habe ich auch keine Lust, mich mit dir darüber zu streiten.«

»Ich wollte nur wissen, ob dir manchmal die Menschen leidtun, die du aus ihren Wohnungen wirfst.«

»Nein!«, brüllte Karl. »Die tun mir nicht leid! Weil sie gegen die Gesetze verstoßen haben!«

Elisabeth begann, das Geschirr abzuräumen.

»Ich rate dir, solches Gerede zu unterlassen«, drohte er. »Sonst könnte das mal schlecht für dich ausgehen.«

»Heißt das, du würdest auch mich anzeigen?«

»Ich würde jederzeit meine Pflicht tun«, sagte Karl. Er griff nach seiner Jacke und verließ türenschlagend die Wohnung.

Elisabeth wusste nicht, warum sie das Gespräch überhaupt angefangen hatte, sie hätte sich denken können, wie es ausgeht. Aber sie hatte gehofft, hinter Karls Fassade doch noch einen Funken Menschlichkeit zu finden. Wie hatte sie sich getäuscht.

Sie versuchte, sich in Erinnerung zu rufen, wie Karl gewesen war, als sie sich kennenlernten, wie er Elisabeth lachend auf dem Tanzboden herumgeschwenkt hatte. Wie fröhlich und unbeschwert sie damals beide gewesen waren. Es schien ihr, als seien seitdem Jahrzehnte vergangen und nicht nur ein paar Jahre.

Karl stolperte Stunden später betrunken herein. Er schmiss seine Kleider auf den Boden, drängte sich dann grob zwischen Elisabeths Schenkel und fluchte, weil sie ihn abwehren wollte. Er hielt ihre Arme fest und drang brutal in sie ein. Elisabeth ließ es über sich ergehen, wehrte sich nicht mehr.

Als er schlief, huschte sie ins Bad und säuberte sich. Sie fühlte sich benutzt und dreckig, und diesen Dreck konnte kein Waschlappen beseitigen.

7. Kapitel

Britta

2023

Wie erwartet, konnte ich nach dem Wochenende nicht zurück nach Hamburg fahren. Denn natürlich hatte sich für Margit weder ein Pflegedienst noch ein Heimplatz auf die Schnelle auftreiben lassen. Ich sagte Philip, dass er in nächster Zeit nicht mit mir rechnen könne.

Die Morgenstunden, wenn Margit noch schlief, verbrachte ich am Telefon oder schrieb Mails und Briefe. Ich war nach wie vor unschlüssig, ob ich mich als die rechtliche Betreuerin von Margit einsetzen lassen sollte.

Einerseits grauste mir vor allem, was damit zusammenhing, andererseits widerstrebte es mir, meine Mutter und ihr Leben einem vollkommen Fremden anzuvertrauen. Meine Motive waren dabei weniger von der Liebe zu Margit geprägt, als von dem Wunsch, mehr über die Vergangenheit herauszufinden.

Was Philip über das Haus gesagt hatte, spielte natürlich auch eine Rolle. Vielleicht wäre ich eines Tages tatsächlich eine reiche Erbin – ein absurder Gedanke, weil wir nie gelebt hatten wie wohlhabende Leute, ganz im Gegenteil.

Über das Haus hatte ich mir nie groß Gedanken gemacht. Es war eben schon immer im Besitz unserer

Familie gewesen, wie mir Margit einmal sagte. Aber irgendeiner unserer Vorfahren musste es einmal zu erheblichem Wohlstand gebracht haben, sonst hätte er sich nicht diese Villa leisten können.

Als ich damals zu Hause auszog, wollte ich nur alles hinter mir lassen; das Leben meiner Mutter interessierte mich so wenig wie das meiner Großeltern oder sonstiger Vorfahren, die ich nicht mehr erlebt hatte.

Es war die Generation meiner Mutter, die sogenannten 68er, die sich mit der Nazi-Vergangenheit ihrer Eltern auseinandergesetzt hatten, oder auch nicht. Für mich hatte das keine Rolle mehr gespielt. Bis jetzt.

Ich machte Frühstück für Margit und weckte sie dann. Gestern hatte ich sie schlafen lassen und sie war erst nachmittags aus ihrem Bett gekrochen. Ich hatte ein paar Mal nachgesehen, ob sie noch lebte, aber ihr Schnarchen hatte mich schnell davon überzeugt, dass dem so war.

Abends, nach dem Genuss von ein paar Gläsern Wein, drehte sie dann richtig auf und wollte ausgehen. Dabei hatte sie vergessen, dass es die Bars und Diskotheken ihrer Jugend längst nicht mehr gab, ebenso die Tatsache, dass sie über achtzig war. Sie wurde richtig böse, wenn ich sie davon abhalten wollte.

»Du hast mir überhaupt nichts zu sagen«, schrie sie mich an und ging auf mich los. Obwohl sie all ihre Kräfte mobilisierte, hatte sie, schmächtig wie sie war, keine Chance gegen mich.

Doch ehe sie vielleicht noch spitze Gegenstände gegen mich in Stellung bringen konnte, ging ich in mein Zimmer und hörte sie noch lange gegen die Haustür hämmern und treten. Als der Krach endlich aufhörte und ich todmüde einschlief, war ich fest entschlossen, Margits Betreuung jemand anderem zu überlassen.

Am nächsten Morgen war sie wieder bester Laune.

Sie setzte sich an den Frühstückstisch und ich schenkte ihr Kaffee ein und schmierte ein Brötchen. »Eine Semmel«, korrigierte sie mich und zeigte auf den Schinken, den ich darauf legen sollte. Ich hatte auch Rührei mit Schnittlauch gemacht, was sie ganz »köstlich« fand.

»Wo hast du so gut kochen gelernt?«, fragte sie und brachte mich damit zum Lachen.

Ich war eine lausige Köchin, aber mir selbst Frühstück zu machen, das hatte ich schon mit sieben Jahren gekonnt. Margit musste nicht ganz so früh zur Arbeit wie ich zur Schule und stand deshalb auch nicht mit mir auf. Sie fuhr auch mit dem Auto zur Arbeit, während ich schon zum Bus weit laufen musste.

Unter der Woche riss sie sich mit dem Trinken noch zusammen, weil sie zur Arbeit musste, aber für das Wochenende galt das nicht mehr. Den halben Tag verschlief sie dann ohnehin und ich war wie immer mir selbst überlassen.

Wenn andere Mütter, die jeden Handgriff für ihre Kinder erledigen mussten, mitkriegten, wie selbstständig ich bereits war, stellten sie mich als leuchtendes Beispiel hin. Dabei war mir schlicht nichts anderes übriggeblieben, wenn ich überleben wollte. Oft kaufte ich auch ein, weil Essen für Margit keine große Rolle spielte. Hauptsache, es war genug Wein im Haus.

Ich hatte mir bis jetzt nie Gedanken darüber gemacht, warum sie so geworden war. Ihre Mutter sei depressiv gewesen, hatte sie neulich gesagt, und ihr Vater war ein SA-Mann. Was für eine Kindheit mochte das wohl gewesen sein?

Ich häufte ihr noch mehr Rührei auf den Teller und schenkte uns beiden Kaffee nach. Inzwischen hatte ich viel über Alzheimer gelesen und das deckte sich auch mit dem, was ich bei Margit beobachtete. Das Kurzzeitgedächtnis war praktisch nicht mehr vorhanden, während sich Ereignisse, die sehr lange zurücklagen, oft noch hervorholen ließen.

Als ich ihr sagte, dass sie gestern Nacht regelrecht herumgetobt hatte, erinnerte sie sich nicht daran. Aber vielleicht wäre es bei Erlebnissen aus ihrer Kindheit anders.

»Wie waren deine Großeltern eigentlich?«, fragte ich. »Deine Oma und dein Opa?«

Margit dachte nach. »Meine Großeltern ...?«

»Haben sie das Haus gebaut?«, fragte ich weiter.

»Glaub ich nicht«, erwiderte sie.

»Aber einer unserer Vorfahren muss reich gewesen sein«, sagte ich. »So ein Haus konnten sich doch nur wohlhabende Leute leisten.«

»Also dein Rührei ist wirklich köstlich!« Sie legte ihre Hand auf meine und sah mich an. »Danke, dass du dich so um mich kümmerst.«

Ich musste schlucken. Das war das erste Mal, dass sie so etwas sagte. Sicher wusste sie seit langem, dass sie allein nicht mehr zurechtkommen würde, aber ihr Stolz hatte ihr verboten, das zuzugeben.

Bedankt hatte sie sich noch nie bei mir, genauso wenig wie ich mich bei ihr. Wofür auch, dachte ich trotzig.

Dass sie es jetzt tat, war auch ein Eingeständnis ihrer Schwäche und es rührte mich.

Ich fragte weiter. »Waren die auch aus München? Deine Großeltern?«

Margit schüttelte den Kopf. »Nein. Das waren Bauern. Alle waren Bauern.«

»Aber wer hat dann dieses Haus gebaut?«

Eine Weile antwortete sie nicht, dann fiel ihr etwas ein.

»Vielleicht Rolf, der wollte immer Häuser bauen.«

»Wer ist Rolf?«

»Der war mit mir auf der Schule.«

Ich gab auf. »Soll ich dir beim Duschen helfen?«, fragte ich.

»Ich brauch keine Hilfe.«

Ich hörte natürlich, dass sie gar nicht ins Bad ging, sondern in ihr Zimmer. Aber ich sagte nichts.

Kurz darauf kam sie wieder und trug ein Sommerkleid.

Ich stöhnte. »Margit, es ist November, du musst was Wärmeres anziehen.«

»Draußen scheint die Sonne«, sagte sie trotzig.

Ich nahm sie an der Hand und ging mit ihr in ihr Zimmer. »Komm, wir suchen dir was anderes raus.«

Die meisten Sachen, die ich aus dem Schrank zog, wanderten in den Wäschekorb. Dem Geruch nach zu urteilen, hatte Margit das Duschen schon oft weggelassen. Folgsam schlüpfte sie dann in den Pullover, den ich ihr rauslegte. Die Hose, die ich fand, mussten wir mit einem Gürtel festzurren, weil sie ihr viel zu weit geworden war.

Ich bestand auf Zähneputzen und bürstete ihr dann lange die Haare, die sicher auch schon ewig nicht mehr gewaschen worden waren.

»Morgen waschen wir deine Haare«, sagte ich. »Und geschnitten gehören sie auch.«

»Ja, gehen wir zum Frisör«, sagte sie zu meiner Überraschung. »Wo ist der Autoschlüssel?«

»Wir müssen dich erst anmelden«, erklärte ich.

»Unsinn, ich komme immer gleich dran.«

»Bei welchem Frisör?«, fragte ich.

Sie konnte sich nicht erinnern. »Aber ich weiß den Weg«, sagte sie. »Wo ist denn nur der Autoschlüssel?«

»Ich fahre«, sagte ich bestimmt.

»Es ist immer noch mein Auto und ich fahre«, beharrte sie. »Wozu habe ich denn sonst den Führerschein gemacht.«

»Das war vor über sechzig Jahren«, sagte ich.

»Unsinn! Das war letzte Woche!«

»Dann brauchst du erst noch mehr Praxis.« Ich setzte mich einfach auf den Fahrersitz und sie stieg murrend neben mir ein.

Ich fuhr vor zur Kreuzung. »Du sagst mir, wo der Frisör ist. Jetzt links oder rechts?«

»Welcher Frisör?«, fragte sie.

Wir fuhren stattdessen in den Englischen Garten und machten einen Spaziergang.

Ich war es gewohnt, schnell zu gehen und musste mich immer wieder zwingen, mich ihrem Tempo anzupassen. Nach einer Weile fand ich es aber ganz angenehm, so gemächlich dahin zu schlendern. Margit wollte ein Eis, obwohl es nicht die Zeit dafür war. Ich kaufte ihr eins und wir setzten uns damit auf eine Bank.

Ich erzählte ein bisschen von Hamburg und meinem letzten kurzen Job als Immobilienmaklerin. Sie hörte mir zu. Ob es sie interessierte, was ich erzählte, oder ob es überhaupt zu ihr durchdrang, konnte ich ihrer Reaktion nicht entnehmen.

Plötzlich sah sie auf die Uhr, die sie zu meiner Überraschung noch perfekt lesen konnte, und erschrak. »Schon nach zwei, ich muss heim!«, sagte sie mit Panik in der Stimme.

»Wieso denn?«, fragte ich.

»Wenn ich nicht pünktlich bin, gibt's Schläge.«

»Von wem?«

»Vom Vater! Was glaubst du denn?«

Ich war zu überrascht, um etwas zu sagen.

»Pünktlichkeit ist eine Tugend«, belehrte sie mich. »Genau wie Ordnung.« Sie sah mich ängstlich an. »Hab ich mein Zimmer überhaupt aufgeräumt?«

»Ja, das ist tipp topp in Ordnung«, versuchte ich sie zu beruhigen.

Sie atmete durch. »Gott sei Dank! Das kontrolliert er immer als Erstes.«

»Er ist wohl sehr streng?«, fragte ich und überlegte, in welcher Zeitschleife Margit wohl feststeckte.

»Zucht und Ordnung sind das Fundament jeder Erziehung«, sagte sie mechanisch und ich konnte mir vorstellen, wie oft sie das eingebläut bekommen hatte.

»Hat er dich oft geschlagen?«

»Er will mich hart machen fürs Leben.«

»Er ist schon lange tot«, sagte ich, um dem Spuk ein Ende zu bereiten.

Sie sah mich überrascht an. »Wirklich? Wann ist denn das passiert?«

»Das ist schon lange her.«

Margit schüttelte ungläubig den Kopf. »Dass ich das vergessen habe ...«

Sie stand von der Bank auf. »Ich werde wirklich immer blöder.«

»Nein!«, widersprach ich. »Du bringst nur manchmal etwas durcheinander.« Ich stand ebenfalls auf. »Du hast mal gesagt, das sei gar nicht dein richtiger Vater. Weißt du noch?«

Sie sah mich verständnislos an. »Und wer ist mein richtiger Vater?«

»Ich weiß es nicht«, sagte ich hilflos. »Du hast das behauptet.«

»Hab ich?« Sie lachte fröhlich. »Weiß ich nicht mehr.«

Abends kochte ich für uns. Es waren erst ein paar Tage, die ich für Margit sorgte, aber schon fühlte ich mich ebenso eingesperrt wie sie. Highlight war, wenn Jenny zu Besuch kam und mir von ihrem täglichen Leben erzählte. Sie war Dozentin für Mathe an einer Privatakademie und konnte mich zumindest mit ein paar Klatschgeschichten von Kollegen und Studenten aufheitern.

Mein Berufsleben war nie besonders aufregend gewesen, aber jetzt vermisste ich es schmerzlich. Ich konnte Margit nicht allein lassen und unsere Unternehmungen beschränkten sich auf Spaziergänge oder ab und zu einen Restaurantbesuch.

Sie war nicht mehr imstande, dem normalen Fernsehprogramm zu folgen, beschwerte sich über die verworrene Handlung irgendwelcher Krimis und darüber, dass die Leute alle gleich aussehen würden.

Einmal war ich mit ihr ins Kino gegangen, in eine harmlose Komödie, aber schnell hatten wir uns den Unmut der anderen Zuschauer zugezogen, weil Margit mich andauernd laut etwas fragte. Ruhe!, zischten sie hinter uns, was Margit wenig beeindruckte. Wir sind dann nach der Hälfte des Films gegangen.

Ich fragte mich, ob so vielleicht meine nächsten Jahre aussehen würden.

Am Abend hatte ich wie immer für Margit gekocht, wobei es, wenn ich ehrlich war, meist nur Fertiggerichte waren, die ich in den Ofen schob.

Sie hatte wie schon oft meine nicht vorhandenen Kochkünste gelobt und dann plötzlich gefragt, warum ich sie Margit und nicht Mama nennen würde.

Ich war sprachlos, wusste nichts mehr darauf zu sagen. Sie sagte noch, dass sie es viel schöner fände, wenn ich sie Mama nennen würde, schließlich sei ich doch ihre Tochter.

Ich fing an zu weinen.

Am Morgen schrieb ich dem Amtsgericht, dass ich ihre Betreuung übernehmen wollte.

Am Abend, nachdem wir wieder endlos gestritten hatten, weil sie sich nicht die Haare waschen lassen wollte, bereute ich es wieder. Aber nun war es zu spät.

Mit der Hilfe von Google versuchte ich, etwas über unser Haus in Erfahrung zu bringen, aber die Suchmaschine half mir nicht weiter. Wenn meine Urgroßeltern Bauern waren, wie waren dann meine Großeltern zu diesem Haus gekommen?

Ich versuchte auch, über meinen Nazi-Großvater mehr herauszufinden, aber um in irgendwelchen Archiven, geschweige denn bei den Nürnberger Prozessen aufzutauchen, ist er wohl zu unbedeutend gewesen.

Dass er nicht direkt zu den Massenmördern gehört hatte – zumindest war das nicht dokumentiert –, beruhigte mich nicht. Denn hatte Margit nicht gesagt, dass er Leute ins KZ gebracht hatte? Und so triumphierend lächelnd, wie er auf dem Foto den Arm gehoben hatte, war er bestimmt ein überzeugter Nationalsozialist gewesen.

Nur von Margit würde ich mehr darüber erfahren können. Ich musste warten, bis sie wieder einen ihrer klaren Momente hatte. Die gab es durchaus, auch wenn sie die Zeiten durcheinanderbrachte. Der Umgang mit ihr forderte eine Geduld, die ich oft nicht aufbringen konnte. Dann wurde ich laut, was mir anschließend wieder leid tat.

Um mein Temperament unter Kontrolle zu bringen, versuchte ich mit Hilfe von YouTube-Videos meditieren zu lernen, in der Hoffnung, das würde mich zu einem yogi-ähnlichen Wesen transformieren, das mit lächelnder Gleichmütigkeit über allem stand. Leider schliefen mir bei den Versuchen regelmäßig die Füße ein und ich gab wieder auf.

Lieber durchsuchte ich die verwitterten Kisten auf dem Dachboden nach weiteren Fotos oder Unterlagen, die mir helfen konnten. Dabei fand ich tatsächlich auch meine Bewerbungsmappe für die Kunstakademie, nach der ich ursprünglich gesucht hatte.

Einen Moment zögerte ich noch, sie aufzuschnüren, weil ich sicher war, die darin liegenden Blätter, mit heutigen Augen betrachtet, grauenhaft zu finden.

Doch das Gegenteil war der Fall. Ich entdeckte sogar Ähnlichkeiten zu heute ausgestellten Künstlern bei meinen Arbeiten. Warum hatte ich mich damals nur so schnell verunsichern lassen?

So viel vertane Zeit, die ich ganz anders hätte nutzen können, wäre ich nur etwas mehr von mir überzeugt gewesen. Vielleicht hatte mir das Rüstzeug gefehlt, das mir liebende Eltern hätten verleihen können. Vielleicht war das aber auch nur eine faule Ausrede.

Ich dachte an Margit, die ich neuerdings Mama nennen sollte.

Liebende Eltern waren ein Nazi-Vater und eine depressive Mutter bestimmt auch nicht gewesen.

Sie habe nicht gewusst, wie das geht, eine gute Mutter zu sein, hatte sie gesagt. Was für eine traurige Erkenntnis.

Ich war dem lieber gleich aus dem Weg gegangen, hatte die Zukunft mit dem Mann, der mich liebte, geopfert, weil ich mir das Muttersein nicht zutraute. Hatte ich am Ende mehr mit meiner Mutter gemeinsam, als ich mir jemals eingestehen wollte? Gab es einen Fluch in unserer Familie, der von den Müttern an die Töchter vererbt wurde?

Ich saß lange da, starrte auf die Bilder in der Mappe. Dann klappte ich sie zu und warf sie zurück in die Kiste.

8. Kapitel

Elisabeth

1937

Elisabeth war ein paar Mal zu dem Haus der Goldmanns gefahren und daran vorbeispaziert, in der Hoffnung, vielleicht David zu begegnen. Zu läuten wagte sie nicht. Aber nur einige Meter von ihm getrennt zu sein und ihn doch nicht zu sehen, hielt sie fast nicht aus.

Karl war endlich Scharführer geworden und befehligte nun acht Mann. Wenn sie Teil großer Aufmärsche waren, schwärmte er, trunken von dieser gewaltigen Demonstration der Macht, Elisabeth davon vor. Was der Trupp ansonsten tat, wusste Elisabeth nicht und sie wollte es auch nicht wissen.

Es waren die Gedanken an David, die sie das Leben mit Karl ertragen ließen. Sie hatten sich nicht mehr viel zu sagen. Was Elisabeth wirklich dachte, musste sie vor ihm verbergen, denn sie wollte nicht riskieren, ihn zornig zu machen. Wenn er wütend war, ließ er es gerne an ihr aus, schleuderte ihr dann entgegen, dass sie minderwertig sei, weil sie nicht mal schwanger wurde.

Damit konnte er sie immer treffen, denn es war Elisabeths innigster Wunsch, ein Kind zu bekommen. Ein Kind, das sie lieben und umhegen konnte und das ihre

Liebe erwidern würde. Wenn sie auf der Straße eine Mutter sah, die sich liebevoll über einen Kinderwagen beugte, malte sie sich aus, wie es wäre, an ihrer Stelle zu sein, und dabei kamen ihr fast die Tränen.

Inzwischen hasste sie es, wenn Karl, oft betrunken und meistens grob, seine ehelichen Rechte einforderte. Vielleicht lag es an ihrer mangelnden Bereitschaft, dem ehelichen Beischlaf Freude abzugewinnen, dass sich ihr Wunsch nicht erfüllte, dachte sie oft. Vielleicht lag es auch daran, dass sie es am Anfang ihrer Ehe, als der Akt noch mit Zärtlichkeit verbunden war, vermieden hatten, ein Kind zu zeugen.

Eine Sünde, denn der Beischlaf diente doch nur dazu, Kinder zu zeugen, wie ihr der Pfarrer eindringlich klargemacht hatte. Die Last der zahlreichen Sünden, die sie begangen haben sollte, hatte Elisabeth schon als Kind erdrückt, auch jetzt legten sie sich manchmal wie schwarze Schatten auf ihre Seele. Ihr Glaube war wie ein zu eng geschnürtes Korsett, das ihr die Luft abdrückte.

Karl schimpfte, weil Elisabeth nach wie vor in die Kirche ging. Er war ebenfalls katholisch, glaubte aber jetzt an eine andere Lehre.

Doch Elisabeth konnte nicht anders. In der Zwiesprache mit Gott versuchte sie, ihren Frieden zu finden. Es waren so viele Fragen, die sie quälten, und in der unbequemen Kirchenbank kniend, hoffte sie, eine Antwort darauf zu finden. Aber Gott blieb ihr die Antwort schuldig.

Elisabeth bürstete Karls Uniform aus und wichste seine Stiefel, bis sie glänzten. Er war mit seinem Trupp nach

Nürnberg zum Reichsparteitag abkommandiert worden und natürlich musste er einen tadellosen Eindruck machen.

»Schade, dass du nicht dabei sein kannst«, sagte er, »aber sie bringen es sicher in der Wochenschau.«

»Wir können ja zusammen ins Kino gehen«, sagte Elisabeth. »*Zu neuen Ufern* läuft, mit Zarah Leander.«

Karl nickte. »Die Wochenschau will ich auf jeden Fall sehen.«

»Gute Reise!«, wünschte Elisabeth noch, dann war er draußen.

Elisabeth schlüpfte in ihren Mantel. Es war ein schöner Herbsttag und sie wollte einen Spaziergang machen. Zum Englischen Garten war es zu Fuß nicht weit und sie liebte den weitläufigen Park mit seinen verwunschenen Ecken. Um diese Tageszeit waren kaum Leute unterwegs, nur einige Mütter mit Kinderwägen begegneten ihr.

Elisabeth lief in Gedanken vor sich hin und hatte, ohne es zu merken, den Weg nach Bogenhausen eingeschlagen. Wenn sie noch ein Stück weiterginge, würde sie auf die Villa der Goldmanns treffen. Sie wusste, dass sie umkehren sollte, aber wie von einer unsichtbaren Schnur gezogen, ging sie weiter.

Wie es der Familie wohl inzwischen ergangen war? Vielleicht hatten sie Deutschland sogar bereits verlassen, wie es David vorhatte. Ein Gedanke, der so schmerzlich war, dass sie ihn schnell wegschob.

In irgendeinem Winkel ihrer Seele hatte sie die irreale Hoffnung gehegt, es könne für sie irgendwann eine Zukunft mit ihm geben. Sie wusste, dass das Blödsinn war, aber sie brauchte diese Träume, um ihren Alltag zu überstehen.

Elisabeth stand vor dem Haus der Goldmanns. Einen Moment zögerte sie noch, dann drückte sie auf die Klingel.

David öffnete die Tür. Er sah sie einen Moment verwirrt an, so als sei sie nicht von dieser Welt.

Elisabeth wartete ängstlich auf einen Vorwurf, er hatte doch gesagt, dass sie nicht mehr kommen sollte.

Doch er lächelte. »Komm herein!«, sagte er und ließ sie eintreten. »Wenn du wüsstest, wie oft ich an dich gedacht habe. Warte, ich hole Flori.«

Kurz darauf kam er mit dem Hund wieder, der Elisabeth schwanzwedelnd begrüßte.

»Er mag dich«, sagte David.

Elisabeth streichelte den Hund. »Wie geht es deinen Eltern?«

»Mein Vater hatte inzwischen auch noch einen Schlaganfall.« David machte eine lange Pause. »Davon wird er sich nicht mehr erholen, obwohl es meine Mutter natürlich hofft.«

»Wie traurig!«, sagte Elisabeth.

»Meine Mutter weicht nicht von seiner Seite. Sie sind fast dreißig Jahre verheiratet und es ist eine gute Ehe.«

»Dann könnt ihr nicht abreisen.« Elisabeth wusste, dass sie keine Freude darüber empfinden sollte, aber sie tat es doch.

»Ausgeschlossen«, sagte er. »Obwohl all unsere Freunde schon weg sind. Die jüdischen natürlich. Die anderen verkehren schon lange nicht mehr mit uns.«

Er versuchte, seiner Stimme wieder einen fröhlicheren Klang zu verleihen. »Und wie geht es dir?«

Was sollte Elisabeth sagen? Natürlich ging es ihr im Vergleich zu ihm geradezu glänzend. Ihre Ehe war unglücklich, aber ihr widerfuhren keine Demütigungen und Bedrohungen, wie sie seine Familie erleiden musste.

»Gut«, sagte sie, »mir geht es gut.«

»Du siehst aber nicht so aus.«

Sie zuckte die Achseln. »Ich darf mich nicht beschweren.« Dabei hätte sie ihm am liebsten gesagt, dass sie kaum mehr morgens aufstehen mochte, dass ihr alles verhasst war und am meisten ihr Ehemann. Aber wie konnte sie ihm das anvertrauen, das konnte sie sich ja nicht einmal selbst eingestehen. Sie versuchte zu lächeln.

»Ich weiß, dass ich nicht kommen sollte, aber ich musste dich einfach sehen.«

»Ich habe so oft an dich gedacht«, gestand er ihr. »Ich habe mir vorgestellt, wie wir irgendwo im Süden am Strand in der Sonne liegen, im Meer baden und Eis essen. Luftschlösser, die einen für kurze Zeit die eigene Misere vergessen lassen.«

»Ich war noch nie am Meer«, sagte Elisabeth. »Ich würde es so gern einmal sehen.«

»Ich wünschte, ich könnte es dir zeigen. In Italien waren wir früher oft im Sommer. Das würde dir bestimmt gefallen.«

»Erzähl mir davon!«

»Am meisten habe ich Venedig geliebt«, erzählte David. »Selbst wenn wir Wochen da wären, würden wir es nicht schaffen, alle Sehenswürdigkeiten zu sehen. Und am Lido gibt es einen herrlichen Strand.«

»Stimmt es, dass die ganze Stadt auf Pfählen gebaut ist?«

David nickte. »Ja, man kommt nur zu Fuß oder mit Gondeln und Booten von einem Ort zum anderen. Es gibt unzählige Brücken und romantische, kleine Gässchen. Es ist ein märchenhafter Ort.«

»Da würde ich gern mit dir sein.«

»Vielleicht in einem anderen Leben«, sagte David.

Elisabeth konnte nicht anders. Sie küsste ihn. Die lang aufgestaute Sehnsucht entlud sich in einem Kuss, den beide nicht enden lassen wollten.

»Können wir woanders hingehen?«, fragte Elisabeth, die Angst hatte, seine Mutter könnte vielleicht hereinkommen und sie überraschen. Sie wäre gestorben vor Scham.

»Willst du das wirklich?«, fragte David.

Elisabeth nickte und David führte sie in sein Zimmer im ersten Stock.

»Das Schlafzimmer meiner Eltern ist am Ende des Flurs«, sagte er mit gedämpfter Stimme. Eine unausgesprochene Forderung, leise zu sein, aber das hätte er Elisabeth gar nicht sagen brauchen.

Selbst als er den Kopf zwischen ihren Schenkeln vergrub und sie vor Lust hätte schreien können, entfuhr ihr nur ein leises Stöhnen.

Sie hatte nicht gewusst, wie es sich anfühlen konnte, zu welchen Empfindungen sie fähig war. Selbst in den Nächten, in denen sie träumte, David würde neben ihr liegen, hatte ihre Vorstellung nicht an die Wirklichkeit herangereicht.

Sie empfand nicht einmal Scham, obwohl es heller

Tag war, und sie das, was sie taten, nicht hätte ausspre-chen können, ohne rot zu werden.

Mit einem Stöhnen zog er sich aus ihr zurück und ließ sich auf den Rücken fallen.

»Wie fühlst du dich?«, fragte er und legte den Arm um sie.

»Einfach wunderbar«, sagte Elisabeth und wünschte, sie könnte ewig in seinen Armen liegen bleiben.

»Ich habe aufgepasst, aber du weißt, dass trotzdem immer etwas passieren kann.«

Vor einer Schwangerschaft hatte Elisabeth keine Angst, sie wusste ja, dass sie keine Kinder bekommen konnte. Aber sie wollte nicht zurück in die Realität gestoßen werden, wo das, was sie taten, Rassenschande hieß, David ins Zuchthaus bringen würde und Elisabeth von Karl vermutlich totgeschlagen würde, wenn er es erfuhr.

Sie wollte noch eine Weile in ihrer Traumwelt ver-harren, sich vorstellen, sie schlenderte mit David durch Venedig, läge mit ihm am warmen Lidostrand und lauschte mit ihm dem Rauschen der Meereswellen.

»Wo ist dein Mann jetzt?«, riss David sie aus ihren Träumen.

»In Nürnberg.«

»Parteitag, ich verstehe.« Aus seiner Stimme war die Wärme verschwunden. »Manchmal hasse ich alle Deut-schen«, sagte er, während er sich aus ihren Armen wand. »Und dann muss ich mich ausgerechnet in eine Deutsche verlieben. Was für ein schlechter Witz!«

»Es tut mir so leid.«

»Was denn? Dass du anfangs auch Hurra geschrien hast?«

Elisabeths Augen füllten sich mit Tränen. Er nahm sie in die Arme. »Verzeih mir, das habe ich nicht so gemeint. Ich bin nur manchmal so verbittert, dass ich alles kaputtschlagen könnte.« Er strich ihr das Haar aus dem Gesicht. »Es war wundervoll mit dir. Das einzig Schöne, das ich seit Monaten erlebt habe. Ich habe nicht mehr gewusst, wie sich Glücklichsein anfühlt.«

»So geht es mir auch«, sagte Elisabeth.

Sie lief den ganzen Weg nach Hause wieder zu Fuß. Nur so konnte sie in Ruhe ihren Gedanken nachhängen, sich jeden Moment dieses Nachmittags noch einmal ins Gedächtnis rufen.

Wie er ihr die Kleider vom Leib gestreift hatte und sie unter seiner Berührung erschauert war. Wie er sie ansah und ihr gesagt hatte, wie schön sie sei. Wie er ihren ganzen Körper mit Küssen bedeckt hatte.

Elisabeth wollte jeden Augenblick dieser Begegnung in ihrer Erinnerung verankern, denn sie ahnte, dass sie für lange Zeit nur noch in Gedanken glücklich sein würde.

Sie hatten sich getrennt, ohne über ein Wiedersehen zu sprechen. Lange Zeit waren sie schweigend voreinander gestanden, hatten sich nur angesehen.

Er hatte nicht gesagt, dass sie nicht wiederkommen sollte, aber selbst, wenn es möglich sein sollte – keiner von ihnen wusste, was die nächste Zeit bringen würde.

Karl kam vollkommen beseelt von der Reise zum Parteitag zurück. Er hatte vier seiner Kameraden zum Essen mitgebracht und Elisabeth eilte zum Einkaufen, denn ihre Vorräte reichten nicht, um die Gäste entsprechend zu bewirten.

Es war eine Erleichterung, ihm nicht allein gegenüberstehen zu müssen, denn sie hatte Angst, in einem unpassenden Moment rot zu werden oder durch irgendetwas sonst seinen Argwohn zu erregen.

Während sie die Suppe auftrug und den Braten im Ofen begoss, konnten die Männer nicht aufhören, von dem Parteitag zu schwärmen.

»Sie hätten das erleben müssen, Frau Elisabeth«, sagte einer. »Der Führer, eingerahmt von tausenden von Männern, die an seinen Lippen hingen, und die Massen, die ihm zugejubelt haben. Es war ein unglaubliches Erlebnis.«

»Ich werde es mir in der Wochenschau ansehen«, erwiderte Elisabeth.

»Ihr Mann sollte Sie das nächste Mal mitnehmen. Den Führer leibhaftig zu erleben, ist noch einmal etwas ganz anderes.«

Karl schenkte Bier nach und zwinkerte dem Mann zu. »So ein Ausflug ohne Frauen hat doch auch etwas für sich.« Er erntete allgemeines Gelächter.

Nach dem Essen waren die Männer angetrunken und die Stimmung gelöst. Friedrich, der Jüngste, der noch nicht lang bei der Truppe war, warf Elisabeth bewundernde Blicke zu. »Sie sind geradezu das Idealbild einer arischen Frau«, sagte er schwärmerisch. »Was für schöne Kinder das geben wird!«

Er bemerkte nicht, wie sich Karls Miene verfinsterte.

Kurt, ein anderer Kamerad, der wusste, wie lange das

Paar schon verheiratet war, rettete die Stimmung, indem er das Horst-Wessel-Lied anstimmte. Alle sangen begeistert mit.

Elisabeth räumte den Tisch ab und bemühte sich um eine freundliche Miene.

Nachdem alle gegangen waren, fühlte sich Karl durch Friedrichs Bemerkung herausgefordert, es wieder zu versuchen. Er drängte Elisabeth ins Schlafzimmer, nahm sich nicht einmal die Zeit, seine Hose auszuziehen. Er hob Elisabeths Röcke, riss ihr die Unterhose herunter und drang in sie ein.

Als wolle er sie zwingen, endlich schwanger zu werden, stieß er immer wieder in sie hinein, bis sich sein Samen in einem Schwall in sie ergoss und er erschöpft von ihr heruntersteig.

Elisabeth schlich ins Bad. Sie fühlte sich geschändet und gedemütigt.

War sie eigentlich jemals in ihn verliebt gewesen?

Sie hatte seine Unbeschwertheit gemocht, sein Lachen und seine Abenteuerlust. Und die Heirat mit ihm war die Rettung aus ihrem Zuhause gewesen. Aber Liebe? Was hatte sie damals schon von Liebe wissen können?

Einen Mann wie David hatte sie nie zuvor kennengelernt. Einen Mann, der rücksichtsvoll war, zärtlich und liebevoll, der tausendmal mehr wusste als sie, sie das aber nicht spüren ließ. Einen Mann, der sich um sie sorgte, obwohl er selbst nichts als Probleme hatte.

Insgeheim war Elisabeth davon überzeugt, dass sie für ihr Glücklichsein bestraft werden würde. Sie würde mit der Sünde des Ehebruchs nicht davonkommen. Gott sah alles und er würde sie dafür büßen lassen, das wusste sie.

Trotzdem wollte sie nichts mehr, als wieder Davids Stimme hören, ihn berühren, seine Zärtlichkeiten auf ihrer Haut spüren. Sie hatte solche Sehnsucht nach ihm, dass es fast körperlich weh tat. Elisabeth konnte nachts nicht mehr schlafen, verlor sich in Tagträumen, die sie den Alltag vergessen machten.

Sie sann unaufhörlich auf eine Möglichkeit, ihn wiederzusehen, war bereit, dafür jedes Risiko in Kauf zu nehmen.

Sie war so durcheinander, dass sie sogar das Essen anbrennen ließ und Karl fragte, was mit ihr los sei. Kurz gab er sich der Hoffnung hin, sie sei doch noch schwanger geworden und übte Nachsicht. Als dann ihre Blutung einsetzte, war er umso verletzender.

Neulich hatte sogar einer seiner Kameraden gespottet, dass er wohl keine Kinder zustande bringen würde. Ein Angriff auf seine Männlichkeit, der in einer wüsten Schlägerei endete. Ausbaden musste es dann Elisabeth, »das frigide Weib, das ums Verrecken nicht schwanger wurde«.

Neuerdings verbrachte Karl viele Abende im Wirtshaus, kam oft nicht zum Essen nach Hause. Lange war es für Elisabeth zu riskant gewesen, David wiederzusehen, jetzt wagte sie es.

David schloss sie in die Arme wie ein Ertrinkender, der sich noch an ein rettendes Floß klammern kann. Er nahm sie mit auf sein Zimmer, wo sie regelrecht übereinander herfielen. Mit Karl hatte Elisabeth nie besondere Freude am Beischlaf gefunden, mit David konnte sie nicht genug davon bekommen. Er erkundete ihren Körper auf eine Weise, die sie ein ums andere Mal erbeben ließ.

Er erzählte ihr, dass die Franzosen den Orgasmus als *la petite mort* bezeichnen würden und Elisabeth protestierte, als er es ihr übersetzte. Für sie war es das genaue Gegenteil, der Moment höchster Glückseligkeit.

Karl hatte diesmal sogar angekündigt, den Abend mit seinen Kameraden im Gasthaus zu verbringen, weshalb sich Elisabeth mit dem Heimkommen nicht beeilte. Als sie aufsperrte und ihm unerwartet gegenüberstand, erschrak sie so, dass ihr der Schlüssel aus der Hand fiel.

»Wo zum Teufel bist du gewesen?«, fragte er drohend.

Elisabeth war einen Moment sprachlos, fürchtete, ihr schlechtes Gewissen sei ihr anzusehen und würde sie verraten. Sie hätte sich ohrfeigen können, dass sie so leichtsinnig gewesen war und sich für so einen Fall nicht einmal eine ordentliche Ausrede zurechtgelegt hatte.

»Bei Frau Kamrieder«, stotterte sie schließlich. »Ich habe ihre kleine Tochter beim Einkaufen getroffen und sie hat mir gesagt, dass es ihrer Mutter so schlecht geht. Da bin ich hingegangen, um dort nach dem Rechten zu sehen. Ich wollte ihr einen Arzt rufen, aber das wollte sie nicht. Da habe ich ihr wenigstens eine Suppe gekocht und ihr Wadenwickel gemacht.«

»Und deshalb bekomme ich nichts zu essen?«, brummte Karl, aber er hatte die Ausrede geschluckt. Elisabeth konnte nur hoffen, dass er Frau Kamrieder nicht irgendwann auf der Straße traf und sie nach ihrer Gesundheit fragte. Aber es war eher unwahrscheinlich, dass er sich für die Frau interessieren würde.

»Ich finde schon was für uns«, versicherte Elisabeth und verschwand in der Speisekammer neben der Küche. Sie zitterte immer noch, als sie die Vorräte durchsah.

Das Erlebnis hatte Elisabeth einen gehörigen Schrecken eingejagt und für eine Zeit lang behielt ihre Vernunft die Oberhand. Dann aber konnte sie ihre Sehnsucht nach David nicht länger zurückdrängen, sie musste ihn sehen.

Schon als er ihr die Tür öffnete, konnte sie erkennen, dass etwas nicht stimmte.

»Ist etwas passiert?«, fragte sie ängstlich.

»Mein Vater«, sagte er traurig. »Wir müssen mit dem Schlimmsten rechnen, hat der Arzt gesagt.«

»Das tut mir so leid.«

»Zum Glück ist unser Hausarzt noch da, weil er seine Patienten nicht im Stich lassen will. Von deutschen Ärzten werden Juden ja nicht mehr behandelt. Aber er bekommt keine Medikamente mehr geliefert, also muss er auch bald zusperren.«

Das ist die Strafe für den Ehebruch, dröhnte es in Elisabeths Kopf. Sie hätten Gott nie auf diese Weise herausfordern dürfen. Vielleicht dachte David genauso, bereute längst, was sie getan hatten.

»Ich werde gehen«, sagte sie. »Ich wünsche dir so sehr, dass dein Vater wieder gesund wird.«

Er hielt sie nicht zurück, sah ihr nur traurig nach, als sie ging.

Es war höchste Zeit und Elisabeth hätte nach Hause gehen sollen. Stattdessen führte sie ihr Weg in die Kirche. Sie hatte das Gotteshaus und die Messe länger gemieden, weil sie fand, dass es ihr nicht zustand, wenn sie nicht einmal ihre Sünden beichten konnte.

Aber jetzt hatte sie den dringenden Wunsch, Gott um Vergebung zu bitten und ihn anzuflehen, Davids Vater zu retten. Sie gab ihm das feierliche Versprechen, nicht mehr zu sündigen, wenn er Davids Vater verschonen würde.

Lange blieb sie in ihre Gebete versunken und sie fühlte sich getröstet, als sie die Kirche wieder verließ. Vielleicht würde doch noch alles gut werden.

Dann wurde sie wieder traurig. Selbst wenn Davids Vater genesen würde, würde für ihn und seine Familie nichts mehr gut werden.

Karl hatte auf sie gewartet, wollte wissen, wo sie sich schon wieder herumgetrieben hatte.

»Ich war in der Kirche«, sagte Elisabeth.

Karl wurde zornig. Wie oft hatte er ihr schon gesagt, dass sie nicht immer in die Kirche rennen sollte. Warum hörte sie auf diesen Unsinn, den dieser Pfaffe predigte?

»Ich war nicht in der Messe«, sagte Elisabeth. »Ich habe Gott gebeten, uns ein Kind zu schenken.« Diese Notlüge würde Gott ihr hoffentlich verzeihen.

Karl sagte nichts mehr. Elisabeth sah ihn an. »Glaubst du denn überhaupt nicht mehr an ihn?«

Sie bekam keine Antwort, konnte ihm aber ansehen, dass sie damit einen wunden Punkt getroffen hatte. Es war eine Sache, nicht mehr in die Kirche zu gehen, weil die von der Partei bekämpft wurde. Doch seinen Glauben ganz zu verleugnen, brachte selbst Karl nicht fertig. Er war in ihren Familien so tief verwurzelt, dass es ver-

mutlich unmöglich war, die Wurzelstöcke ganz heraus-
zureißen.

Elisabeth hatte Gott ihr Wort gegeben und das würde
sie halten, auch wenn ihre Gedanken nur um David und
seine Familie kreisten.

9. Kapitel

Britta

2023

Heute war der Brief in dem deprimierenden grauen Briefpapier der Behörden gekommen. Ich war nun Margits offizielle amtliche Betreuerin und musste dem Gericht über jeden Cent, den ich von ihrem Geld ausgab, Rechenschaft ablegen. Offenbar war es doch nicht so einfach, alte demente Menschen um ihr Vermögen zu betrügen.

Ich ging zu ihrer Bank, um mir einen Überblick über ihre Geldmittel zu verschaffen. Dafür musste ich Margit mitnehmen, denn das eine Mal, als ich sie allein zu Hause gelassen hatte, steckte mir noch in den Knochen. Ich hatte sie nicht einsperren wollen, ihr aber erklärt, dass ich nur schnell einkaufen ginge.

Als ich wiederkam, war Margit weg. Ich suchte sie stundenlang, bis ich sie auf einer Schaukel sitzend auf einem Spielplatz in der Nähe fand. Sie hatte sich einfach ein Kleid über das Nachthemd gezogen und war rausgegangen. Auch sie hatte mich schon gesucht, weil sie wieder vergessen hatte, dass ich einkaufen gefahren war.

In Ruhe ein Gespräch mit dem Filialleiter der Bank zu führen, war unmöglich. Margit wollte nicht in der bequemen Sitzecke warten, wie ich ihr vorgeschlagen hatte, sie wollte sich beschweren.

Einmal war ihre Karte beim Geldabheben eingezogen worden, weil das Zeitlimit, in dem man die Karte wieder aus dem Apparat ziehen sollte, überschritten war. Das musste schon länger her sein, weil ich jetzt den Automaten bediente, wenn sie Geld brauchte. Sie behauptete aber, es wäre gestern gewesen und wollte nicht aufhören, sich darüber aufzuregen. Als Margit dann mitbekam, dass ich jetzt Verfügungsgewalt über ihr Konto hatte, sah sie mich misstrauisch an.

»Willst du mich beklauen?«

Beinahe hätte ich gesagt, sie solle sich doch selbst um ihren Scheiß kümmern, bremste mich aber rechtzeitig. Ich wusste ja, dass auch das Misstrauen zum Krankheitsbild gehörte, nur war alles zusammen oft schwer auszuhalten.

Während ich ihre Bankauszüge überflog, fragte ich mich, wie sie bis jetzt zurechtgekommen war. Um mit ihrer Rente auszukommen, musste sie mehr als sparsam gelebt haben.

Sie saß in diesem großen Haus und hatte sich nicht das Geringste gegönnt. Was für ein Irrsinn! Warum hatte sie das Ding nicht einfach verkauft? Sie hätte Reisen machen können, sich wer weiß was gönnen, ein schönes Leben haben können. Stattdessen blieb sie in diesem Palast, der sich nicht mal anständig heizen ließ.

»Warum hast du das Haus nie verkauft?«, fragte ich sie wieder. »Es ist doch viel zu groß für dich.«

»Ich durfte nicht«, sagte sie.

Ich wollte von ihr wissen, wer es verboten hätte, und bekam keine Antwort. Irgendwann früher, ich weiß nicht mehr wann, hatte sie mir mal erzählt, dass sie es ihrer

Mutter geschworen hätte. Aber ihre Mutter war schon so lange tot. Wieso hielt sie sich noch daran?

Dann bekam ich einen Anruf von einem der Heime, bei dem ich Margit angemeldet hatte. Ein Platz in der Geronto-Abteilung, so die interne Bezeichnung für das Demenz-Department, war frei geworden.

Ich bräuchte natürlich den Beschluss des Amtsgerichts, weil das eine geschlossene Abteilung war. Ein paar Tage könnte sie mir den Platz aber freihalten, sagte die Heimleiterin.

»Das ist ja großartig!« Ich versuchte, erfreut zu klingen, fühlte mich aber völlig überfahren. So schnell hatte ich nie damit gerechnet. Das Thema Heim hatte ich bei Margit nicht mehr angeschnitten. Sie hatte akzeptiert, dass ich jetzt bei ihr wohnte und mich um sie kümmerte und dachte sicher, dass das immer so weitergehen würde.

Natürlich könnte ich das Heim vorher besichtigen, sagte die Heimleiterin, und dass Margit ein schönes Einzelzimmer bekommen würde.

Auf der Homepage hatte ich mich bereits kundig gemacht und gelesen, was dort alles für die dementen Mitbewohner getan wurde. Gymnastik und Spiele, die das Gedächtnis anregten, vom guten Essen ganz zu schweigen. Innerhalb der Räume könnten sich die Bewohner auch frei bewegen, ebenso in dem Gartenanteil, der zur Geronto-Abteilung gehörte.

Ich redete mir ein, dass es Margit dort viel besser haben würde, versuchte damit, die Stimme meines Gewissens mundtot zu machen. Doch ich konnte Margit nicht mehr ins Gesicht sehen, ohne mich wie eine Verräterin zu fühlen.

Abends kam Jenny, weil ich dringend jemanden brauchte, der mir versicherte, dass die Entscheidung richtig und unumgänglich sei und dass ich nur das Beste für meine Mutter tat.

Jenny bestärkte mich in meinem Entschluss, und das tat sie nicht nur, weil ich das hören wollte. Es wäre absehbar, dass Margit recht bald professionelle Pflege brauchen würde, und die könne ich nicht mehr leisten, sagte sie. Es sei denn, ich würde mein Leben aufgeben. Und das könnte niemand von mir verlangen.

Ich wusste ja, dass es die einzige Möglichkeit war und die hatte ich von Anfang an eingeplant. Nur dass ich mich jetzt so schlecht damit fühlte, hatte ich nicht einkalkuliert. Aber ich hatte auch nicht damit gerechnet, dass ich meiner Mutter einmal näherkommen würde. Die Krankheit hatte sie schutzlos gemacht, hatte die Mauer, die immer zwischen uns gestanden hatte, eingerissen.

Aber wie würde sie reagieren, wenn ich sie in dem Heim ablieferte? Wie würde ich sie überhaupt dorthin bekommen? Welche Lüge musste ich ihr auftischen, damit sie mitkam?

Ich würde einen Koffer für sie packen müssen, der sie zweifellos an eine Reise denken lassen würde.

Bis hierher kam ich in meinen Gedanken, dann wurde mir schlecht.

Den Besichtigungstermin legte ich auf den Samstag, weil Jenny am Wochenende frei hatte und anbot, bei Margit zu bleiben, solange ich mir das Heim ansah.

Ich war angenehm überrascht. Das Heim gefiel mir. Margits Zimmer war groß und hell und hatte ein schönes, modernes Bad mit Dusche, nicht zu vergleichen mit den Bädern in der Villa, bei denen an den Badewannen der Belag aus Stahl-Emaille bröckelte, von den verkalkten, angerosteten Armaturen ganz zu schweigen.

Margit hatte nie eine Dusche einbauen lassen. Ihr einziges Zugeständnis war ein hässlicher Plastikvorhang, der verhinderte, dass man das Bad unter Wasser setzte.

Das Zimmer konnte Margit einrichten, wie sie wollte, versicherte mir der freundliche Pfleger, der mich herumführte. Viele der Bewohner würden ihre eigenen Möbel mitbringen.

Von den Möbeln der Villa würde wohl nichts hier reinpassen, dachte ich, aber das war das geringste Problem.

Zum Schluss gingen wir in den geräumigen Aufenthaltsraum, in dem sich die Bewohner meistens aufhielten und in dem auch die Mahlzeiten serviert wurden. Kaffee und Säfte gebe es ohnehin den ganzen Tag, erklärte mir der nette Pfleger, und frühstücken könnten die Heimbewohner, wann sie wollten. Mittag- und Abendessen gab es dann zu festen Zeiten. Alles sehr sympathisch, wie ich fand.

Was mir in dem Aufenthaltsraum sofort auffiel, war der Geruch, den ich gar nicht näher definieren wollte. An einem langen Tisch saßen vielleicht fünfzehn Personen. Alte Schlager dudelten aus einem Radio. Eine Frau mit langen weißen Haaren, die ihr wirr vom Kopf abstanden, liebkoste und küsste ein Stofftier. Aber die meisten Leute starrten nur einfach vor sich hin.

Wie in einem Wartesaal zur Hölle, kam es mir in den Sinn. Eine jüngere Frau sprang auf, als sie mich sah, und hielt mir eine Papierserviette unter die Nase.

»Ach, könnten Sie mir bitte vorlesen, was da steht, ich habe meine Brille grad nicht da.«

»Gerne«, sagte ich und schaute auf die Serviette, auf der nichts geschrieben stand. Es war eine vollkommen leere, weiße Serviette.

Ich brauchte einen Moment, um mich zu fangen, denn die Frau hatte ganz normal ausgesehen und gesprochen. Dass sie dement war, sah man ihr nicht an.

»Ach wie dumm«, sagte ich schließlich, »ich habe meine Brille leider zu Hause vergessen.«

»Schade«, erwiderte sie und setzte sich wieder hin.

Ein anderer Bewohner schlurfte gebückt im Raum hin und her, immer wieder, als hätte er die Aufgabe, den Raum unzählige Male zu durchmessen. Ich musste an Sisyphus denken, der bis in alle Ewigkeit einen Fels den Berg hinaufrollen musste.

Ein anderer Mann wandte sich an den Pfleger, redete aufgeregt in einem unverständlichen Kauderwelsch auf ihn ein.

Manche Bewohner verlören irgendwann auch ihre Sprache, erklärte mir der Pfleger später.

Ich hielt es nicht mehr aus, wollte nur noch weg. Der Pfleger betätigte den Summer, der die Tür aufsperrte, und begleitete mich hinaus. Er muss mir angesehen haben, wie ich mich fühlte, und lächelte aufmunternd.

»Es ist so deprimierend«, sagte ich, »so hoffnungslos.«

»Das mag auf uns vielleicht so wirken, aber die

Bewohner leben in ihrer eigenen Welt. Das haben Sie bei Ihrer Mutter doch sicher auch festgestellt«, sagte der Pfleger.

Ich nickte.

»In ihrer Fantasie machen sie vielleicht die tollsten Reisen«, fuhr er fort, »oder fühlen sich in ihre Jugend zurückversetzt. Einer unserer Bewohner war Reiseleiter, der redet nur davon, seine Leute rechtzeitig zum Bus zu bringen. Natürlich ist es traurig zu sehen, wie jemand, der sich gestern noch selbst versorgen konnte, plötzlich den Rollstuhl braucht oder nicht mehr sprechen kann. Aber das Leben endet für uns alle einmal. Ihre Mutter wird hier gut versorgt werden, das kann ich Ihnen versprechen.«

Seine Worte hatten mich etwas getröstet, aber die Bilder aus dem Aufenthaltsraum bekam ich lange nicht aus dem Kopf und den Geruch glaubte ich noch lange danach wahrzunehmen.

Auch Margit verbrachte Stunden damit, in den Fernseher zu starren, ohne das Geringste davon zu verstehen. Aber sie konnte sich noch klar artikulieren, bewies manchmal sogar trockenen Humor.

Was mich so verstört hatte, war es, die Menschen im fortgeschrittenen Stadium der Krankheit zu erleben. Mit eigenen Augen zu sehen, was Margit bevorstand, war etwas anderes, als nur darüber zu lesen.

Mir blieb eine Gnadenfrist, weil der Beschluss vom Amtsgericht noch fehlte. Die letzte Gelegenheit für mich, etwas herauszufinden, denn vielleicht würde Margit nie mehr mit mir sprechen, wenn ich sie erst in dem Heim abgeliefert hatte. Wie ich das anstellen sollte, war mir nach wie vor ein Rätsel.

10. Kapitel

Elisabeth

1938

Elisabeth war es ernst mit ihrem Gelübde. Aber es waren Wochen vergangen und sie wusste nicht, ob ihre Gebete geholfen hatten. Sie musste wissen, wie es Davids Vater ging, und sobald sich eine Gelegenheit bot, machte sie sich auf den Weg zum Haus der Goldmanns.

David trug einen Trauerflor am Anzug. Vor einer Woche hatten sie den Vater beerdigt. Er hatte mit diesem Ausgang gerechnet, aber seine Mutter hatte bis zuletzt gehofft. Für sie war es schrecklich.

David gab zu, dass er Elisabeth furchtbar vermisst hatte. Er hatte Angst gehabt, sie vielleicht nie mehr wieder zu sehen. Sie gingen in sein Zimmer und er legte sie aufs Bett und küsste sie.

»Hast du keine Angst, dass wir für diese Sünde bestraft werden könnten?«, fragte Elisabeth, die an das Versprechen dachte, das sie Gott gegeben hatte.

David sah sie an, als verstünde er nicht, was sie sagte. »Den Ehebruch meinst du?« Er lachte ein freudloses Lachen. »Du glaubst, Gott lässt zu, was unserem Volk angetan wird, aber er bestraft uns, weil wir uns lieben? Glaubst du das wirklich? Meine Mutter hat so viele Gebete gesprochen in den letzten Jahren. Aber Gott oder Jehovah, oder wie immer er heißen mag, hat sie nie erhört.«

Auch Elisabeths Gebete waren vergeblich gewesen. Gott hatte ihr kein Kind geschenkt und er hatte auch Davids Vater nicht verschont. Sie war immer dazu aufgefordert worden, ihm zu danken. Aber wofür eigentlich? Es war sicher auch eine Sünde, solche Gedanken zu haben, aber momentan kümmerte es sie nicht. Sie schmiegte sich in Davids Arme und erwiderte seine Küsse.

»Wenigstens können wir jetzt von hier weg«, sagte er, als sie später nebeneinander lagen.

Elisabeth erschrak. Der Gedanke, ihn vielleicht nie mehr wiederzusehen, war so unerträglich, dass sie ihn schnell verscheuchen wollte. Gerade hatten sie sich noch ihrer Liebe versichert. Sollte das das letzte Mal gewesen sein?

Er merkte, wie sie zusammenfuhr. »Ich werde zurückkommen oder ich finde einen Weg, dich nachkommen zu lassen.« Er legte die Hand aufs Herz. »Ich schwöre, dass ich es möglich machen werde. Wir werden irgendwann zusammen sein, ich weiß es.«

David besiegelte seinen Schwur mit einem langen Kuss. »Ich muss das Haus so schnell wie möglich verkaufen«, sagte er. »Ich brauche Geld, um mit Mutter auszureisen. Viel werden wir ohnehin nicht dafür kriegen. Jeder Deutsche weiß, dass wir verkaufen müssen und wird unsere Notlage ausnutzen. Aber wir müssen das nehmen, was wir kriegen können, auch wenn es nur wenig sein wird. Die Reichsfluchtsteuer haben sie nach einem Vermögen berechnet, das schon lange nicht mehr da war. Fünfundzwanzig Prozent! Wir mussten dafür schon alles zu Geld machen, was wir hatten. Mein Vater konnte ja bereits die letzten Jahre keine Geschäfte mehr tätigen. Und ich habe auch nichts verdient.«

»Das schöne Haus«, bedauerte Elisabeth. »Das ist sicher schrecklich für deine Mutter.«

»Ich wurde in dem Haus geboren«, sagte David. »Aber sentimentale Erinnerungen können wir uns nicht leisten. Es ist höchste Zeit zu gehen, man munkelt sogar schon etwas von Kriegsvorbereitungen. Wer weiß, was sie dann mit uns machen.« Er drückte Elisabeth an sich. »Ich würde dir das Haus schenken, wenn ich könnte. Dann wüsste ich wenigstens immer, wo ich dich finden kann.«

»Und ich würde hier in diesem Bett liegen und an dich denken«, entgegnete Elisabeth, und bemühte sich, nicht zu weinen.

»Frag deinen Mann, ob er es nicht kaufen will«, sagte David unvermittelt.

Elisabeth dachte, er mache einen Scherz, doch David meinte es ernst. Die deutschen Freunde, an die er sich früher hätte wenden können, waren, wie so viele, stramme Nationalsozialisten geworden. Also konnte es genauso gut Elisabeths Mann kaufen.

Karl hatte schon öfter davon geredet, ein Haus zu erwerben, meist verbunden mit der Bemerkung, wie schön es wäre, wenn dort Kinder herumspringen würden.

Elisabeth hatte zwar keine Ahnung, was er verdiente, aber für ein Haus würde es offenbar reichen. Natürlich musste man ihm die Goldmann-Villa schmackhaft machen, ohne dass er Verdacht schöpfte. Aber das traute sich Elisabeth zu.

David riet ihr noch, ein Postfach einzurichten, so dass er ihr postlagernd schreiben könnte. Sein Plan war es, mit seiner Mutter erst nach England zu gehen, denn sie hatten Freunde in London. Dort würde er versuchen, eine Anstellung in einem Krankenhaus zu bekommen, und wenn er genug für die Überfahrt gespart hätte, würde er versuchen, nach Amerika zu gelangen.

»Die Neue Welt ist doch für einen Neuanfang genau richtig«, sagte er und versprach, Elisabeth nachzuholen, sobald es möglich wäre.

»Hab ich dir nicht gesagt, du würdest einmal nach Amerika kommen?« David lachte übermütig.

Die nächste Stunde verbrachten sie damit, sich ihr Leben in New York auszumalen. Sie stellten sich vor, wie sie dort Hand in Hand über die Fifth Avenue schlendern würden. David erzählte, was er damals alles gesehen hatte und was er Elisabeth zeigen wollte, schwärmte von den vornehmen Restaurants und den Nachtclubs, in denen fantastischer Jazz gespielt wurde.

Dann liebten sie sich noch einmal. Es war das letzte Mal, das wussten sie beide, und sie hielten sich lange aneinander fest.

Beim Abendessen erzählte Elisabeth Karl, dass sie am Nachmittag bei Gretel Bissinger gewesen sei. Die Bissingers würden überlegen, das Haus der Goldmanns zu kaufen, das sei sicher billig zu kriegen.

»Erinnerst du dich? Für die Goldmanns habe ich früher mal genäht. Jetzt wollen sie ausreisen und ihr Haus verkaufen.«

Elisabeth wusste, dass Karl die Bissingers nicht kannte und keine Gefahr bestand, dass er ihre Geschichte nachprüfen könnte. Blockwart war er schon lange nicht mehr, als Scharführer hatte er wichtigere Aufgaben, und deshalb kannte er auch nicht mehr jeden in der Umgebung.

»Ich habe den Bissingers natürlich zugeraten. Ich kenne das Haus, es ist wunderschön und sicher eine Menge wert. Wenn man das günstig kriegen kann, weil die weg wollen ...«

Karl schluckte den Köder und begann, sie über die Villa auszufragen. Als sie das Wort Herrschaftshaus fallen ließ, wusste sie, dass sie gewonnen hatte.

Karl kam wie sie von einem kleinen Bauernhof und setzte alles daran, die schmähliche Herkunft abzustreifen. Als SA-Mann konnte er plötzlich über Leute triumphieren, die ihn früher nur zum Dienstboteneingang hereingelassen hätten. Und in einem solchen Herrschaftshaus zu wohnen, würde ihn endlich den verhassten *Großkopferten* gleichsetzen, wie er glaubte.

»Würdest du denn gerne in so einem Haus wohnen?«, fragte er Elisabeth.

Elisabeth setzte eine bescheidene Miene auf und sah träumerisch in die Ferne.

»Weißt du, früher, wenn ich dort mit meinem Korb vor dem Tor stand, hab ich mir manchmal ausgemalt, wie es sein könnte, in so einem Haus zu wohnen. Aber niemals hätte ich auch nur zu träumen gewagt, dass es Wirklichkeit werden könnte.«

Das war nicht einmal gelogen, denn damals wäre die Vorstellung, in so einem Haus zu wohnen, für sie so unvorstellbar gewesen wie ein Flug zum Mond.

»Dann werde ich schauen, dass ich es den Bissingers wegschnappen kann«, beschloss Karl. »Die haben doch noch nichts festgemacht, oder?«

»Ich glaub nicht.«

»Dann komme ich denen zuvor.«

»Das willst du wirklich?«, sagte Elisabeth in einer Mischung aus Ungläubigkeit und Begeisterung. »Wenn du das Haus kriegen könntest, das wäre ... das wäre einfach fantastisch. Was würden deine Eltern sagen, wenn wir sie dahin einladen? Die würden platzen vor Stolz.«

Eher vor Neid, dachte Elisabeth insgeheim. Aber was interessierten sie seine Eltern. Sie wollte nur, dass er das Haus kaufte. Darin wäre sie David nahe. So nahe wie nirgends sonst.

Gleich am nächsten Morgen ließ sich Karl von ihr eine Wegbeschreibung zu dem Goldmann-Haus geben.

Er kam mit einem unterschriebenen Kaufvertrag zurück, den er Elisabeth stolz unter die Nase hielt. Karl musste nur noch zur Bank, um die Bezahlung zu regeln, aber dann gehörte das Haus ihnen.

»Ich bin so glücklich«, sagte Elisabeth und dachte an David, der endlich mit seiner Mutter das Land verlassen konnte und in Sicherheit wäre.

»Hast du viel dafür bezahlen müssen?«, fragte sie noch und hoffte, dass David wenigstens das bekommen hatte, was er unbedingt für die Reise brauchte.

»Der Jude ist mir sehr entgegengekommen«, sagte

Karl und lachte. »Der wollte so schnell wie möglich weg, da standen schon die gepackten Koffer im Flur.«

Elisabeth war unglaublich erleichtert. Es hatte wie geplant geklappt. Wahrscheinlich würde David morgen schon mit seiner Mutter im Zug sitzen. Sie war Karl richtig dankbar, versprach ihm, etwas besonders Leckeres zu kochen, wenn er die Banksache erledigt hätte.

Eine Woche später zogen sie um. Elisabeth entdeckte im Schlafzimmer von Davids Mutter noch ein gerahmtes Foto, das die Familie vor ihrem Haus zeigte. Wahrscheinlich hatte Frau Goldmann es in der Eile vergessen einzupacken, vielleicht hatte sie aber auch keinen Platz mehr dafür gehabt. Elisabeth versteckte das Bild. Später einmal würde sie es David zurückgeben.

Es war ein seltsames Gefühl, dieses Haus in Besitz zu nehmen. So schön die Villa auch war, ein richtiges Zuhause würde sie für Elisabeth nie werden. Denn es war Unrecht, dass Karl und sie hier wohnten. Selbst wenn David es so gewollt hatte, es stand ihnen nicht zu.

Karl dagegen platzte vor Stolz. Kaum waren die Kisten ausgepackt, lud er seine Kameraden ein, damit sie sein neues Haus gebührend bestaunten. Sie wussten nicht, aus welch kleinen Verhältnissen Karl kam, aber dass er nicht mit einem goldenen Löffel im Mund geboren worden war, erzählte er selbst gern herum.

Karl hatte es geschafft, und da etliche jüdische Familien ihre letzten Groschen zusammenkratzen mussten, um ins Ausland zu fliehen, war auch für viele andere der neuen Machthaber Platz an ihren Futtertrögen.

Elisabeth ging schon nach einer Woche zu ihrem

Postfach, um nachzusehen, ob bereits ein Brief auf sie wartete. Sie schalt sich selbst albern, denn so schnell konnte David unmöglich geschrieben haben.

Wie gern hätte sie seine Adresse gehabt, dann hätte sie ihm mitteilen können, wie sehr sie ihn vermisste und dass sie jeden Moment des Tages an ihn dachte.

Wenn Karl aus dem Haus war, legte sie sich in das Bett in Davids Zimmer, dachte so intensiv an ihn, dass sie meinte, seine Hände auf ihrer Haut zu spüren. Sie hatte dort alles so gelassen, wie es war. Es wäre ihr wie ein Frevel vorgekommen, auch nur das kleinste Detail zu verändern.

Viele der antiken Kostbarkeiten, die Elisabeth früher im Haus gesehen hatte, waren verschwunden. David hatte sie ebenso zu Geld machen müssen wie die Bilder und einen Großteil der Möbel. Karl ersetzte sie durch ihre eigenen klobigen Besitztümer, die in dem Haus wie Fremdkörper wirkten.

Um neue Sachen zu kaufen, war kein Geld mehr da, wie er sagte. Was er gespart hatte, war für den Kauf draufgegangen. Elisabeth war froh darüber. Je weniger verändert wurde, desto intensiver konnte sie noch Davids Gegenwart im Haus spüren.

Jede Woche lief sie zum Postamt und schaute in ihr Fach. Aber es war immer noch nichts von ihm gekommen. Sie würde noch Geduld haben müssen, sagte sie sich.

Sie hatte nichts weiter zu tun, als Kisten aus- und Sachen einzuräumen, sowie das Haus zu putzen, was zuletzt, wohl wegen der Pflege des kranken Herrn Goldmann, etwas vernachlässigt worden war.

David hingegen musste sich in einer fremden Stadt zurechtfinden – das allein hätte Elisabeth schon eine Heidenangst gemacht –, er musste sich um eine Unterkunft kümmern und sehen, dass er eine Anstellung in einem Krankenhaus bekam. Genug Gründe, warum er noch nicht zum Schreiben gekommen war.

Zeit, das Abendessen vorzubereiten, dachte Elisabeth und verstaute das Putzzeug in der Besenkammer. Am liebsten hätte sie sich hingelegt, weil sie so müde war. In letzter Zeit fühlte sie sich oft erschöpft, obwohl es dafür keinen Grund gab. Sie verspürte ein Ziehen in den Brüsten. Bekam sie ihre Periode?

In den Kalendern der letzten Jahre hatte Elisabeth die bewussten Tage stets mit einem kleinen Kreuz eingezeichnet, in der Hoffnung, die Blutung würde nicht eintreten und sie könnte Karl verkünden, dass sie schwanger sei.

Das tat sie schon lange nicht mehr. Sie wollte sich die allmonatliche Enttäuschung ersparen, schließlich wusste sie mittlerweile, dass sie keine Kinder bekommen konnte und hatte sich damit abgefunden.

Jetzt konnte sich Elisabeth partout nicht daran erinnern, wann sie das letzte Mal ihre Periode hatte. Es schien ihr einige Zeit her zu sein, aber genau konnte sie es nicht sagen. An eine Schwangerschaft dachte sie nicht. Sie hatte fünf Jahre lang versucht, schwanger zu werden, und es hatte nicht geklappt.

Doch weitere Wochen vergingen ohne Blutung. Ihre Brüste spannten und ihr Rock war in der Taille eng geworden. Sogar Karl war aufgefallen, dass sie zugenommen hatte.

Da wusste sie es plötzlich. Und sie wusste auch, von wem das Kind war.

Elisabeth empfand unbändige Freude, in die sich gleich darauf heillose Angst mischte. Was, wenn Karl etwas merkte? Was, wenn das Kind David so ähnlich war, dass man es auf den ersten Blick sah?

Sie schob die Fragen beiseite, wollte sich nur noch freuen. Ein Kind von David zu erwarten, das war einfach wunderbar. Ein Kind der Liebe. Sie hätte zerspringen können vor Glück, hätte die ganze Welt umarmen mögen.

Frau Goldmann hatte ein Grammophon besessen, das sie natürlich auf der Flucht nicht mitnehmen konnte. Elisabeth hatte es bis jetzt nur ehrfürchtig bestaunt, nie wäre es ihr eingefallen, es zu benutzen. Doch jetzt griff sie nach einer der Schallplatten im Regal und setzte die Nadel des knisternden Apparats in die erste Rille.

Zarah Leanders rauchige Stimme erfüllte den Raum. *Ich hab eine tiefe Sehnsucht in mir / nach dir, nach dir. Es flüstert ein leises Märchen in mir / von dir, von dir.*

Elisabeth sang laut die Worte mit, die nur für sie gemacht schienen und tanzte im Wohnzimmer herum.

Doch je näher die Stunde rückte, in der Karl normalerweise nach Hause kam, desto mehr schwand ihr Hochgefühl und machte der Angst Platz.

Würde er misstrauisch werden, weil sie plötzlich doch schwanger geworden war? Würde sie sich vor lauter Angst durch irgendetwas verraten?

Sie stellte sich vor den Spiegel im Ankleidezimmer und probierte die Sätze, mit denen sie ihm das Ereignis mitteilen wollte. Das machte sie aber noch nervöser und sie beschloss, einfach nur Freude zu zeigen.

Als er die Tür aufschloss, flog sie in seine Arme, was sie schon ewig nicht mehr getan hatte. »Ich bin schwanger!«, rief sie. »Wir bekommen ein Kind, ist das nicht wunderbar?«

Ihre Angst war unbegründet. Karl war einen Moment sprachlos, dann schwenkte er sie im Kreis herum. »Du weißt gar nicht, wie glücklich du mich machst. Das ist die schönste Nachricht seit langem.«

Jahrelang hatte er sie beschimpft und gedemütigt, weil sie nicht schwanger geworden war, und Elisabeth hatte sich schuldig deswegen gefühlt. Dabei lag es an ihm. Doch jetzt war Elisabeth dankbar dafür, dass er das nie in Erwägung gezogen hatte.

»Nach all der Zeit hab ich es nicht mehr zu hoffen gewagt«, sagte sie, »aber vielleicht hab ich es vorher zu sehr gewollt. Als ich dann gedacht hab, es wird sowieso nichts mehr ...«

»Jetzt freuen wir uns umso mehr darüber«, erwiderte Karl. Man konnte ihm ansehen, wie froh er war. »Hab ich doch recht gehabt, dass du zugenommen hast. Wie weit bist du denn schon?«

»Ich weiß nicht genau«, entgegnete Elisabeth, »ich war noch nicht beim Arzt. Ich hab es selbst erst nicht glauben können.«

Karl vollzog den Beischlaf mit ihr längst nicht mehr so oft wie früher. Aber an dem Tag, als er mit dem unterschriebenen Vertrag für das Haus heimgekommen war, hatte er sich am Abend regelrecht auf sie gestürzt. Elisabeth erinnerte sich noch genau daran, wie stolz er gewesen war, wie mächtig er sich gefühlt hatte.

Ihre Gedanken hatten noch bei David verweilt und Karl war ihr zuwider gewesen. Aber natürlich hatte sie ihn gewähren lassen und sogar so etwas wie Lust geheuchelt. Jetzt war sie froh darüber, das Datum würde perfekt passen.

Das Leben mit Karl änderte sich. Karl änderte sich. Er war so glücklich über Elisabeths Schwangerschaft, dass er alles tat, damit es ihr gutging.

Der Arzt war auch sehr zufrieden mit ihr, er vermutete, dass es so lange nicht geklappt hatte, weil sie sich in dem Wunsch, unbedingt schwanger zu werden, zu sehr verkrampft hatte.

Er kannte ein Ehepaar, bei dem es ähnlich gewesen war, am Ende hatten sie sogar aufgegeben und ein Kind adoptiert. Kurz darauf war die Frau dann schwanger geworden.

»Ich gratuliere Ihnen ganz herzlich«, sagte er noch, nachdem er mit Elisabeth einen neuen Termin vereinbart hatte. »Und auch Glückwunsch an Ihren Mann. Er ist bei der SA, sagten Sie? Sehr löblich. Wir brauchen Männer wie ihn für das neue Vaterland.«

David hatte immer noch nichts von sich hören lassen. Wie gern hätte Elisabeth ihm die Neuigkeit mitgeteilt, aber sie hatte keine Adresse, an die sie hätte schreiben können. Es gab sicher tausend Gründe, die verhinderten, dass er schrieb, vielleicht hatte er auch die Nummer ihres Postfachs verloren. Das war nicht so unwahrscheinlich, denn sicher war er in aller Eile abgereist. Sie zügelte ihre Ungeduld. Er würde sich irgendwann melden, davon war sie überzeugt. Denn eines wusste sie mit Sicherheit: David würde sie nie im Stich lassen.

Elisabeth hatte vermutet, Karl würde sich nach der ersten Freude wieder in den Mann verwandeln, mit dem sie es die letzten Jahre zu tun gehabt hatte. Doch sie täuschte sich. Karl war weiterhin besorgt um sie, ließ sie nichts Schweres mehr tragen und massierte ihr den Rücken, wenn sie stöhnte. Ihr Zusammenleben war fast wieder so harmonisch wie am Anfang ihrer Ehe. Karl war berauscht vor Freude über sein Kind. Dass die Kinderlosigkeit an ihm gelegen haben könnte, hatte er nie in Erwägung gezogen.

Elisabeth war froh, dass er nicht den geringsten Zweifel an seiner Vaterschaft hegte, konnte aber nicht verhindern, dass sich hin und wieder ihr Gewissen meldete. Das veranlasste sie dann, besonders rücksichtsvoll mit ihrem Mann umzugehen. Auch das trug zur ehelichen Harmonie bei.

Sie war jetzt im achten Monat und hatte ordentlich an Gewicht zugelegt. Noch ein Monat, dann würde sie ihr Kind auf die Welt bringen. Karl war überzeugt, dass es ein Junge werden würde, aber er würde sich auch über ein niedliches kleines Mädchen freuen, sagte er. Nur nicht ganz so sehr.

Vielleicht würde das Kind zu Weihnachten auf die Welt kommen, überlegte Elisabeth. Zum Fest der Liebe.

Bei der SA gingen Gerüchte um, es könnte bald Krieg

geben. David hatte vor seiner Abreise auch schon so etwas gesagt, aber Elisabeth hatte dem keine Bedeutung beigemessen. Sie glaubte auch jetzt nicht daran. Der letzte Krieg war doch noch gar nicht lange her.

Doch als sie nach dem zehnten November auf die Straße trat, kam es ihr nicht mehr so unwahrscheinlich vor.

München sah aus, als hätten dort regelrechte Schlachten stattgefunden. Überall waren die Spuren der Verwüstung zu sehen, die der tobende Mob hinterlassen hatte. Eingeschlagene Schaufenster, herausgerissene Türen, zerstörte Fassaden, die Straßen übersät mit Glassplittern. Elisabeth mochte sich nicht vorstellen, wie es den Menschen hinter diesen Türen ergangen war.

Karl war die ganze Nacht mit seiner Truppe unterwegs gewesen. Er hatte Elisabeth nicht gesagt, was vor sich ging, hatte ihr aber verboten, das Haus zu verlassen. Aufgrund des Geschreis und der Geräusche, die von der Straße zu ihr hinaufdrangen, konnte sich Elisabeth aber ausrechnen, dass etwas Schreckliches im Gang war. Als sie aus dem Fenster sah, konnte sie einen Feuerschein in der Ferne ausmachen.

Was er in dieser Nacht getan hatte, darüber verlor Karl nur einen einzigen Satz, als ihn Elisabeth danach fragte.

»Wir haben aufgeräumt.«

Sie fragte nicht mehr nach, wollte es lieber nicht so genau wissen.

Was Karl damit gemeint hatte, konnte Elisabeth später im *Stürmer* nachlesen, den er regelmäßig kaufte. Dreißigtausend Juden waren interniert worden. Die Horden hatten in ihren Wohnungen gewütet und kaputtgeschlagen, was ihnen unter die Finger kam. Ihre Synagogen hatte man zerstört, ihre Friedhöfe geschändet.

Zum ersten Mal seit langer Zeit ging Elisabeth wieder in die Kirche. Sie betete für David und dankte Gott dafür, dass er rechtzeitig ausreisen konnte.

11. Kapitel

Britta

2023

Ich öffnete den Brief des Amtsgerichtes. Die vorläufige Unterbringung von Margit im Heim war genehmigt worden. Über ihren endgültigen Verbleib dort würde der Amtsarzt entscheiden, wenn er sein Gutachten abgab.

Die verständnisvolle Richterin, die für den Fall zuständig war, kam mir sehr entgegen, als ich ihr erklärte, dass das Zimmer im Heim nur kurz für mich freigehalten würde.

Es war also so weit.

Zwar hatte ich bis jetzt weder die Geburtsurkunde noch den Personalausweis oder Pass meiner Mutter gefunden, aber diese Dokumente konnte ich nachreichen, wie man mir sagte. Ich würde bald genug Gelegenheit haben, ihre Sachen gründlich zu durchsuchen.

Viel schlimmer war, dass ich Margit immer noch nichts gesagt hatte und auch nicht wusste, wie ich ihr das mit dem Heim beibringen sollte.

Ihren Koffer packte ich heimlich, nachdem sie ins Bett gegangen war. Was sollte ich einpacken? Schon mit dieser Frage war ich überfordert, aber das Heim war nicht aus der Welt. Wenn ich etwas Wichtiges vergaß, würde ich es später nachbringen können. Sie würde hauptsächlich bequeme Sachen für drinnen brauchen, denn für ausgiebige Spaziergänge war es momentan zu kalt.

Sofort musste ich wieder an den Aufenthaltsraum dort denken und hatte den Geruch erneut in der Nase.

Ich riss die Tür zum Garten auf und atmete tief durch. Das Gelände war völlig verwildert, das Unkraut wuchs meterhoch. Allein würde ich damit nicht fertigwerden, also hatte ich es gar nicht erst versucht.

Nach kürzester Zeit schloss ich die Tür wieder, denn die Temperaturen waren nach einer Schönwetterperiode wieder unter Null gefallen und ich fror erbärmlich.

Während ich mich wieder dem Koffer widmete, überlegte ich, ob ich Margit Fotos mitgeben sollte. Und wenn ja, welche? Es gab eines von uns beiden, als ich noch ein kleines Mädchen von vielleicht drei Jahren war und auf ihrem Schoß saß. Ich überlegte, wer es wohl gemacht haben könnte und versuchte mich an diese Zeit zu erinnern. Aber da war nur ein schwarzes Loch. Auch an die Tagesmutter, bei der ich damals untergebracht war, hatte ich keinerlei Erinnerung.

Ich packte das Bild ein und legte noch einen warmen Pullover dazu.

Die Schränke im Ankleidezimmer der Villa waren voll mit Margits Sachen, weil sie offenbar nie etwas ausgemistet hatte. Nur einen Bruchteil dieser Kleider konnte ich ihr mitgeben. Würde sie auch etwas Festliches brauchen? Vielleicht für ihren Geburtstag im nächsten Monat? Wie würde er im Heim begangen werden? Und was war mit Weihnachten? Seit ich alleine war, hatte ich mir nie viel aus den Feiertagen gemacht, aber bei dem

Gedanken, mit Margit in der Geronto-Abteilung zu feiern, schüttelte es mich. Vielleicht konnte ich sie nach Hause holen?

Das brachte mich wieder zurück zu der Überlegung, wie ich Margit das mit dem Heim beibringen sollte. Vielleicht würde sie es gar nicht so schlimm finden, versuchte ich mich zu trösten, als ich im Bett lag.

Morgen Vormittag würde ich sie dort abliefern, hatte ich mit der Heimleiterin vereinbart. Noch eine Galgenfrist von wenigen Stunden, in der ich natürlich keinen Schlaf fand.

Ich holte frische Brötchen und machte das Rührei mit Schnittlauch, das Margit so sehr mochte. Dann weckte ich sie.

»Köstlich!«, lobte sie wie stets mein Rührei und biss in ihre Semmel.

Ich versuchte, meine Nervosität zu unterdrücken und ließ ganz nebenbei fallen, dass ich sie bei einer Reha angemeldet hätte. Ich hatte mit Protest gerechnet, aber es kam keiner.

»Du hast so starkes Untergewicht«, redete ich weiter, »du musst mal richtig aufgepäppelt werden.«

Sie sah mich an. »Das ist wirklich lieb, dass du dich so um mich kümmerst.«

Ich war ein Judas und nie hatte ich mich schrecklicher gefühlt.

»Ich hab dich lieb«, sagte ich und griff dabei nach ihrer Hand, weil ich die Vorstellung, sie könne mich nun für den Rest ihres Lebens hassen, plötzlich unerträglich fand.

»Ich dich auch«, erwiderte sie fröhlich.

Ich suchte Margit etwas zum Anziehen heraus und sagte ihr, dass ich ihren Koffer schon gepackt hätte. Sie nickte, folgte mir brav zum Auto, wo ich das Gepäck im Kofferraum verstaute.

Nie war ich dankbarer gewesen für das anspruchslose Gedudel von Popsongs, unterbrochen von schwachsinnigen Werbespots, mit dem die Radiosender ihre Hörer unterhielten. Das ersparte mir ein Gespräch, denn nachdem ich die Kälte des heutigen Tages kommentiert hatte, fiel mir partout nichts mehr ein, was ich sagen konnte.

Das Heim verfügte über einen Empfangstresen, der etwas an eine Hotelrezeption erinnerte. Ich hatte gehofft, dass Margit vielleicht gar nicht merkte, worum es sich bei dieser Einrichtung in Wirklichkeit handelte.

Aber schon das große Foto einer Ordensschwester – es war die, nach der das Heim benannt worden war – machte sie misstrauisch.

Wir mussten läuten, um zur geschlossenen Abteilung zu gelangen, in der sich Margits Zimmer befand. Schweigend sah sie sich in dem Raum um. Schon ihrem Blick konnte ich entnehmen, dass sie wusste, wo sie gelandet war.

Eine nette Pflegerin brachte uns Kaffee und kündigte an, Margit bald zum Mittagessen zu holen.

Margit sah mich an. »Hier bleibe ich keine Minute«, sagte sie ganz ruhig. »So weit bin ich noch nicht.«

»Es ist ja nicht für lange«, log ich. »Schau es dir doch mal in Ruhe an, und wenn du nicht bleiben willst, hole ich dich wieder ab.«

»Ich will jetzt schon nicht bleiben«, sagte sie so klar

wie selten. Ihr Tonfall wurde vorwurfsvoll. »Ich weiß, warum du das machst, du willst dir das Haus unter den Nagel reißen. Aber da hast du dich geschnitten, das wird meine Mutter niemals zulassen.«

Ich fragte nicht, wie meine Großmutter das verhindern könne, versicherte ihr aber, dass ich nichts mit dem Haus vorhatte. Ich würde es nicht anrühren.

Die Pflegerin kam und holte Margit zum Essen. Ich versprach, gleich nachzukommen, wollte inzwischen ihren Koffer auspacken. Das war schnell erledigt, obwohl ich die Sachen besonders sorgfältig im Schrank verstaute. Ich reihte ihre Kosmetiksachen im Bad auf und stellte das Bild von uns beiden auf ihren Nachttisch.

Es gab nichts mehr zu tun, aber ich wollte den Moment hinauszögern, in dem ich Margit wieder gegenübertreten musste.

Man hatte sie zu der Frau gesetzt, die mich um das Vorlesen der leeren Serviette gebeten hatte.

Ich betrachtete das Essen, das ganz appetitlich wirkte. »Das sieht aber lecker aus!«, sagte ich.

Margit schob mir ihren Teller hinüber. »Hier, kannst du haben.«

»I only speak English«, klärte mich die Servietten-Frau auf.

»Oh, that's fabulous«, sagte ich, »my mother speaks English as well.«

Tat sie das? Ich wusste es nicht, nahm es aber an. Aber Margit sagte ohnehin nichts.

»Do you like the food here?«, versuchte ich weiter Konversation mit der Servietten-Frau zu machen. Aber ich bekam keine Antwort.

Margit wollte aufstehen. »Gehen wir jetzt? Ich hab heute Nachmittag noch eine Verabredung.«

Ich sah auf die Uhr. »Aber deine Verabredung ist doch erst viel später. Ich hole dich rechtzeitig ab.« Ich stand schnell auf. »Also dann bis nachher«, rief ich ihr noch zu und beeilte mich, zum Ausgang zu kommen.

Ich wartete, bis mir ein Pfleger die Tür öffnete.

»Ich komme morgen wieder«, sagte ich zu ihm.

Er schüttelte den Kopf. »Warten Sie lieber drei Wochen, dann wird sich Ihre Mutter schon etwas eingewöhnt haben. Die erste Zeit ist hart für manche. Das gilt auch für die Angehörigen.«

Ich setzte mich blind vor Tränen ins Auto. Zu Hause warf ich mich auf mein Bett und schluchzte weiter. Ich konnte gar nicht mehr aufhören zu weinen. Immerzu stellte ich mir vor, wie Margit darauf wartete, dass ich sie abholte, weil ich das doch versprochen hatte. Aber ich kam nicht und würde auch nicht kommen. Ich konnte überhaupt nichts anderes mehr denken.

Jenny rief an, um zu fragen, wie es gegangen sei.

»Es war das Schrecklichste, was ich jemals tun musste«, sagte ich. »Du kannst dir nicht vorstellen, wie ich mich fühle.«

»Doch, kann ich«, erwiderte sie und stand eine halbe Stunde später bei mir vor der Tür.

»Weißt du, was sie gesagt hat? Dass ich mir nur das Haus unter den Nagel reißen will.«

»Du weißt, dass du das nicht ernst nehmen darfst«, sagte Jenny.

»Irgendwie hat sie ja recht. Ich muss das Haus verkaufen, um die Heimkosten zu bezahlen.«

Jenny sah mich streng an. »Du hast getan, was notwendig war. Du musst dich nicht schuldig fühlen.«

»Tu ich aber«, sagte ich kläglich.

»Dagegen weiß ich ein Mittel.«

»Was denn?«, fragte ich pflichtgemäß.

»Wir gehen aus!«

Ich schüttelte den Kopf. »Mir ist nicht nach Spaß.«

»Eben deshalb. Wie lange bist du nicht mehr in einem Club gewesen?«

Ich konnte mich tatsächlich nicht daran erinnern. »Sind wir aus dem Alter nicht raus?«, fragte ich.

»Du bist Anfang vierzig, nicht achtzig«, erklärte Jenny. »Du darfst noch Spaß haben. Auch Sex, hab ich munkeln hören.«

»Soll ich jetzt vielleicht den Erstbesten abschleppen?«, fragte ich lustlos.

»Du sollst einfach schauen, dass es dir gut geht.«

Später, als wir an der Bar standen und einen Shot nach dem anderen exten, war ich Jenny dankbar. Wir stürzten uns ins Getümmel und tanzten, als würde uns ein Preis für unsere Ausdauer winken. Es machte mir tatsächlich einen Heidenspaß, auf der Tanzfläche herumzuwirbeln, bis ich mich vollkommen verausgabt hatte.

In Hamburg war ich Mitglied in einem Fitnessclub, um nicht vollkommen einzurosten, aber Spaß hatte ich dort nie. Sich beim Tanzen auszupowern, war etwas vollkommen anderes und ließ mich an die durchgemachten Nächte meiner Jugend denken.

Als mir ein nett aussehender Typ den nächsten Drink spendieren wollte, sagte ich ja. Ich tanzte mit ihm weiter, bis ich vollkommen erschöpft war. Jenny war nirgends mehr zu sehen, ich nahm an, sie war schon heimgegangen. Zum Fahren war ich zu betrunken, also ließ ich mich von dem Mann nach Hause bringen.

Eigentlich bin ich nicht der Typ für One-Night-Stands und noch nie hatte ich mich in einem Club abschleppen lassen. Aber heute war mir danach. Ich nahm den Kerl, von dem ich nur wusste, dass er Jonas hieß, mit nach Hause.

Der Sex mit ihm war gar nicht schlecht, soweit ich das in meinem Zustand noch beurteilen konnte.

Im unbarmherzigen Licht des Morgens stellte ich dann fest, dass er um einiges jünger war als ich und zog schnell die Bettdecke über meine Brüste.

»Wahrscheinlich ist Frühstück nicht inbegriffen.« Jonas grinste und angelte nach seiner Jeans. »Aber wenn du das mal wiederholen magst, melde dich.«

Er nahm einen Kuli von meinem Schreibtisch und kritzelte seine Nummer auf einen Zettel. »Ciao, man sieht sich vielleicht.«

Ein Winken, und er war draußen.

Ich hatte einen Kater und wankte in die Küche, um ein Aspirin einzuwerfen. Aber von meinem Kopfweh abgesehen, ging es mir erstaunlich gut.

Langsam gewöhnte ich mich an den Gedanken, wieder frei zu sein. Ich konnte tun und lassen, was ich wollte, jeden Tag fremde Männer mit nach Hause nehmen, auch wenn ich das keineswegs vorhatte.

Natürlich dachte ich an Margit, aber meine Schuldgefühle waren nicht mehr so quälend wie gestern. Ich hatte es geschafft, meine Bedürfnisse wieder in den Vordergrund zu stellen. Das war okay. Ich habe nie behauptet, eine Florence Nightingale zu sein. Das war ich so wenig wie meine Mutter.

12. Kapitel

Elisabeth

Dezember 1938

rei Wochen vor Weihnachten war es so weit. Elisabeth spürte ein Ziehen im Unterleib, das sich ein paar Minuten später wiederholte. Bald war es so stark, dass sie keinen Zweifel mehr hatte. Ihr Kind drängte auf die Welt.

Sie beeilte sich, die nötigen Vorbereitungen zu treffen, legte Handtücher und frische Laken bereit, damit die Hebamme alles Notwendige vorfand, wenn sie kam.

Eine deutsche Frau sollte zu Hause gebären, das war von der Politik so vorgegeben, und natürlich hielt sich Elisabeth daran. Auch der Arzt, der sie während ihrer Schwangerschaft betreut hatte, hielt es für selbstverständlich. Eine tüchtige Hebamme sei das Einzige, was vonnöten sei, schließlich sei eine Geburt das Natürlichste der Welt.

Im Haus der Goldmanns – Elisabeth konnte sich immer noch nicht dazu überwinden, es als ihr Zuhause zu betrachten – gab es ein Telefon, das Elisabeth allerdings noch nie benutzt hatte. Jetzt aber leistete es ihr gute Dienste. Sie konnte Karl anrufen, damit er die Hebamme verständigte.

Mittlerweile waren die Wehen so schmerzhaft, dass sich Elisabeth jedes Mal zusammenkrümmte, wenn wieder eine Welle durch ihren Körper fuhr. Es schien ihr eine Ewigkeit zu dauern, bis sie endlich Karl mit der Hebamme kommen hörte.

Dass die Hebamme älter war, flößte Elisabeth Vertrauen ein. Sie würde wissen, was zu tun war. Hildegard, so stellte sie sich vor, half ihr, sich zu entkleiden und untersuchte sie dann. Was sie sah, stellte sie offenbar zufrieden, sie murmelte irgendetwas vom Muttermund, der sich schon drei Zentimeter geöffnet hatte.

Elisabeth stellte sich das Baby vor, das diesen Weg nehmen musste. Wie sollte es da jemals durchpassen?

Die Wehen kamen nun in kürzeren Abständen und Elisabeth schien es jedes Mal, als würde ihr Körper in Stücke gerissen. Sie hätte am liebsten laut geschrien, aber das wagte sie nicht. Was würde Hildegard von ihr denken? Sicher waren andere Frauen tapferer. Elisabeth beschränkte sich auf ein Stöhnen.

»Beim ersten Kind dauert es am längsten«, sagte Hildegard wenig tröstlich, »bei den nächsten geht es dann leichter.«

Elisabeth wusste, dass es keine weiteren Kinder geben würde – jedenfalls nicht mit Karl –, nickte aber trotzdem folgsam.

Sie solle bei jeder Wehe atmen, wies Hildegard sie an, wischte ihr die Stirn mit einem nassen Waschlappen ab und sorgte für genügend Unterlagen, damit die Matratze nichts abbekam.

»Alles andere kann man waschen«, sagte sie, »aber um die Matratze wäre es schade.«

Um die Matratze machte sich Elisabeth die wenigsten Sorgen, sie wünschte nur, endlich von dieser Qual erlöst zu werden. Wie lange dauerte das jetzt schon? Es schienen Stunden zu sein.

Beim ersten Anzeichen dafür, dass die Geburt ihres Kindes bevorstand, war sie noch voller Freude gewesen. Inzwischen war sie nur noch erschöpft.

»Es kommt«, rief die Hebamme, »jetzt pressen! Weiter! Fester pressen!«

Elisabeth mobilisierte ihre letzten Kräfte, um ihrem Kind auf die Welt zu helfen. Dann waren die Schmerzen plötzlich weg. Ihr Kind war da. Erschöpft ließ sie sich zurück auf die Kissen sinken.

Hildegard schnitt die Nabelschnur durch, säuberte das Kind und gab ihm einen Klaps auf den Po, damit es schrie. Sie wickelte es in ein Tuch und legte es Elisabeth in den Arm.

»Ein gesundes Mädchen, meinen Glückwunsch«, sagte sie lächelnd.

Elisabeth betrachtete das winzige Gesicht ihrer Tochter und wurde von einer Welle des Glücks überflutet.

»Meine wunderschöne kleine Tochter«, flüsterte sie und konnte sich nicht sattsehen an ihr. Sie merkte gar nicht, wie Hildegard die blutigen Laken entfernte und versuchte, Elisabeth präsentabel zu machen. Die Hebamme zog ihr ein frisches Nachthemd an und bürstete ihr noch die Haare.

»Ihr Mann soll sie doch so hübsch sehen wie immer«, sagte sie und rief Karl herein.

»Was ist es?«, wollte Karl sofort wissen und versuchte, die Enttäuschung darüber, dass es ein Mädchen war, zu verbergen.

»Aber hübsch ist sie, und so winzig!«

»Willst du sie mal halten?«, bot ihm Elisabeth an und Karl nahm das kleine Bündel vorsichtig auf den Arm und wiegte es hin und her.

»Das nächste wird dann ein Sohn«, verkündete er und die Hebamme lächelte verständnisvoll.

»Jetzt, wo wir wissen, wie es geht«, lachte Karl, »jetzt machen wir noch einen ganzen Stall voll Kinder.«

Elisabeth versuchte ebenfalls zu lächeln. Sie hatte sofort im Gesicht ihrer kleinen Tochter geforscht, ob sich in ihren Zügen etwas von David wiederfinden ließ, aber sie konnte keine Ähnlichkeit entdecken. Das einzig Verräterische hätten dunkle Haare sein können, denn Karl und sie waren beide blond, aber der zarte Flaum, der auf dem Kopf des Babys sprießte, war eher hell.

Hildegard nahm Karl das Baby ab. »Ich bringe es jetzt ins Kinderzimmer«, verkündete sie. »Nach vierundzwanzig Stunden legen wir es zum ersten Mal an. Bis dahin lassen Sie das Kind in Ruhe. Wenn es schreit, ist das gut. Das kräftigt die Lungen.«

Elisabeth sah die Hebamme entsetzt an. Sie wollte sich keine Minute von ihrem Kind trennen.

Hildegards Blick war tadelnd. »Haben Sie *Die deutsche Mutter und ihr erstes Kind* nicht gelesen? Das ist ein ärztlicher Ratgeber, in dem alles Wissenswerte drinsteht.« Sie wandte sich an Karl. »Sie sollten Ihrer Frau das Buch besorgen.«

Karl nickte.

»Ich kann Sie vor äffischer Zuneigung nur warnen. Das Kind wird dadurch verweichlicht und das ist schädlich. Ich schreibe Ihnen die Zeiten auf, zu denen es gefüttert wird. Das Stillen soll nicht länger als zwanzig

Minuten dauern, wenn Sie mit der Flasche füttern, zehn. Wenn das Kind trödelt, ist es selbst schuld, dann muss es eben warten bis zur nächsten Mahlzeit. Steht aber alles in dem Buch.«

»Ich werde es gleich nachher besorgen«, versprach Karl.

Hildegard kündigte an, dass sie morgen um dieselbe Zeit wiederkäme. »Und noch etwas«, sagte sie beim Rausgehen. »Sie haben ein so großes Haus, ich würde das Kinderzimmer ins Erdgeschoss verlegen, dann haben Sie Ruhe. Anfangs schreien die meisten Kinder viel.«

»Ich geh dann mal und kaufe das Buch«, kündigte Karl Elisabeth an. »Du bist sicher froh, wenn du etwas hast, wonach du dich richten kannst. Die meisten Frauen haben Mütter, die ihnen in der Zeit beistehen, aber deine Mutter lebt ja nicht mehr.«

»Meine Mutter hätte ich nie in die Nähe meines Kindes gelassen«, sagte Elisabeth entschlossen.

Karl strich ihr über die Haare. »Umso wichtiger ist so ein Buch. Woher soll man sonst wissen, wie man mit einem Kind umgeht?«

Er setzte sich zu ihr aufs Bett. »Ich weiß, dass wir uns noch etwas gedulden müssen, aber ich kann es kaum erwarten, die nächsten Babys zu machen.«

»Du musst sie auch nicht zur Welt bringen«, entgegnete Elisabeth, obwohl sie die Schmerzen vergessen hatte, sobald ihre Tochter bei ihr im Arm lag.

»Neun Monate sind verdammt lang«, sagte Karl mit einem Grinsen, »dein Mann ist völlig ausgehungert.«

»Ich weiß«, gab sich Elisabeth verständnisvoll, und dankte insgeheim dem Arzt, der den Geschlechtsverkehr während der Schwangerschaft verboten hatte. Mit Davids Kind im Bauch hätte sie den ehelichen Beischlaf noch schwerer ertragen können.

Sie wartete, bis die Haustür hinter Karl zuschlug, dann schlich sie sich hinüber ins Kinderzimmer und nahm ihre Tochter auf den Arm.

Sie drückte die Kleine fest an sich, während sie ihr leise murmelnd von ihrem Vater erzählte.

Elisabeth hatte immer noch nichts von David gehört und war mittlerweile überzeugt davon, dass er die Nummer ihres Postfachs verloren hatte. Sie ging zwar immer noch jede Woche nachsehen, aber die Hoffnung auf einen Brief hatte sie fast aufgegeben.

Doch in ihrer Fantasie war sie bei ihm, ging mit ihm auf Wohnungssuche und freute sich, wenn er mit seiner Mutter etwas Passables gefunden hatte.

Als sie ins Krankenhaus zur Untersuchung musste, sah sie David in seinem weißen Ärztekittel vor sich. Bestimmt hatte er inzwischen eine Anstellung gefunden. Vielleicht stand er auch bereits windzerzaust an der Reling eines dieser stolzen Schiffe, die den Ozean überquerten, und sah in der Ferne die Freiheitsstatue. Er hatte ihr erzählt, dass das der erste Anblick der Schiffsreisenden wäre, wenn sie im Hafen von New York anlegten, und wie beeindruckt er von der riesigen Statue war, die die Freiheit symbolisierte.

Als sie hörte, dass Karl zurückkam, legte sie das Baby schnell in die Wiege, schlich zurück ins Bett und stellte sich schlafend. Er legte ihr das Buch auf das Bett und kurz darauf hörte sie die Tür wieder zuschlagen. Natürlich musste er mit seinen Kameraden feiern, dass er Vater geworden war. Er würde eine Runde nach der anderen ausgeben und sich schale Witze darüber anhören müssen, dass er nur ein Mädchen zustande gebracht hatte.

So schnell kam er bestimmt nicht wieder, also ging Elisabeth ins Kinderzimmer und holte das schlafende Baby zu sich ins Bett. Sie war unglaublich erschöpft, aber die Glücksgefühle, die ihren Körper durchströmten, sorgten dafür, dass sie gleichzeitig hellwach war. Sie konnte nicht aufhören, ihre Tochter anzusehen, diese feinen Züge zu bewundern und die winzigen Hände zu streicheln. Wenn David nur wüsste, was für ein kleines Wunder sie hier im Arm hielt. Aber irgendwann würde sie ihm ihre Tochter zeigen können, würde sehen, wie er vor Glück strahlte, weil er Vater geworden war.

Sie drückte ihre Tochter an sich. Dieser Moment gehörte ihnen ganz allein. Mochte in dem Buch auch stehen, dass sie ihr Kind verweichliche, es war ihr vollkommen egal. Erst als sie drohte, einzuschlafen, legte sie die Kleine zurück in ihre Wiege.

Sie blätterte kurz durch das Buch, denn sie hatte tatsächlich keine Ahnung von Kindererziehung und als Vorbild war ihre Mutter kaum geeignet. Da stand viel darüber, wie man das Kind disziplinierte, wie man seine Bedürfnisse ignorierte, aber es war kein Wort von Liebe zu lesen.

Am nächsten Tag kam Hildegard wieder. Vierundzwanzig Stunden waren um, es war Zeit, das Kind anzulegen. Gierig begann die Kleine, an Elisabeths Brust zu saugen. Die Hebamme stand daneben, sah auf die Uhr und löste das Baby mit ihrem Finger von der Brust. Das begann prompt zu schreien.

»Auf diese Weise wird sie lernen, sich das nächste Mal mehr zu beeilen«, kommentierte Hildegard und legte sie nebenan in die Wiege.

»Sie sollten das Kinderzimmer wirklich verlegen«, sagte sie, vollkommen ungerührt von dem Babygeschrei. »Haben Sie schon einen Namen ausgesucht?«

»Dazu sind wir noch gar nicht gekommen«, erwiderte Elisabeth, der das Geschrei ihrer Tochter schier das Herz brach. Aber sie wagte es nicht, sich der Hebamme zu widersetzen.

Hildegard sah das Buch, das Elisabeth demonstrativ auf ihren Nachttisch gelegt hatte. »Sehr fürsorglich von Ihrem Mann, dass er Ihnen das Buch gleich besorgt hat. Beim ersten Kind kann man so viel falsch machen.«

Elisabeth pflichtete ihr bei, dabei wollte sie Hildegard nur schnell loswerden. Ihre Tochter weinte immer noch und sie konnte es nicht erwarten, sie zu trösten.

Endlich ging die Hebamme, nicht ohne Elisabeth noch einmal ermahnt zu haben, sie solle sich streng an das Buch halten, dann könne sie nichts falsch machen.

Elisabeth eilte hinüber ins Kinderzimmer und hob ihre Tochter aus der Wiege. Sie hatte schon ein ganz rotes Köpfchen vor lauter Schreien.

»Verzeih mir«, flüsterte Elisabeth, »verzeih mir bitte!«

Sie trug die Kleine herum, bis sie wieder eingeschlafen war.

Karl schlug vor, sie Edda zu nennen, wie Görings Tochter. Das gefiel Elisabeth nicht.

»Hilde finde ich schön, so heißt eine von Goebbels Töchtern«, sagte Karl. Aber Elisabeth weigerte sich. Was würde David sagen, wenn sie ihrer Tochter denselben Namen gab wie die Nazigrößen ihren Kindern.

»Margit finde ich schön«, sagte Elisabeth. Sie hatte den Namen in einer Geschichte über zwei Liebende gelesen, die unendlich viele Schwierigkeiten überwinden mussten, am Ende aber zueinander fanden.

Weil sie so hartnäckig darauf bestand, erklärte sich Karl schließlich einverstanden. Elisabeth musste ihm aber versprechen, dass er den Namen des nächsten Kindes aussuchen dürfe. Dass es ein Sohn werden würde, daran hatte er keinen Zweifel.

13. Kapitel

Britta

2023

Ich spielte mit dem Gedanken, für drei Wochen nach Hamburg zu fliegen. Die Vorstellung, sich allen Problemen und unangenehmen Gedanken durch Flucht zu entziehen, hatte etwas sehr Verlockendes.

Ein Anruf des Heims holte mich in die Wirklichkeit zurück. Der Pass und die Geburtsurkunde meiner Mutter fehlten noch, die sollte ich baldmöglichst nachbringen. Außerdem würde das Heim jetzt jeden Monat über dreitausend Euro abbuchen und ich musste sehen, dass Margits Konto gedeckt war.

Noch wusste ich nicht, wie ich das bewerkstelligen sollte. Ursprünglich hatte ich vor, das Haus zu verkaufen, aber dann würde ich Margit nicht mehr in die Augen schauen können. Vielleicht sollte ich vorerst eine Hypothek aufnehmen, eine endgültige Entscheidung könnte ich später noch treffen.

Ich fragte, wie es Margit ginge, aber das wussten sie in der Verwaltung nicht. Da sollte ich auf der Station nachfragen. Doch so genau wollte ich es lieber nicht wissen. Unser Abschied lag mir noch zu sehr auf der Seele.

Ich machte mich auf die Suche nach den Dokumenten. Einen kurzen Einblick in Margits »Ablage« hatte ich schon gewonnen, als ich mit Jenny nach ihren Bankauszügen gesucht hatte. Wieder einmal verfluchte ich den Tag, an dem ich beschlossen hatte, ihre Betreuung zu übernehmen. Statt hier in dem Chaos zu sitzen, hätte ich Philips reichen Kunden überteuerte Häuser andrehen können. Eine Vorstellung, die in meiner Fantasie wesentlich verlockender war als in der Wirklichkeit.

Ich durchwühlte Stapel von Papieren, darunter auch etliche Mahnungen, und wunderte mich, dass uns nicht längst der Gerichtsvollzieher die Bude eingerannt hatte.

Aber selbst in ihrem Zustand würde Margit wohl kaum ihre Geburtsurkunde unter all dem Krempel aufbewahrt haben. Irgendwo musste es eine Mappe mit Dokumenten geben.

Ich ließ die Papiere liegen und machte mich auf die Suche nach einem entsprechenden Ordner. Bisher kannte ich nur die Schränke mit Margits Klamotten, aber es gab noch andere. Ein Raum, der wohl früher wahlweise als Bügelzimmer oder Büro genutzt wurde, denn hier stand ein alter Computer und in der Ecke ein Bügelbrett, enthielt ebenfalls einen Schrank.

Als ich ihn öffnete, fand ich eine Unmenge von Handtaschen. Offenbar hatte Margit einen Tick mit Taschen gehabt und nie eine davon aussortiert. In der Zeit, in der ich im Haus war, hatte sie nur eine benutzt, aber hier waren Taschen in allen Farben und für alle Gelegenheiten.

Ich öffnete eine nach der anderen. Die meisten waren leer oder enthielten einen alten Lippenstift und ein paar Tempos. Aber in einer fand ich Margits Pass und ihren Führerschein. Hurra, das erste Erfolgserlebnis!

Ich betrachtete ihren Führerschein. Es war noch

einer von den alten grauen aus Wachspapier. Neunzehn war sie gewesen, als sie ihn gemacht hatte. Auf dem Foto, das sicher von einem Automaten aufgenommen worden war, guckte sie verschreckt in die Kamera. Wie jung sie damals war, und wie hübsch! Das ganze Leben lag noch vor ihr, was mochte sie von ihm erwartet haben?

Wieder kam mir in den Sinn, wie wenig ich von meiner Mutter wusste. Und obwohl es mich inzwischen interessierte, hatte ich bisher so wenig in Erfahrung gebracht.

Ich suchte weiter. Im Keller, in dem ich noch nicht gewesen war, fand ich neben Regalen mit längst abgelaufenen Konserven auch einen Aktenschrank, gesichert mit einem Vorhängeschloss.

Den Schlüssel dafür fand ich zum Glück oben in einer Schublade des Schreibtischs.

Voller Neugier öffnete ich den Schrank und fand einen Ordner, auf dem in Sütterlin fein säuberlich ein Wort geschrieben stand, das ich nicht lesen konnte. Das musste noch meine Großmutter darauf geschrieben haben, denn ich konnte mir nicht vorstellen, dass Margit die Schrift beherrschte. Ich schlug ihn voller Neugier auf. Und tatsächlich, darin befand sich die Geburtsurkunde meiner Mutter. Ich nahm die Klarsichthülle mit dem Dokument heraus. Unten links prangte der Stempel des Dritten Reichs, ein Adler mit dem Hakenkreuz.

Margits Eltern waren mit Karl und Elisabeth Stadler dokumentiert und sie war hier in diesem Haus geboren worden. Ich hatte gefunden, was ich brauchte, aber vielleicht verbargen sich in diesem Ordner noch weitere interessante Dinge.

Begierig blätterte ich weiter, fand den Einberufungsbefehl von Karl Stadler und ein Arbeitszeugnis von Elisabeth Stadler, die ihren Kriegshilfsdienst in einer Münchner Klinik absolviert hatte. Alles mit dem Hakenkreuz-Stempel versehen.

Dann kam viel unwichtiges Zeug. Doch bei der Sterbeurkunde von Elisabeth blieb ich hängen. Sie war 1965 verstorben, da war ich noch nicht geboren. Aber viel interessanter waren die übrigen Daten. Meine Großmutter mütterlicherseits war 1911 als Elisabeth Brandl in einem Dorf namens Bäring in Niederbayern geboren worden. Von Karl fand ich nichts.

Ich klappte meinen Laptop auf, suchte nach dem Ort. Eine Familie Brandl betrieb dort einen Bio-Hof.

Ich setzte mich ins Auto, brachte die verlangten Dokumente im Heim vorbei, wobei mich mein schlechtes Gewissen wieder einholte. Margit war nur ein paar Meter entfernt, wie mochte es ihr gehen? Wie mochte die »manchmal etwas schwierige Eingewöhnungsphase«, von der der Pfleger gesprochen hatte, bei ihr wohl ablaufen?

Ich drehte mich schnell um und ging zum Auto. Erst jetzt merkte ich, dass ich die ganze Zeit die Luft angehalten hatte.

Ich gab Bäring im Navi ein und legte mein Handy auf die Mittelkonsole. »Sie werden Ihr Ziel in zwei Stunden und vierzig Minuten erreichen«, kündigte die Stimme an. Ich fuhr los.

Der Hof, zu dem das Navi mich lotste, hatte noch einen alten Kern, doch der größere Teil war offenbar später angebaut worden und auch die Ställe sahen ziemlich modern aus.

Maria Brandl, die dem Alter nach zu urteilen auch zur Enkelingeneration zählen musste, sah mich verwundert an, als ich ihr mein Anliegen schilderte. Ihre Großmutter hieß Maria und nach der war sie auch benannt worden, wie sie mir erzählte. Elisabeth sei Marias Schwester gewesen, aber über sie wusste die junge Maria rein gar nichts. Aber wenn ich warten könnte, bis sie mit der Stallarbeit fertig sei, würde sie im Familienstammbuch nachschauen. Vielleicht war dort etwas verzeichnet.

»Du kannst dich inzwischen ein bisschen auf dem Hof umsehen, wir verkaufen unsere Produkte im Hofladen, wenn du etwas brauchst.«

Ich kaufte zwei Gläser Pflaumenmus, obwohl ich gar keine Marmelade mochte. Aber ich konnte sie Margit mitbringen und ihr erzählen, dass sie vom Hof ihrer Eltern stammten. Vielleicht würde das ihrer Erinnerung nachhelfen.

Maria blätterte im Familienstammbuch, in dem Elisabeth natürlich erwähnt war. »Sie hat 1929 einen Karl Stadler geheiratet, da muss sie achtzehn gewesen sein«, sagte Maria. »Mehr steht hier nicht.«

Der Hof war von mittlerer Größe und sehr gepflegt, aber dass man reich damit wurde, konnte ich mir beim besten Willen nicht vorstellen. Wie waren Elisabeth und Karl zu dieser Villa in München gekommen?

Als ich Maria fragte, ob jemand in ihrer Familie es irgendwann zu Reichtum gebracht hatte, lachte sie.

»Wie kommst du denn darauf? Meine Großeltern waren bettelarm. Wenn einer von uns auch nur einen schimmligen Brotkanten weggeschmissen hat, wurde die Oma fuchsteufelswild.

Wir wissen nicht, was Hungern heißt, hat sie immer gesagt. Meine Eltern kamen gerade so über die Runden und ich habe mich dann ziemlich verschuldet, um den Hof zu modernisieren und auf Bio umzustellen. Zum Glück gibt's dafür jetzt Subventionen und ich komme ganz gut zurecht. Aber reich?« Sie lachte wieder.

»Dieser Karl Stadler«, fragte ich noch. »Glaubst du, den hat Elisabeth in München kennengelernt?«

Maria dachte nach. »Kann ich mir nicht vorstellen. Die Oma war, glaube ich, erst nach dem Krieg das erste Mal in München. Wie sollte Elisabeth dahin gekommen sein? Karl war bestimmt vom Dorf. Wenn er nicht aus Bäring war, dann bestimmt aus einem Nachbarort.

Ich bedankte mich und ging. In Bäring gab es keine Stadlers, aber ich schaute, welcher Ort zu Fuß noch zu erreichen war. Denn so arm, wie Elisabeth damals gewesen war, hatte sie bestimmt kein Fahrrad oder gar ein anderes Fortbewegungsmittel besessen.

Der nächste Ort war Farting. Ich suchte dort nach einer Familie Stadler und hatte Glück. Es gab einen Schuster, der so hieß.

Das Geschäft war bereits geschlossen, denn mittlerweile war es fast neun, aber ich war wie besessen von der Idee, etwas über meine Vorfahren herauszufinden.

Ich klingelte am Wohnhaus der Stadlers. Keine Ahnung, ob ich die richtige Familie gefunden hatte. Georg Stadler, der dem Alter nach eher zu meiner Generation gehörte, öffnete mir die Tür.

Ich stotterte, dass es mir leid tue, ihn um diese Zeit zu belästigen, und er fuhr mich sofort an, dass er nichts kaufe und ich mich schleichen sollte. Er war ein ziemlicher Schrank und ging drohend einen Schritt auf mich zu.

»Nein, nein, ich will Ihnen nichts verkaufen«, sagte ich und überlegte, ob ich schnell etwas zusammenlügen sollte, aber mir fiel nichts Geeignetes ein und ich entschloss mich zur Wahrheit. »Es geht um Karl Stadler«, sagte ich und dass ich Verwandte von ihm suchen würde und deshalb einfach bei ihm geklingelt hätte.

»Geht's wieder um den alten Nazischeiß?«, fragte er misstrauisch. »Sie sind Journalistin? Richtig?«

Zumindest war ich hier richtig, das hatte er mir gerade bestätigt.

»Wollen Sie mich wieder verarschen, wie der letzte Zeitungsfritze? Nur weil ich eine Partei wähle, über die die anderen Politclowns die Nase rümpfen? Da bin ich hier nicht der Einzige, das können Sie mir glauben. Aber mit Nazis hab ich nichts am Hut. Und dass mein Großonkel bei der SA war, dafür kann ich nichts.« Damit schlug er die Tür zu.

Ich überlegte, ob ich nochmal klingeln sollte, oder ob er dann handgreiflich werden würde. Ich nahm meinen Mut zusammen und läutete erneut. Er drohte, die Polizei zu holen, wenn ich nicht augenblicklich verschwände.

»Nur noch eine kurze Frage«, sagte ich, ohne den Irrtum mit der Journalistin aufzuklären. »Wissen Sie, wie Ihr Großonkel zu dieser Villa gekommen ist?«

Jetzt wurde er doch neugierig. »Welche Villa?«

»Er hat in einem sehr schönen Haus in München Bogenhausen gewohnt«, sagte ich. »Kann es sein, dass er das geerbt hat?«

»Geerbt?« Der Schrank dachte nach. »Bei uns gab's nie was zum Vererben. Vielleicht hatte seine Alte Geld.«

»Danke«, sagte ich. »Sie haben mir sehr geholfen.«

Meine blöde Floskel machte ihn wieder misstrauisch.

»Bei was denn?«

»Ich schreibe eine Reportage über den ganzen Landkreis hier und versuche, Stimmungen einzufangen«, sagte ich vage und stieg schnell in mein Auto.

Karl musste zu so viel Geld gekommen sein, dass er sich diese Villa kaufen konnte, überlegte ich auf der Rückfahrt. Margit hatte auf jeden Fall gelogen, als sie sagte, das Haus sei seit Generationen in der Familie.

14. Kapitel

Elisabeth

September 1939

Elisabeth hatte Margit gerade wieder aus ihrem Laufstall im Erdgeschoss geholt. Wenn Karl aus dem Haus war, herzte und drückte sie ihre Tochter, machte die albernsten Spiele mit ihr, um sie zum Lachen zu bringen.

Karl billigte das nicht, verlangte, dass sie sich an das herzlose Buch hielt, nach dem der schlimmste Erziehungsfehler darin bestand, ein Kind zu verzärteln. Lediglich zu Weihnachten hatte er gestattet, dass Elisabeth die Wiege mit Margit ins Wohnzimmer stellte, damit die Kleine den Baum mit seinen Lichtern bewundern konnte.

Ob sie es besser wissen wolle als die Ärztin, die dieses Standardwerk verfasst hatte, fuhr er Elisabeth an, wenn nachts das Weinen des Kindes durch das Haus drang und sie ins Kinderzimmer wollte, das, wie die Hebamme vorgeschlagen hatte, ins Erdgeschoss verlegt worden war. Elisabeth wagte es nicht, ihm zu widersprechen. Sie wusste sicher nicht mehr als diese Ärztin, aber sie spürte, dass Margit sie brauchte. Auch außerhalb der Fütterungszeiten.

»Hat dich deine Mutter vielleicht so verweichlicht?«, fragte Karl vorwurfsvoll und Elisabeth dachte daran, dass sie alles anders machen wollte als ihre Mutter.

Karl mochte Margit, nahm sie sogar manchmal nach dem Füttern oder Baden auf den Arm, aber erzogen sollte sie so werden, wie es die nationalsozialistische Ideologie vorgab.

Sobald es möglich war, drängte Karl wieder auf den ehelichen Beischlaf. Die Tochter war eine gute Übung, meinte er grinsend, aber das nächste Kind sollte ein Sohn werden. Elisabeth stimmte ihm zu, sagte, dass sie sich auch nichts mehr wünsche als einen strammen Stammhalter.

Im Zusammenleben mit Karl hatte sie sich schon so verbogen, dass sie sich manchmal vorkam wie der Schlangenmensch, den sie einmal in einem Varieté gesehen hatte. Der schien überhaupt keine Knochen zu haben, die bei seinen waghalsigen Verrenkungen stören konnten.

Momentan war das Leben mit Karl die Realität für Elisabeth, doch das richtige Leben wartete in der Zukunft auf sie. Da würde sie endlich mit David vereint sein, so wie sie es in ihren Träumen schon lange war.

Als würde sich die Vergangenheit wiederholen, wartete Karl wieder jeden Monat auf eine positive Nachricht und machte ein vorwurfsvolles Gesicht, wenn er ihre benutzten Binden im Bad entdeckte.

Sie hörte, wie die Haustür geöffnet wurde und Karl hereinstürmte. Es war zu spät, Margit in den Laufstall zu bringen, aber er achtete gar nicht auf das Kind.

»Mach das Radio an!«, befahl er.

Elisabeth drehte den Einschaltknopf und Hitlers knarzende Stimme ertönte: *Seit fünf Uhr fünfundvierzig wird jetzt zurückgeschossen! Und von jetzt ab wird Bombe mit Bombe vergolten. Wer mit Gift kämpft, wird mit Giftgas bekämpft.*

»Was soll das heißen?« Elisabeth wusste nicht, was das Gesagte bedeuten sollte. Es machte ihr nur Angst.

»Krieg, das bedeutet Krieg!«, erklärte Karl. »Die Polacken haben uns angegriffen und wir schlagen zurück.«

Elisabeth sah ihn immer noch an, als könne sie es nicht glauben.

»In aller Härte«, setzte er noch hinzu.

Erst jetzt sah er Margit auf Elisabeths Arm. Er verzichtete darauf, etwas zu sagen, nahm das Kind und ging mit ihm aus dem Zimmer. Kurz darauf hörte Elisabeth Margits Protestgeschrei, weil Karl sie in den Laufstall gesetzt hatte.

»Mit den Polacken werden wir schnell fertig«, sagte Karl und dass er es gar nicht erwarten könne, denen *aufs Maul* zu hauen. Sicher würde die SA eine entscheidende Rolle dabei spielen.

Krieg, dachte Elisabeth. Aber es wollte einfach nicht in ihren Kopf, dass jetzt Krieg sein sollte. Ihre Gedanken galten David. Was für ein Glück, dass er rechtzeitig ausreisen konnte. In London war er sicher und vielleicht war ihm auch bereits die Überfahrt geglückt.

Amerika – einmal mehr wurde es für Margit zum Sehnsuchtsort, an dem ihre Träume Erfüllung finden würden.

Karl bekam seinen Einberufungsbefehl zur Wehrmacht und drei Tage später war er weg. Mit Margit auf dem Arm winkte ihm Elisabeth nach, als er losmarschierte. Nach Polen, wie sie vermutete.

Sie bekam jetzt Lebensmittelmarken, mit denen sie einkaufen musste. Ansonsten merkte sie nicht viel vom Krieg. Das Radio ließ sie ausgeschaltet, sie konnte das siegtrunkene Propagandageschrei nicht mehr hören.

Der Polenfeldzug hatte nach nur zwei Wochen siegreich geendet, aber Karl kam trotzdem nicht nach Hause.

Elisabeth war froh, dass sie sich Margit jetzt voll und ganz widmen konnte. Sie freute sich über jeden Fortschritt ihrer kleinen Tochter. Margit konnte bereits stehen und neulich hatte sie sogar *Mama* gesagt. Elisabeth schaute mit ihr Bilderbücher an, sang ihr vor und spielte mit ihr, überschüttete sie mit Liebe. Ihre Tochter war ihre Verbindung zu David, das Bindeglied aus Fleisch und Blut, das sie mit ihren Träumen verband. Jetzt, wo sie sich nicht mehr nach Karl richten musste, konnte sie sich noch ausgiebiger ihren Fantasien widmen. Manchmal vergaß sie dabei vollkommen Ort und Zeit.

Sie hoffte nur, Margit würde sich nicht an die Stunden erinnern, in denen sie in ihrer Wiege lag und verzweifelt schrie und weinte, ohne dass ihre Mutter kam, um sie zu trösten.

15. Kapitel

Britta

2023

Nach drei Wochen ging ich ins Heim.

Ich hatte in der Zwischenzeit Ordnung in Margits Papiere gebracht, Mahnungen beglichen und mit Genehmigung des Amtsgerichts eine Hypothek auf das Haus aufgenommen. Einen Kaufvertrag für die Villa hatte ich zwar nicht finden können, aber der Bankberater beruhigte mich. Wenn meine Mutter als Eigentümerin der Immobilie im Grundbuch eingetragen war, stünde einer Hypothek nichts im Wege.

In Hamburg war ich nicht mehr, aber es gab auch nichts Dringendes dort zu erledigen. Langsam fühlte ich mich sogar in München wieder heimisch, besuchte Museen, ging ins Kino und Theater und verbrachte viel Zeit mit Jenny.

Ich hatte gehörigen Schiss vor diesem Besuch im Heim, wusste ich doch nicht, was mich erwarten würde. Einmal hatte ich auf der Station die Pflegedienstleiterin erreicht, und die Auskunft, die ich bekam, war keineswegs beruhigend. Als sei ich ein begriffsstutziges Kind, klärte sie mich über die Probleme bei der Eingewöhnung auf. Bei meiner Mutter sei es nicht anders, sie bräuchte Zeit, die neue Situation zu akzeptieren.

Nun stand ich also vor der Tür der geschlossenen Abteilung und betätigte den Summer.

»Ihre Mutter ist im Aufenthaltsraum, einfach geradeaus.« Eine Pflegerin zeigte in die angegebene Richtung.

Kaum hatte sie mich gesehen, sprang Margit auf. »Britta, ich hab dich schon so oft angerufen, aber ich hab dich nie erreicht.«

»Jetzt bin ich ja da«, sagte ich, denn natürlich hatte sie nicht bei mir angerufen. Sie hatte kein Handy und die Heimbewohner konnten nur in Ausnahmefällen telefonieren und dann fragte jemand vom Heim vorher, ob man das Gespräch annehmen wolle.

Margit hatte sich die Augenbrauen mit einem Lippenstift rot angemalt, was mich grinsen ließ. Aber niemand hier fand das seltsam.

»Ich brauche dringend Geld«, forderte sie energisch. »Walter und ich wollten gestern zum Essen ausgehen, aber das ging nicht, weil wir kein Geld hatten.«

Ich nickte dem Mann neben ihr zu. »Sie sind Walter, nehme ich an.« Ich betrachtete ihn näher. Er hatte dichtes schwarzes Haar und war nicht unattraktiv.

Margit lächelte mir verschwörerisch zu und flüsterte: »Ja, mein neuer Flirt.«

Ich war so erleichtert, dass ich sie spontan umarmte. »Das freut mich so für dich!«

»Also, lang werde ich in diesem Hotel nicht mehr bleiben, aber bis ich etwas Neues gefunden habe, geht es«, sagte Margit.

»Ich finde es sehr hübsch hier, oder Walter?«, wandte ich mich an ihren Gefährten.

»Ja, mir gefällt's«, sagte Walter.

»Siehst du, Walter gefällt's auch hier«, bekräftigte ich.

»Aber du musst mir Geld geben, damit wir etwas unternehmen können.«

»Klar«, entgegnete ich, obwohl ich wusste, dass diese Unternehmungen nur in ihrer Fantasie stattfanden. Ich hätte ihr auch Geld dagelassen, doch die Pflegedienstleitung wollte kein Geld auf der Station. Die Bewohner brauchten keines und nachdem alle Zimmer frei zugänglich waren, wollte sie nicht dafür verantwortlich sein, wenn etwas verschwand.

»Gib mir am besten einen Hunderter«, forderte Margit. Ich versprach, das Geld bei der Heimleitung zu hinterlegen und hoffte, dass sie es wieder vergessen hatte, wenn ich weg war.

»Ich hab dir was mitgebracht«, sagte ich und holte die zwei Gläser mit dem Pflaumenmus aus der Tüte. »Rate mal, wo das her ist!«

»Aldi?«, riet sie.

»Das ist selbstgemacht. Von deinen Verwandten in Bäring.«

Sie sah mich verständnislos an.

»Das ist der Ort, aus dem deine Mutter stammt.« Ich überlegte, wie wohl der Verwandtschaftsgrad der jungen Maria zu Margit wäre. Ich wollte mich lieber nicht festlegen, faselte von dem Hof und den Nachkommen von Maria, der Schwester ihrer Mutter.

»Du warst nie da, oder?«, fragte ich. »Aber deine Mutter hat doch sicher mal davon erzählt.«

Margit versuchte, ihre Gedanken zu sammeln, was eine Weile dauerte. »Sie hat alle dort gehasst«, sagte sie dann. »Sie hat so viel Prügel gekriegt.«

»Deine Mutter war sicher froh, von dort wegzukommen und zu heiraten«, vermutete ich laut und überlegte, ob sich Elisabeths Leben durch die Heirat tatsächlich verbessert hatte. Wie war sie mit ihrem Nazi-Ehemann zurechtgekommen, oder war sie selbst eine überzeugte Nationalsozialistin gewesen? Ich wollte gerade eine entsprechende Frage stellen, doch Margit kam mir zuvor.

»Du passt doch auf das Haus auf, bis ich wiederkomme? Kann ich mich darauf verlassen?« Ihr Tonfall war äußerst besorgt und ich versicherte schnell, dass ich das auf jeden Fall täte.

»Ich habe auch jemanden bestellt, der die Dachrinnen sauber macht«, sagte ich, aber das interessierte sie nicht weiter.

»Ich frage mich, warum du es nie verkaufen wolltest«, versuchte ich noch einmal, eine befriedigende Antwort zu bekommen.

»Das darf ich nicht«, sagte sie. Eine Auskunft, die ich schon oft von ihr erhalten hatte.

»Warum nicht?«

»Meine Mutter erlaubt es nicht.«

»Sie ist doch längst tot.«

»Aber sie hat geglaubt, dass er vielleicht einmal wiederkommt.«

»Wer?«, fragte ich wie elektrisiert.

»Mein Vater.«

»Ist der nicht auch tot?«

Sie überlegte. »Ja, wahrscheinlich schon.«

»Du meinst doch Karl, oder? Deinen Vater Karl Stadler«, insistierte ich.

»Sie erlaubt es nicht«, wiederholte Margit monoton.

Ich wusste, ich würde nichts mehr aus ihr herausbekommen und wechselte das Thema.

»Wie ist denn das Essen hier im Hotel?«, fragte ich.

»Ganz in Ordnung«, antwortete Walter.

Margit stimmte ihm zu, aber Walter und sie wollten schon ab und zu ausgehen zum Essen, deshalb solle ich das mit dem Geld nicht vergessen.

»Bestimmt nicht«, versicherte ich, umarmte sie zum Abschied und versprach, ganz bald wiederzukommen.

»Eine hübsche Schwester hast du«, sagte Walter zu Margit.

»Ich bin die Tochter«, korrigierte ich ihn. »Haben Sie auch Kinder oder vielleicht schon Enkel?«

Walter dachte nach. »Enkel ... das weiß ich jetzt gar nicht so genau«, gab er lachend zurück.

Margit stieß ihn an. »Also wirklich, du weißt aber auch gar nichts!« Sie lachten beide.

Ich ging noch bei der Pflegedienstleiterin, Frau Himmel, vorbei, sagte, wie froh ich darüber sei, dass sich Margit so gut eingewöhnt habe. Ich wusste natürlich, dass sie auch dämpfende Medikamente bekam, aber ohne die ging es vermutlich nicht.

»Sogar einen Flirt hat sie aufgetan«, sagte ich.

»Walter ist aber verheiratet«, erklärte Frau Himmel.

Ich wollte gerade die flapsige Bemerkung machen, dass das wohl keine Rolle mehr spielte, als mir einfiel, dass das Heim von einer katholischen Schwester gegründet worden war. Ich hielt besser den Mund.

»Aber wir sind ja nicht die Sittenpolizei«, sagte Frau Himmel lächelnd und ich schloss sie dafür sofort ins Herz.

Gut gelaunt fuhr ich nach Hause, freute mich über die ersten Schneeflocken und hielt bei einem Blumengeschäft, um einen Adventskranz zu kaufen. Ich besorgte auch einen für Margits Zimmer, obwohl sie die Kerzen sicher nur entzünden durfte, wenn jemand anwesend war.

Eigentlich hätte ich jetzt wirklich zurück nach Hamburg fliegen können, aber es gab nichts, was mich dorthin zog. Stattdessen stoppte ich bei einem Einrichtungsgeschäft und besorgte ein paar hübsche Kissen und Decken, um das Haus wohnlicher zu machen.

Dabei ging mir nicht aus dem Kopf, was Margit gesagt hatte. Was barg dieses Haus für ein Geheimnis?

Karl Stadler war tot. Selbst wenn er wie viele andere Nazis nach dem Krieg untergetaucht war, musste er inzwischen längst tot sein. Also von wem hatte Margit gesprochen?

Dass das Haus nicht verkauft werden dürfe, hatte sie auch schon gesagt, als ihr Verstand noch einwandfrei funktionierte. Was hatte es damit auf sich? Ich musste es herausfinden.

16. Kapitel

Elisabeth

1940

Der Krieg ging weiter. Norwegen und Dänemark waren von der Wehrmacht besetzt worden, jetzt marschierten die Soldaten nach Paris.

Margit konnte inzwischen laufen und sprach einzelne Wörter. Die Namen, die sie manchen Dingen gab, weil sie sie noch nicht richtig aussprechen konnte, freuten Elisabeth jeden Tag aufs Neue. Wenn ihr das Kind morgens entgegenlachte, vergaß sie für kurze Zeit, dass Krieg war und dass an der Front Menschen starben.

Sie ging so wenig wie möglich aus dem Haus. Der Anblick der Juden, die jetzt einen gelben Stern tragen mussten, war für sie kaum zu ertragen. Sie musste daran denken, dass Margit zur Hälfte Jüdin war. Wenn das jemals herauskam, was würde man ihr antun?

Wenigstens war ihr Vater in Sicherheit, zumindest hoffte Elisabeth das. England und Frankreich hatten Deutschland den Krieg erklärt und David hatte einen deutschen Pass. Wie würde es ihm dort ergehen? Sie hoffte, dass er es bereits nach Amerika geschafft hatte.

Karl hatte ein paar Tage Urlaub bekommen, bevor er wieder an die Front musste. Sie fragte ihn nicht nach seinen Einsätzen. Dass der Krieg mit aller Härte geführt werde, verkündete schon der Führer in seinen Reden. Wie das im Einzelnen aussah, mochte Elisabeth nicht wissen.

Karl verlangte von ihr, auch ihren Einsatz zu leisten. Sie solle sich beim Kriegshilfsdienst melden. »Jeder leistet seinen Beitrag, nur du sitzt zu Hause und tust nichts. Wie sieht denn das aus?«

»Ich hab doch das Kind«, sagte Elisabeth.

»Na und? Magda Goebbels hat fünf und ist beim Kriegshilfsdienst.«

»Ich kann Margit nicht den ganzen Tag allein lassen.«

»Warum denn nicht? Du verhätschelst sie sowieso viel zu sehr.«

Sie sah ihn flehend an. »Karl ... bitte!«

»Du machst wegen einem Kind ein solches Theater. Andere haben fünf oder noch mehr und die stellen sich nicht so an. Glaubst du, an der Front ist es ein Zuckerschlecken? Aber wir tun unsere Pflicht für Führer und Vaterland. Und das wirst du auch tun! Das ist mein letztes Wort.«

Wie immer wagte es Elisabeth nicht, sich ihm zu widersetzen. Sie meldete sich zum Kriegshilfsdienst und wurde für die Arbeit im Krankenhaus eingeteilt. Es war dieselbe Klinik, die sie wegen ihres Kinderwunsches aufgesucht hatte und in der ihr damals David Goldmann auf der Treppe begegnet war.

Als sie das Treppenhaus hochlief, holte sie die Erinnerung mit solcher Macht ein, dass sie einen Moment stehenbleiben musste. Sie glaubte, David vor sich zu sehen, wie er sich nach ihr umdrehte und sich seine Miene zu einem Lächeln verzog, als er sie sah.

Elisabeth mochte die Arbeit im Krankenhaus. Hätte sie nicht andauernd an Margit denken müssen, die allein zu Hause in ihrem Laufstall saß und sicher nach ihr rief und weinte, hätte es ihr dort gefallen. Doch wenn sie heimkam und Margits rot geweintes Gesichtchen sah, hätte sie gleich mitweinen können. Sie gab ihr dann sofort ein neues Fläschchen und wickelte sie frisch, aber wie sollte sie jemals wiedergutmachen, was sie ihr antat?

Die Alliierten warfen bereits Bomben auf München. Wie sehr würde sich Margit fürchten, wenn sie Fliegeralarm hörte, oder eine Bombe in der Nähe einschlug? Was, wenn gar eine das Haus traf?

Marianne, eine der Krankenschwestern, mit der sich Elisabeth etwas angefreundet hatte, und die jeden Tag sehen konnte, unter welchen Ängsten Elisabeth litt, weil sie ihr kleines Kind allein lassen musste, erzählte ihr von der Kinderlandverschickung. Für die KLV-Lager war Margit noch zu klein, aber Kinder bis vier konnten mit ihren Müttern aufs Land geschickt werden.

»Das würde Karl nie zulassen«, sagte Elisabeth, »er besteht darauf, dass ich meinen Dienst fürs Vaterland leiste.«

»Ja, ich weiß«, entgegnete Marianne, »aber ich kenne eine Familie in Berchtesgaden, die Margit nehmen würde. Die Mutter dort hat selbst drei Kinder, darunter noch einen Säugling. Die Familie könnte das Geld brauchen, das sie für die Unterbringung von Margit bekommen würde. Was meinst du? Das wäre doch eine große Beruhigung für dich, wenn du wüsstest, dass deiner Tochter nichts passieren kann und sie liebevoll betreut wird.«

Elisabeth zögerte, aber dann stimmte sie doch zu. Es

brach ihr zwar das Herz, sich von ihrer Tochter zu trennen, aber auf diese Weise wusste sie Margit in Sicherheit, und das war das Wichtigste.

Der Abschied war furchtbar. Elisabeth versagte sich die Tränen vor der Erzieherin, die einen Transport in das Lager der Kinderlandverschickung leitete und sich erboten hatte, Margit bei der Familie abzuliefern. Es reichte schon, dass Margit schrie und weinte, weil ihre Mutter sie einer wildfremden Person übergab; wenigstens Elisabeth musste sich zusammenreißen. Sie drückte Margit noch ihr Lieblingsstofftier in die Hand und musste sich dann schnell abwenden, sonst hätte sie doch geweint.

»Machen Sie sich keine Sorgen, kleine Kinder gewöhnen sich schnell an neue Situationen«, beschwichtigte die Frau, die Margit auf den Arm nahm.

Was, wenn sie recht hat, dachte Elisabeth. Würde Margit dann vielleicht denken, diese Frau in Berchtesgaden sei ihre Mutter? Würde sie Elisabeth vergessen, wenn der Krieg noch länger dauerte?

Sie stürzte sich geradezu in ihre Arbeit im Krankenhaus, blieb oft sogar länger als sie musste. Sie war nur für Hilfsarbeiten zuständig, machte Betten, verteilte Mahlzeiten und leerte Bettpfannen. Manchmal blieb aber auch etwas Zeit, um mit den Patienten zu reden oder ihnen Mut zuzusprechen, und viele von ihnen warteten schon darauf, dass Elisabeth ihr Zimmer betrat.

Nur abends, wenn sie in das leere Haus zurückkam, überfiel Elisabeth die Einsamkeit mit Macht. Sie vermisste Margit so sehr, dass es wehtat. Wie gern hätte sie gewusst, wie es ihr ging, doch Margit konnte noch nicht schreiben, und von der Frau, die sie betreute, bekam Elisabeth nur einmal eine Karte, in der in ungelenken Buchstaben stand, dass es Margit gut ginge.

Aber was hatte Elisabeth erwartet, die Bauersfrau hatte bestimmt keine Zeit, ausführlicher zu schreiben, und sie war es auch sicherlich nicht gewohnt. Elisabeth musste an ihre Mutter denken, die kaum lesen und schreiben konnte.

Sie selbst war nur wenige Jahre zur Schule gegangen, hatte aber in letzter Zeit versucht, ein wenig von ihrer mangelnden Bildung aufzuholen, damit Margit nicht so unwissend aufwachsen musste wie sie selbst. Noch war sie klein, aber sie würde sicher bald Fragen stellen, und die wollte Elisabeth beantworten können.

Darum las sie, was ihr in die Finger kam, wobei sie vieles auch nicht verstand. Aber sie dachte an David. Er sollte auf sie und seine Tochter stolz sein können, wenn sie sich wiedersahen.

Ihre Gedanken waren ständig bei Margit. Wie ging es ihr wirklich? Vermisste sie ihre Mutter? War sie fröhlich, oder weinte sie viel? Lernte sie schon laufen? Was konnte sie jetzt alles sagen? Es brach ihr schier das Herz, dass sie die wichtigsten Entwicklungsschritte ihrer Tochter nicht miterleben konnte.

Elisabeth sehnte sich so sehr nach ihr, dass sie manchmal nicht wusste, wie sie es aushalten sollte. Der einzige Trost war, dass Margit auf dem Land in Sicherheit war. Jeden Abend betete sie, dass Gott David und Margit beschützen möge und flehte ihn an, diesen schrecklichen Krieg bald zu beenden.

Sie flüchtete sich in den Gedanken, dass sie irgendwann alle drei wieder vereint wären.

In der Nacht träumte sie, dass sie zusammen an einem
Strand waren. Das Meer glitzerte in der Sonne und David
schwang seine Tochter hoch in die Luft, bis sie jauchzte.
Als Elisabeth aufwachte, war ihr Kopfkissen nass von
Tränen.

17. Kapitel

Britta

2023

An den Geruch im Aufenthaltsraum hatte ich mich inzwischen gewöhnt. Ich kannte auch die meisten der Heiminsassen mit Namen, wurde von manchen sogar erkannt und freudig begrüßt, wenn ich kam.

Margit schien ganz zufrieden mit ihrem Walter, obwohl die zwei kaum miteinander sprachen. Ich gönnte ihr diese späte Liebschaft von Herzen. Ihre Kleider, die ich, als ich sie hier ablieferte, sorgfältig im Schrank verstaut hatte, packte sie postwendend alle wieder in ihren Koffer, weil sie ja sofort wieder gehen wollte. Jetzt fristeten sie ihr Dasein immer noch im Koffer, und im Schrank hingen Walters Sachen. Ich vermutete, dass er regelmäßig bei ihr übernachtete, da jedes Zimmer frei zugänglich war.

»Sie hat wahrscheinlich mehr Sex als wir«, witzelte Jenny, als ich ihr davon erzählte.

Vielleicht hatte Jenny recht. Auf das großzügige Angebot meines Kurzzeitlovers war ich jedenfalls nicht zurückgekommen.

Ich war an einem Punkt meines Lebens, an dem ich wieder einmal nicht wusste, wie es weiterging. Wie oft war es bereits so gewesen?

Als ich Niklas kennenlernte, wir bald darauf zusammenzogen und eine gemeinsame Zukunft planten, hatte mein Leben endlich die Struktur, nach der ich mich im Grunde immer gesehnt hatte und die ich allein nie hingekriegt hätte. Aber das musste ich mir ja selbst wieder versauen. Als würde in meinem Unterbewusstsein ein kleiner Teufel lauern, der mir kein Glück gönnte.

Niklas hatte mich dazu überredet, Mal- und Töpferkurse für kleine Kinder anzubieten. Anfangs wäre das ein Zuschussgeschäft gewesen, weil ich einen entsprechenden Raum mieten musste und das Equipment auch Geld verschlang, aber Niklas verdiente gut und wollte mich unterstützen, solange es nötig war.

Wie erwartet kamen anfangs nur wenige Kinder, aber mir machte es großen Spaß, mit den Kleinen herumzuklecksen. Als Niklas und ich uns trennten, bezahlte er noch meine Schulden, aber das war's dann auch mit meinen hochfliegenden Plänen. Ich musste nach irgendeinem Job schauen, der mir die Miete bezahlte.

Jetzt wusste ich wieder nicht, wie ich weitermachen sollte.

Margit war gut versorgt, ich hätte also wieder nach Hamburg gehen können. Dazu hatte ich aber keine Lust. Ich redete mir ein, dass ich hierbleiben müsse, um etwas über die Vergangenheit herauszufinden, aber das war es nicht allein. Ich hatte mich an das Haus gewöhnt und mochte es inzwischen. Und ich wollte das Band, das zwischen Margit und mir entstanden war, nicht gleich wieder zerreißen.

So traurig es auch war: Es hatte erst ihre Krankheit

gebraucht, um vierzig Jahre der Entfremdung zu überwinden. Das wollte ich nicht aufs Spiel setzen.

Ich besuchte sie jeden zweiten Tag, hörte mir ihre Klagen über eine Mitbewohnerin an, die ihr das Auto geklaut hätte und über das Restaurant, in dem sie angeblich mit Walter war und schlecht gegessen hätte.

Ganz im Vertrauen beichtete sie mir, dass Walter verheiratet war, und ich versicherte ihr, dass das keine Rolle spiele. Seine Frau sei schließlich nicht hier.

Ich wusste, dass zu ihren Medikamenten auch Stimmungsaufheller gehörten, weshalb sie meistens ganz gut drauf war, wenn ich kam. Vielleicht war auch die Phase, in der sie unter dem Gedächtnisverlust gelitten hatte, überstanden. Allen um sie herum ging es ähnlich, oder sie waren noch schlimmer dran.

Auch ich störte mich nicht an den Fantasiegeschichten, den ewigen Wiederholungen des Gesagten und den Schwierigkeiten beim Finden der Wörter.

Ich hatte mich sogar an die traurigen Gestalten, die nur noch vor sich hin starrten und gefüttert werden mussten, gewöhnt und wusste, dass auch Margit dieses Stadium eines Tages erreichen würde.

Es gab auch die Heimbewohner, die randalierten oder auf die Pflegerinnen, meist waren es Frauen, losgingen.

Das Personal auf der Station wechselte häufig und ich konnte verstehen, warum das so war. Demente zu pflegen war ein Job, der den Leuten viel abverlangte und ich bewunderte sie dafür.

Als ich ging, wurde ich von einem Mann aufgehalten, der neu auf der Station war. Schon in den Tagen zuvor hatte er ununterbrochen gefordert, man solle seine Frau anrufen, damit sie ihn abholte.

Man hatte ihn auf später vertröstet und ich wusste, dass man seine Frau nie anrufen würde, weil sie es vermutlich war, die ihn hier eingeliefert hatte.

Jetzt bat er mich, ihm ein Messer zu besorgen. Er wollte sich lieber umbringen als hier zu bleiben.

Ich wusste nicht, was ich sagen sollte. War es ein Trost, dass er mit Hilfe entsprechender Medikamente bald so abstumpfen würde, dass er das Leben hier ertrug?

Ich war froh, dass Margit diese Phase hinter sich hatte, ich weiß nicht, was ich sonst gemacht hätte. Aber ihr schien das gleichförmige Leben, das nur von wenigen Spielen oder Gymnastikübungen unterbrochen war, nichts mehr auszumachen.

Doch wie ein Mantra wiederholte sie jedes Mal beim Abschied, dass ich mich gut um das Haus kümmern solle, bis sie wieder zurück sei.

Ich war mir mittlerweile sicher, dass mein Großvater Karl das Haus gekauft hatte. Nur von wem, wusste ich nicht. Und wie war er zu so viel Geld gekommen? Er war als einfacher Soldat eingezogen worden, ich hatte seinen Einberufungsbefehl gesehen. Alles erschien mir sehr rätselhaft.

Ich hatte schon verschiedentlich versucht herauszufinden, wem das Haus vor meinen Großeltern gehört hatte. Aber die Stellen, bei denen ich angerufen habe, hatten mir nicht weiterhelfen können – bis mir ein Mitarbeiter sagte, ich solle im Grundbuch nachsehen. Als Margits Betreuerin hatte ich ein »berechtigtes Interesse«, wie es so schön im Amtsdeutsch hieß, das Grundbuch einzusehen.

Wieso war ich nicht gleich darauf gekommen? Vielleicht würde sich auf diese Weise das Geheimnis um die vorherigen Besitzer endlich aufdecken lassen.

Ich war richtig aufgeregt, als ich zum Grundbuchamt fuhr und meine Vollmacht dort vorzeigte.

Als Eigentümerin war Margit eingetragen und die Hypothek, die ich aufgenommen hatte, war auch bereits vermerkt. Gespannt blätterte ich zu den vorherigen Besitzern.

Margits Vater Karl Stadler hatte das Haus 1938 erworben. Davor gehörte es einem Jakob Goldmann.

Zu Hause versuchte ich, etwas über diesen Jakob Goldmann herauszufinden, aber im Netz fand sich rein gar nichts über ihn. Wie auch, damals gab es noch kein Internet und Zeitungsarchive nach diesem Namen zu durchwühlen, war sinnlos.

Aber zu der Jahreszahl 1938 gab es viele Infos im Netz. Der Name Jakob Goldmann klang jüdisch. Ich vermutete, dass mein Nazi-Großvater ihm das Haus billig abgekauft hatte. Jakob Goldmann musste wahrscheinlich zu jedem Preis verkaufen, ihm war keine Wahl geblieben. Damals konnten Juden noch ausreisen, wobei sie ihr Vermögen größtenteils zurücklassen mussten.

So musste es gewesen sein. Diese plötzliche Gewissheit versetzte mir einen Schlag in die Magengrube. Meine Großeltern waren also nicht nur Nazis, sie hatten auch noch aus der Not von Juden Profit geschlagen. Wie ekelhaft!

Was für ein scheußlicher Gedanke, dass ich jetzt in einem Haus saß, das meine Familie und damit auch ich dem Unglück anderer Leute verdankte. Doch das erklärte immer noch nicht, warum Margit das Haus so wichtig war. Wusste sie, wie ihre Eltern dazu gekommen waren?

»Wer war Jakob Goldmann?«, fragte ich Margit bei meinem nächsten Besuch im Heim.

Ich glaubte sogar, ein kurzes Aufblitzen der Erkenntnis bei ihr wahrzunehmen. Doch der Augenblick ging vorüber.

»Wer?«

»Jakob Goldmann«, wiederholte ich. »Ihm gehörte das Haus, bevor es dein Vater gekauft hat.«

»Mein Vater ...« Margit dachte nach, aber in ihrem Kopf ging offenbar alles durcheinander.

»Mein Pferd, wo ist das denn jetzt?«

»Du hast ein Pferd gehabt?«, fragte ich überrascht.

»Ich bin geritten. Auf einem Pferd.«

»Dann ist es sicher in dem Reitstall, in dem du geritten bist.«

»Können wir da hinfahren?«

»Ja, sicher. Das nächste Mal«, versprach ich.

»Gut«, sagte sie und hatte es im selben Moment vergessen.

18. Kapitel

Elisabeth

1943

Die Bomben fielen nun unablässig auf München und Elisabeth saß fast jede Nacht schlotternd im Luftschutzkeller, während um sie herum die Hölle losbrach.

Goebbels brüllte im Sportpalast in die Menge: *Wollt ihr den totalen Krieg?*, und obwohl Stalingrad verloren war und die Listen der Gefallenen täglich länger wurden, schrien die Massen frenetisch *JA* und reckten den rechten Arm nach oben.

Elisabeth sah keine Menschen mit gelbem Stern mehr auf den Straßen, hörte nur beim Einkaufen manchmal jemanden murmeln: *Den Soundso haben sie heute Nacht abgeholt.*

Einmal erklärte eine Frau, die würden alle mit Zügen in den Osten gebracht, in irgendwelche Lager dort. »Die kommen bestimmt nicht wieder«, sagte eine andere.

Elisabeth ging schnell aus dem Laden. Sie wollte das nicht hören, wollte nicht daran denken, was mit diesen armen Menschen geschah. Schon einmal hatte sie reden hören, dass sich im Osten Vernichtungslager befinden würden. Aber das konnte nicht stimmen. Das war zu schrecklich. Das konnte einfach nicht sein.

Der letzte Brief von Karl ist vor Monaten bei ihr angekommen, da war seine Kompanie nach Russland aufgebrochen. Allein die Kälte dort musste mörderisch sein, malte sich Elisabeth aus, aber im Volksempfänger hörte man nichts davon. Da wurde nur der Endsieg beschworen.

Feindsender zu hören, wagte Elisabeth nicht und wahrscheinlich hätte sie auch gar keinen ausländischen Sender empfangen können. Doch manchmal fand sie eines der Flugblätter auf der Straße, mit denen die Engländer versuchten, die Bevölkerung aufzurütteln.

Auch Amerika war in den Krieg eingetreten und das erlaubte Elisabeth, sich vorzustellen, David würde vielleicht als amerikanischer Soldat zurück nach Deutschland kommen und sie in die Arme schließen. Was für eine Überraschung, wenn sie ihm seine Tochter vorstellen würde! Er wäre sicher sprachlos vor Freude.

Margit war mittlerweile fünf. Vier Geburtstage hatte sie nun ohne ihre Mutter feiern müssen, denn sie war noch nicht ganz zwei gewesen, als sie aufs Land kam. Ob sie bei der Familie wenigstens ein Kerzlein gekriegt hatte? Ein Kuchen kam sicher schon wegen der Lebensmittelrationierung nicht infrage. Elisabeth hätte natürlich ihre Marken dafür aufgespart, aber sie war von ihrer Tochter getrennt. So lange schon.

Laufen und sprechen musste Margit längst können, aber was konnte sie sonst noch? Was für ein Talent hatte sie? Vielleicht singen oder malen, vielleicht war sie so klug wie ihr Vater. Vielleicht konnte sie auch schon etwas schreiben, aber natürlich würde das nicht für eine Postkarte reichen.

Es klingelte.

Draußen stand Hilde.

»Euer Haus steht ja noch«, sagte sie zur Begrüßung.

»Wir sind ausgebombt worden.«

Elisabeth machte immer noch keine Anstalten, die Tür weiter zu öffnen.

»Lässt du mich rein?«, fragte Hilde.

»Natürlich, komm rein!« Elisabeth ging vor ins Wohnzimmer. »Ich kann dir leider nur Muckefuck anbieten.«

»Ich bin nicht verwöhnt«, sagte Hilde.

»Setz dich doch!« Elisabeth zeigte auf das Sofa und ging in die Küche, um den Kaffee-Ersatz aufzubrühen.

Zucker gab es keinen, aber ein bisschen Milch hatte sie noch. Sie stellte ein Kännchen und zwei Tassen auf ein Tablett und ging damit ins Wohnzimmer.

»Ist Karl in Russland?«, fragte Hilde.

»Der Arme«, sagte sie bedauernd, als Elisabeth nickte. »Erwin hätte es fast auch getroffen, aber weil er ein bisschen Französisch kann, durfte er in Frankreich bleiben.«

»Woher kann er denn Französisch?«, fragte Elisabeth, um irgendetwas zu sagen, denn es interessierte sie kein bisschen. Sie wollte nur, dass Hilde schnell wieder ging.

»Wahrscheinlich dort aufgeschnappt«, sagte Hilde, »er hat ein Talent für Sprachen.«

»Ach, wirklich?«, erwiderte Elisabeth halbherzig.

»Ihr habt ein Riesenglück, halb Schwabing liegt schon in Schutt und Asche. Gestern hat's auch unser Haus erwischt.«

»Das tut mir sehr leid.«

»Ja, es sind schwere Zeiten, aber am Ende werden wir siegen.«

Elisabeth sagte nichts.

»Glaubst du das nicht auch?«, fragte Hilde etwas verwundert, weil Elisabeth ihr nicht gleich zustimmte.

»Ich hoffe nur, dass dieser Krieg bald zu Ende ist«, sagte Elisabeth ausweichend.

»... und dass unsere Männer gesund nach Hause kommen«, fügte Hilde hinzu.

Sie stand auf, ging im Wohnzimmer herum und gab sich keine Mühe, zu verbergen, wie neidisch sie auf all das war.

Sie war noch nie besonders hübsch gewesen, aber jetzt zeigte sich ihr Charakter auch in ihren Zügen, dachte Elisabeth.

»So viel Platz hier, das Haus ist wirklich riesig.« Sie zauberte ein verschwörerisches Lächeln auf ihr Gesicht. »Das habt ihr wirklich toll hingekriegt. Alle Achtung. Ich wollte, Erwin wäre so etwas eingefallen.«

»Was meinst du?«

»Na, wie ihr den Goldmanns das Haus abgenommen habt.«

»Karl hat es gekauft«, entgegnete Elisabeth bestimmt.

Hilde lachte. »Gekauft, bestimmt.« Sie sah Elisabeth an. »Wovon denn?«

»Er hatte etwas gespart und der Besitzer ist ihm mit dem Preis sehr entgegengekommen.«

»Das glaubst du doch selbst nicht«, spottete Hilde.

Elisabeth stand wütend auf. »Dann zeig ich's dir eben.« Sie ging in den Keller, holte den Ordner mit den Dokumenten aus dem Stahlschrank und suchte den Kaufvertrag heraus.

»Hier!« Sie hielt Hilde das Schriftstück unter die Nase,

deutete auf den Betrag von fünftausend Reichsmark, der ihr plötzlich auch utopisch hoch erschien.

»Und woher hatte Karl wohl fünftausend Reichsmark?«

»Gespart«, sagte Elisabeth verunsichert.

»Wie tüchtig! Dann war es sicher Zufall, dass die Goldmanns noch am selben Tag abgeholt worden sind. Wahrscheinlich ist Karl gar nicht mehr dazu gekommen, den Kaufpreis zu begleichen.«

Elisabeth erstarrte. Sie konnte nicht glauben, was Hilde gesagt hatte. Sie musste sich irren.

Mühsam suchte sie die Worte zusammen, die sich in ihrem Mund plötzlich zu einem Knäuel zusammenballten und dafür sorgten, dass sie stotterte, obwohl sie nur noch schreien wollte. »Was ... was meinst du mit abgeholt?«

»Na, die sind alle ins Lager gekommen. Das waren doch Juden.«

Hilde redete weiter, ein endloser Strom von Geschwätz, doch das Gesagte erreichte Elisabeth nicht mehr. Als sei eine Bombe neben ihr explodiert, die ihr Gehör zerstört und alles um sie herum in Schutt und Asche gelegt hätte. Das Gerüst, das sie all die Jahre aufrecht gehalten hatte, war zusammengestürzt und sie fiel ins Bodenlose. Es kam ihr vor, als würde das Leben selbst aus ihr herausfließen und nur eine leere, vertrocknete Hülle zurücklassen.

»Elisabeth! Hast du gehört, was ich gesagt habe?«

Mühsam wandte sie sich wieder Hilde zu, versuchte den Worten zu folgen, die wie aus weiter Ferne zu ihr drangen.

»Ich habe dich gefragt, ob wir bei dir wohnen können. Wenigstens vorübergehend«, fügte sie hinzu, als Elisabeth nicht antwortete.

Elisabeth versuchte, sich zusammenzureißen. Sie musste eine Ausrede finden, denn die Gegenwart von Hilde hätte sie nicht ertragen. Keine Sekunde, keine Stunde und keinen Tag.

Endlich fiel ihr etwas ein. »Tut mir leid, das geht nicht«, sagte sie. »Wie du vielleicht weißt, arbeite ich im Lazarett an der Oberföhringer Straße. Das Lazarett ist mittlerweile überfüllt und ich habe angeboten, hier im Haus ebenfalls Verwundete unterzubringen. Genesende, die bald wieder an die Front dürfen.«

Elisabeth arbeitete zwar nicht im Lazarett, sondern in der Maistraße, wo man stolzen Müttern nach ihrem fünften Kind das Mutterkreuz umhängte, aber sie glaubte, Hilde würde die Geschichte schlucken. Wenn nicht, war es ihr auch egal.

Hilde stand auf und lobte mit verkniffenem Gesicht Elisabeths Einsatz fürs Vaterland.

»Jeder muss in diesen Zeiten seinen Beitrag leisten«, sagte Elisabeth, die fürchtete, jeden Moment zusammenzufallen wie ein Kartenhaus, das zu hoch gestapelt war. Jegliche Kraft hatte sie verlassen. Sie musste sich beim Aufstehen fest an den Sessel klammern, in dem sie gerade noch gesessen hatte, sonst wäre sie umgefallen.

Endlich war Hilde draußen.

Elisabeths Anspannung löste sich in einem verzweifelten, nicht enden wollenden Schrei, dem hilfloses Schluchzen folgte.

Sie hatte so einen Schrei schon bei anderen Frauen

gehört, wenn ihnen die Nachricht überbracht worden war, dass ihr Mann gefallen sei.

Jetzt war sie selbst an der Reihe zu erfahren, dass all ihre Hoffnungen, all ihre Träume gestorben waren.

Sie riss den Kaufvertrag in der Mitte durch, zerfetzte ihn in winzig kleine Schnipsel. Was für ein fürchterlicher Betrug! Und das Schlimmste daran war, dass sie Karl noch dabei geholfen hatte, ihn zu begehen.

Hätte es Margit nicht gegeben, sie hätte sich sofort die Wäscheleine gegriffen und sich damit aufgehängt. Doch Elisabeth hatte ein Kind, für das sie weiterleben musste, selbst wenn sie nicht wusste, wie sie das schaffen sollte.

Sie weinte, bis sie irgendwann nicht mehr konnte und vor Erschöpfung auf dem Fußboden einschlief.

Als sie nach einem grauenvollen Albtraum erwachte, war es mitten in der Nacht und ihr tat alles weh, weil sie auf dem Boden gelegen hatte.

Doch plötzlich war sie hellwach. Warum hatte sie nicht gleich daran gedacht! Es gab vielleicht noch Hoffnung. Das nächste Lager war in Dachau und das war nicht weit von der Stadt entfernt. Jeder, der in München lebte, wusste davon, und Elisabeth hatte oft genug Leute davon reden hören. Dahin waren David und seine Mutter sicher gebracht worden und vielleicht gab es eine Möglichkeit, sie dort wieder herauszuholen. Sie musste es zumindest versuchen.

Ungeduldig wartete Elisabeth, bis es acht Uhr war, dann rief sie in der Klinik an und meldete sich krank.

In einem Geschäft erstand sie einen Stadtplan, denn

sie wusste nicht, wie sie nach Dachau kommen sollte. Aber sicher gab es eine Straßenbahn, die dorthin fahren würde. Ein freundlicher Straßenbahnfahrer erklärte ihr schließlich auch, wie sie hinkommen würde.

Es war eine lange Fahrt, aber Elisabeth war dankbar für den Aufschub. Sie wusste nicht, was sie dort erwarten würde, war so nervös, dass sie sich einen Fingernagel bis aufs Blut abkaute. War die Ausrede, die sie sich zurechtgelegt hatte, gut genug?

Dann war sie da, sah das Lager schon von weitem.

Allein die Ausmaße waren furchterregend. Unzählige Baracken, hinter Mauern und Stacheldraht, Wachtürme, eine ganze Stadt für sich, so schien es Elisabeth. *ARBEIT MACHT FREI* stand über dem schmiedeeisernen Tor.

Elisabeth verließ der Mut. Selbst wenn David hier war, wie sollte sie ihn jemals finden? Wie sollte sie überhaupt hineinkommen?

An der Pforte saß ein Mann in SS-Uniform. Elisabeth hatte sich hübsch gemacht, obwohl ihr das zuwider war. Die Schwellungen vom Weinen hatte sie mit kaltem Wasser bekämpft, Lippenstift aufgelegt und sich die Haare gebürstet, bis sie glänzten. Sie wusste, dass ihr die Blicke der Männer oft folgten und vielleicht erwies sich das hier ebenfalls als Vorteil.

Der SS-Mann betrachtete sie auch wohlwollend.

»Einen schönen guten Tag«, begrüßte ihn Elisabeth freundlich. »Ich würde mich gern nach einem Gefangenen erkundigen.«

»Ein Politischer?«

»Jude«, sagte Elisabeth und das Gesicht des Mannes war nicht mehr ganz so freundlich.

»Und was haben Sie mit dem zu tun, Fräulein?«

»Frau«, korrigierte Elisabeth. »Frau Stadler. Mein Mann kämpft in Russland für das Vaterland. Es geht hauptsächlich um Frau Goldmann. Sie war mir eine tüchtige Hilfe im Haushalt und ihr Sohn hat bei uns den Garten gemacht. Deshalb hätte ich die beiden gern wieder.«

Elisabeth gab sich große Mühe, selbstsicher zu wirken und hoffte, er würde das Zittern in ihrer Stimme nicht hören. Denn dieses Unternehmen erforderte einen Mut, den sie eigentlich nicht besaß. Bereits die schwarze Uniform des Mannes flößte ihr Angst ein. Sie lächelte, doch der Mann erwiderte ihr Lächeln nicht.

»Ein guter Rat: Suchen Sie sich andere Dienstboten.«

»Das würde ich gern, aber Sie wissen doch sicher, dass jeder Deutsche für den Endsieg gebraucht wird. Während mein Mann seinen Dienst an der Front tut, arbeite ich im Lazarett.«

Der Mann schickte sie zur Kommandantur weiter. Elisabeth wusste nicht, ob er das tat, weil ihr Vorhaben eine Chance hatte oder weil sie ihm lästig war und er sie loswerden wollte.

Erst jetzt sah sie, wie riesig das Gelände tatsächlich war. Auf einem großen Platz standen Häftlinge in gestreifter Kleidung aufgereiht, vor ihnen paradierten SS-Männer.

Elisabeth ging schnell weiter. Nicht auszudenken, wenn sie David hier entdecken würde. Ihre Tränen würden sie sofort verraten.

Das ganze Lager war wohl in der Hand der SS, auch in der Kommandantur sah sie nur Männer der Schutzstaffel.

Elisabeth erzählte wieder ihre Geschichte von den tüchtigen Dienstboten.

»Da werden Sie wohl selber putzen müssen, Frau Stadler«, sagte einer der Männer.

Elisabeth war noch nicht bereit aufzugeben. Sie bot ihren ganzen Charme auf und lächelte verführerisch. »Sie täten mir einen riesigen Gefallen.«

»Wie heißen die beiden?«, fragte der Mann.

»Goldmann. David Goldmann und seine Mutter.«

»Wann sind sie denn hergekommen?«

»1938«, antwortete Elisabeth.

»Vor fünf Jahren schon? Da müssen Sie doch inzwischen Übung im Putzen haben.«

»Ich wusste nicht, dass sie hier sind, sonst wäre ich schon früher gekommen.«

Der Mann nahm ein dickes Buch zur Hand und begann darin zu blättern.

»Wissen Sie den Monat?«

»Ich glaube März«, sagte Elisabeth.

»Ja, da haben wir sie. David Israel Goldmann und Lilian Sara Goldmann.«

Er klappte das Buch zu. »Die sind verlegt worden.«

»Wohin?«, fragte Elisabeth, und jetzt konnte sie das Zittern in ihrer Stimme nicht mehr unterdrücken.

»Treblinka«, sagte der Mann.

»Wo ist denn das?«

»Im Osten. Da, wo wir mit den Polen aufgeräumt haben.« Er grinste. »Wäre ein bisschen umständlich, Ihre Dienstboten von dort zurückzuholen.«

Elisabeth dankte ihm. Beim Rausgehen wären ihr fast die Beine weggeknickt.

Sie dachte an die Gerüchte, die sie über die Lager im Osten gehört hatte. Aber das konnte sie nicht glauben.

Lieber Gott, lass das bitte nicht wahr sein, wiederholte sie lautlos ein um das andere Mal bei der Heimfahrt.

Aber ihren Gebeten fehlte die Überzeugung, denn insgeheim wusste sie schon lange, dass Gott sich von ihr abgewandt hatte.

19. Kapitel

Margit

1945

Der Omnibus fuhr durch Straßen Münchens, die dem Erdboden gleichgemacht worden waren. Margit saß am Fenster und starrte auf die endlosen Ruinen und Trümmerfelder, die an ihr vorbeizogen.

Ein Lehrer begleitete die Kinder, die nach Hause gebracht werden sollten, wobei die meisten gar kein Zuhause mehr hatten. Der Bus bog in eine kleine Straße ein, deren Häuser wie durch ein Wunder stehengeblieben waren.

Margit war eine der Glücklichen, deren Eltern noch ein Dach über dem Kopf hatten.

Der Lehrer deutete auf das große Haus, in dem sie nun leben sollte. »Da drin wartet deine Mutter auf dich«, sagte er.

Margit kannte die Frau nicht. Sie hatte lange geglaubt, Resi, die Bauersfrau, bei der sie vier Jahre lang gelebt hat, sei ihre Mutter. Bis man ihr gesagt hatte, dass sie eine Mutter in München habe.

Sie sei aufs Land gekommen, damit sie vor den Bomben der Feinde sicher sei, hatte man ihr gesagt, davor sei sie bei ihrer Mutter gewesen. Aber daran konnte sich Margit nicht mehr erinnern.

Resi brachte ihr bei, die Tiere zu füttern und den Stall auszumisten, sobald sie groß genug war, um eine Mistgabel zu halten. Wenn sie nicht folgte, gab es Watschen, aber Resi bestrafte ihre eigenen Kinder genauso. Jeden Abend knieten sie sich zusammen vors Bett und beteten, dass Gott die tapferen Soldaten beschützen möge, die für Deutschland und den Führer kämpften. In der Stube hing ein großes Bild des Führers, genauso wie in dem Lager, in das Margit mit fast sechs Jahren gekommen war. Sie hatte geweint, als sie vom Bauernhof wegmusste, aber die regulären Schulen waren geschlossen worden und Unterricht gab es nur noch in den Lagern der Kinderlandverschickung. Dort lernte sie das Alphabet und die bedingungslose Treue zum Führer.

Jetzt stand sie vor dem fremden Haus, in dem eine fremde Mutter auf sie wartete.

Sie konnte sich nicht dazu entschließen, auf die Klingel zu drücken. Aber die Frau musste den Omnibus gehört haben. Sie öffnete die Haustür.

»Margit!«, sagte sie nur.

»Heil Hitler, Mutter!«, rief Margit und riss ihren rechten Arm hoch.

Die Frau, die ihre Mutter sein sollte, schlug ihren Arm so heftig nach unten, dass es weh tat.

»Mach das nie wieder!«, fuhr sie Margit an.

Margit entschied im selben Moment, dass sie ihre Mutter nicht mochte.

Die Mutter nahm ihren Pappkoffer in die Hand. »Komm herein«, forderte sie Margit auf und brachte sie in ein Zimmer im ersten Stock.

»Das ist jetzt dein Zimmer«, sagte sie und wollte die Sachen aus dem Koffer in den Schrank räumen.

»Das kann ich selber«, meinte Margit.

»Ja, natürlich«, sagte die Mutter. »Du bist groß geworden.«

»Ich bin auch schon fast sieben.«

»Du erinnerst dich wahrscheinlich gar nicht mehr an mich, oder?«, fragte die Mutter.

»Nein, ich war ja noch sehr klein«, erwiderte Margit, und bemühte sich, so erwachsen wie möglich zu wirken.

Sie bemerkte das weiße Leintuch, das aus dem Fenster hing. »Du willst dich doch nicht dem Feind ergeben?«, fragte sie entsetzt.

»Der Krieg ist vorbei«, erklärte die Mutter.

»Wo ist mein Vater?«, fragte Margit. »Er kämpft sicher noch, während du dich feige dem Feind ergibst.«

»Niemand kämpft mehr, außer ein paar Unbelehrbaren!«, sagte die Mutter sehr laut und sie wirkte verärgert. »Du kannst nichts dafür, dass man dir diesen Unsinn eingetrichtert hat.«

Damit war für Margit klar, dass auch ihre Mutter zu den Feinden gehörte, und als sie fragte, ob Margit Hunger habe, sagte sie nein, obwohl ihr Magen knurrte.

Die Mutter ging in die Küche, schnitt von einem kleinen Laib Brot eine Scheibe ab und legte sie auf einen Teller. »Viel haben wir sowieso nicht«, sagte sie und ging in ein anderes Zimmer.

»Wo ist mein Vater?«, fragte Margit am Abend wieder.

»Ich weiß es nicht«, antwortete die Mutter. »Ich habe seit Monaten nichts von ihm gehört. Vielleicht ist er in

Gefangenschaft geraten, wir werden es sicher irgendwann erfahren.«

Margit blieb nicht verborgen, mit welcher Kälte die Mutter über ihren Vater sprach. Sie kannte auch ihren Vater nicht, aber er hatte fürs Vaterland gekämpft und war vielleicht sogar vom Feind gefangen genommen worden. In Gedanken schlug sich Margit sofort auf seine Seite.

Drei Wochen später kam der Vater nach Hause. Er war nicht in Gefangenschaft geraten, hatte aber bis zum letzten Augenblick in Berlin gegen die Russen gekämpft und konnte sich dann mit viel Glück nach Bayern durchschlagen.

Margit war überglücklich, dass ihrem tapferen Vater nichts passiert war.

Der Vater erklärte, dass sie ursprünglich nach Russland marschieren sollten, der Befehl für seine Kompanie aber im letzten Augenblick geändert worden war. Er hatte es der Mutter geschrieben, doch der Brief war vermutlich in den Kriegswirren verloren gegangen.

Die Mutter verließ wortlos das Zimmer.

Margit sah ihr nach, begriff nicht, dass sie sich nicht über die Rückkehr des Vaters freute. Umso glücklicher war sie darüber, obwohl der Vater auch für sie ein Fremder war. Aber die Tatsache, dass er für die gute Sache gekämpft hatte, machte ihn in ihren Augen zum Helden.

Er hätte sie gar nicht wiedererkannt, sagte der Vater. So groß und hübsch, wie sie geworden sei. Und die braunen Haare hätte sie sicher von seiner Mutter.

Margit drängte ihn, von seinen Abenteuern an der

Front zu erzählen, aber darüber mochte er nicht sprechen. Er schwärmte lieber von seinen Zeiten als SA-Mann, den beeindruckenden Parteitagen und von Hitlers unglaublicher Strahlkraft, die jeden Zuhörer in seinen Bann gezogen hätte.

Margit hörte mit leuchtenden Augen zu, beneidete ihren Vater darum, dem Führer so nah gewesen zu sein.

Die Mutter stellte das Essen auf den Tisch und verschwand dann wieder in ihrem Zimmer, obwohl der Vater so spannende Geschichten erzählte.

Margit verstand sie immer weniger.

Später, als sie ins Bett ging, hörte sie ihre Eltern im Schlafzimmer streiten.

»Ins Gästezimmer, was soll das? Spinnst du?«, beschwerte sich der Vater lautstark.

»Wenn du mich noch einmal anrührst, bring ich mich um«, sagte die Mutter.

»Du bist ja völlig verrückt geworden!«, schrie er.

»Ich weiß, wie du an das Haus gekommen bist«, sagte sie ruhig.

Daraufhin herrschte Schweigen. Margit hörte nur noch eine Tür zufallen, ihre Mutter war in ihr Zimmer gegangen.

Auf dem Schulweg sah Margit oft amerikanische Soldaten, die in ihren Jeeps durch die Straßen patrouillierten. Einmal stoppte ein Wagen neben ihr und einer der GIs hielt ihr eine Tafel Schokolade hin. Als sie den Kopf schüttelte, wollte er ihr einen Kaugummi geben. »Chewing Gum«, rief er lachend und machte Kaubewegungen mit seinem Mund.

Als sie vor ihm ausspuckte, begriff er es.

Er schwang sich wieder in den Jeep und schüttelte den Kopf. »Those fucking Krauts, even their kids are Nazis.«

Margit verstand nicht, was er sagte, aber sie war stolz, dass sie es ihm gezeigt hatte. Auch der Vater lobte sie für ihre Standfestigkeit und schimpfte über die »Fräuleins«, die sich für ein bisschen Schokolade und ein paar Seidenstrümpfe von den Amis kaufen ließen.

Die Portionen im KLV-Lager waren zuletzt auch immer kleiner geworden, aber sie hatten wenigstens nicht hungern müssen. Jetzt aber sorgten die auf Lebensmittelmarken zugeteilten Rationen dafür, dass Margit oft hungrig ins Bett musste.

Der Vater ging täglich zum Schwarzmarkt in der Möhlstraße, um das Wenige zu tauschen, das sie noch hatten.

Margit wusste, dass er damit viel riskierte, Schwarzmarktgeschäfte waren streng verboten. Aber er tat es, damit sie etwas zu essen hatten, und Margit liebte ihn dafür.

Das Haus war groß. So groß, dass sie sich nicht dagegen wehren konnten, dass Flüchtlinge bei ihnen einquartiert wurden. Der Vater hasste diese Habenichtse, wie er sie verächtlich nannte, und wenn sie nichts zum Tauschen hatten, bekamen sie auch nichts zu essen von ihm.

Er erklärte Margit, dass viele von ihnen ihre Wertsachen versteckt hätten, in ihre Kleider eingenäht, oder was ihnen sonst noch einfiel. Und von ihm wollten sie umsonst durchgefüttert werden, obwohl sie doch selbst nicht genug hatten.

Einmal erwischte er die Mutter dabei, wie sie einer anderen Frau einen Kanten Brot gab und machte einen fürchterlichen Krach deswegen. Er riskierte alles, um etwas zu essen nach Hause zu bringen, und sie verschenkte es an diese Dahergelaufenen. Wenn ihn die Amis beim Schwarzhandel erwischten, würden sie ihn einbuchten und dann hätten sie gar nichts mehr.

Der Vater verbot Margit den Umgang mit den Flüchtlingen, trotzdem redete sie manchmal mit den Kindern, wenn er nicht da war. Aber meist trauten die sich gar nicht, etwas zu sagen, schauten Margit nur mit großen Augen an. Man hatte ihnen auf der Flucht eingeschärft, keinen Ton von sich zu geben, und jetzt sollten sie ebenfalls ruhig sein, um den Hausherrn nicht zornig zu machen.

Karl schimpfte jeden Tag darüber, dass sie selber kaum noch Platz hatten. Margit, bei der zwei Kinder einquartiert worden waren, störte das nicht. Auf dem Bauernhof hatten sie sich zu viert eine kleine Schlafkammer geteilt und das Lager war zuletzt hoffnungslos überfüllt gewesen. In den Schlafsälen lagen sie so dicht an dicht wie Heringe in der Büchse.

Sie kannte es nicht anders, war im Gegenteil ganz froh, nicht mit ihren Eltern allein in dem großen Haus zu sein. Sie hatten nicht ein freundliches Wort füreinander und es lag immer eine unangenehme Spannung in der Luft, wenn sie zusammen waren. Das war einzig und allein die Schuld der Mutter, die dem Vater irgendetwas übelnahm. Stets sah sie ihn mit einem stummen Vorwurf im Blick an, redete kaum mit ihm.

Einmal hatte sie versucht, den Vater auch bei Margit schlecht zu machen, da war sie aber bei ihr an die falsche Adresse gekommen. Sie mochte den Vater tausendmal lieber, schon weil er genauso darunter litt wie Margit, dass ihr geliebtes Heimatland nun von den Feinden besetzt war.

Die Amis hatten sogar ein Amt eingerichtet, in das jeder musste, um dem Führer abzuschwören, wie ihr der Vater erklärte. Nur mit so einem *Persilschein* konnte man auf eine Arbeit hoffen.

Margit wusste, wie schwer es ihm gefallen war, seine Gesinnung zu verleugnen, aber um für seine Familie arbeiten zu können, hatte er es getan.

Und dann verweigerten ihm die Amis trotzdem das Entlastungszeugnis, weil ihn ausgerechnet Hilde, der er zu ihrer schönen Wohnung verholfen hatte, denunziert hatte. Dass sie ausgebombt worden war, dafür konnte er ja nichts. Doch die falsche Schlange wollte sich bei den Amis als Schreibkraft verdingen und hatte ihnen erzählt, dass er bei der SA gewesen war. Wohl in der Hoffnung, dass ihr das Denunzieren alter Freunde Vorteile verschaffen würde.

Margit war froh, dass ihr der Vater das alles erzählte. Er behandelte sie wie eine Erwachsene und das machte sie stolz.

Umso verbissener sah auch sie auf die Wendehälse herab, die sich, nur um sich selbst einen Vorteil zu verschaffen, jetzt dem Feind anboten und den Führer verleugneten.

Die Mutter kam weinend vom Einkaufen nach Hause, legte das Wenige, das sie bekommen hatte, in die Küche und ging auf ihr Zimmer. Margit vermutete, sie weinte, weil das Anstehen so anstrengend gewesen war und sie dann so wenig gekriegt hatte.

Margit wollte ihr sagen, dass das nicht so schlimm sei, der Vater würde sicher noch etwas organisieren können.

Sie ging hoch, blieb aber vor der Tür stehen, weil aus dem Zimmer der Mutter ein so verzweifeltes Schluchzen drang, dass es Margit Angst machte. Sie klopfte, bekam aber keine Antwort. Nur das Weinen war zu hören und es wollte kein Ende nehmen. Etwas Schreckliches musste passiert sein.

Als der Vater heimkam, lief Margit zu ihm. »Die Mutter hat sich eingesperrt und hört nicht auf zu weinen.«

»Ich geh mal rauf«, beruhigte sie der Vater, »mach dir keine Sorgen, es wird schon nicht so schlimm sein.«

Nach einer Weile kam er wieder runter. »Alles in Ordnung. Ist nichts Schlimmes passiert.«

»Aber weshalb weint sie so?«

»Die Amis zeigen Filme von dem Lager, das sie befreit haben. Sie zwingen die Leute, sich das anzuschauen und deine Mutter hat so einen Film gesehen. Ist alles reine Propaganda, um die Nationalsozialisten mies zu machen.«

»Aber in den Lagern waren doch nur Juden«, sagte Margit.

»Juden und andere Verbrecher«, bekräftigte der Vater. »Und die waren alle zu Recht da.«

»Dann versteh ich nicht, warum Mutter deshalb weint.«

»Ich auch nicht. Aber ich versteh deine Mutter schon lang nicht mehr.«

Am nächsten Morgen weinte die Mutter immer noch und sie kam nicht aus ihrem Zimmer. Der Vater ging hoch und schrie vor ihrer Tür, dass sie sofort rauskommen solle. Man hörte es im ganzen Haus, aber sie ignorierte seinen Befehl, und verschanzte sich weiter in ihrem Zimmer.

Der Vater musste das ohnehin karge Frühstück für Margit selbst richten.

»Was hat sie nur?«, fragte Margit.

»Das weiß keiner«, sagte der Vater. »Wenn du mich fragst, gehört deine Mutter in die Klapse.«

Als Margit aus der Schule kam, war die Mutter nicht mehr da.

Der Arzt, den der Vater geholt hatte, weil sie sich immer noch weigerte, die Tür zu öffnen, sagte, sie hätte einen Nervenzusammenbruch. Er hat sie in die Klinik einliefern lassen.

»Hoffen wir, dass es ihr bald besser geht«, sagte der Vater.

»Ja, das hoffen wir«, wünschte auch Margit brav.

Sie konnte sich unter einem Nervenzusammenbruch nichts vorstellen, aber sicher würde der Mutter in einer Klinik geholfen werden. Besonders vermissen würde Margit sie nicht.

20. Kapitel

Britta

2023

Es war Margits fünfundachtzigster Geburtstag. Draußen schneite es heftig, aber wahrscheinlich würde der Schnee bis Weihnachten in drei Wochen wieder geschmolzen sein. So war es immer. Weiße Weihnachten hatten Seltenheitswert.

Ich hatte einen kleinen Kuchen und Blumen besorgt.

»Herzlichen Glückwunsch!« Ich umarmte sie und drückte ihr den Strauß in die Hand.

Margit sah mich verwundert an. »Mein Geburtstag ist doch wann anders.«

»Nein«, widersprach ich, »der ist heute. Heute ist der 2. Dezember.«

Sie glaubte mir immer noch nicht, aber der Kuchen, den sie gleich probieren wollte, schmeckte ihr. »Und die schönen Blumen! Wie heißen die nochmal?«

»Das sind Rosen«, sagte ich.

»Gelbe Rosen! Genau wie auf Mutters Beerdigung.«

Dass sie selbst von der Vergangenheit sprach, schien mir ein gutes Omen zu sein. Vielleicht hatte ich endlich Glück mit meinen Fragen. Ich wollte sie noch einmal auf Jakob Goldmann ansprechen. Vielleicht erinnerte sie sich heute an ihn.

»Ich habe herausgefunden, wem das Haus gehörte,

bevor es dein Vater kaufte«, sagte ich. »Also bevor Karl Stadler es kaufte. Du hast ja gesagt, er sei nicht dein Vater.«

Sie runzelte die Stirn.

»Es gehörte Jakob Goldmann«, fügte ich hinzu. »Sagt dir der Name etwas?«

»Ja, den kenn ich«, antwortete Margit zu meiner Überraschung.

Ich hatte nicht zu hoffen gewagt, dass sie sich daran erinnerte. Doch ihr Gedächtnis war wie eine Wundertüte. Man wusste nie, was es zutage förderte.

»Der war ... auch auf der Beerdigung, glaub ich ... Ja, der war sicher auch da.«

»Was hat er denn mit deiner Mutter zu tun gehabt?«, bohrte ich weiter.

»Vielleicht war er auch bei meinem Vater.«

»Auf der Beerdigung?«

»Aber da waren so viele Leute.« Sie schüttelte den Kopf und überlegte weiter. »Aber den Namen kenn ich. Ich weiß nur nicht mehr, woher.«

Sie stand auf. »Ich hol noch einen Teller für Walter.«

»Das kann ich doch machen«, bot ich an, doch ich war nicht schnell genug. Kaum war Margit aufgestanden, stolperte sie auch schon, und stürzte der Länge nach auf den Boden. Ich war sofort bei ihr, ebenso einer der Pfleger.

Sie hatte sich das Gesicht aufgeschlagen und stöhnte fürchterlich, als wir sie wieder auf einen Stuhl setzen wollten. Margit war nicht ganz bei sich, glaubte, vom Pferd gefallen zu sein, und ich erinnerte mich, dass sie das letzte Mal erzählt hatte, sie sei geritten.

»Ich bestelle einen Krankentransport«, sagte der Pfleger. »Sie muss auf jeden Fall geröntgt werden.«

Ich bot an, meine Mutter ins Krankenhaus zu fahren, aber das war wegen der Versicherung nicht möglich.

Deshalb fuhr ich voraus und wartete Stunden in der Notaufnahme, bis zwei Sanitäter Margit dort ablieferten. Dann warteten wir zusammen, bis sie endlich dran war.

Nach einer weiteren kleinen Ewigkeit kam ein Arzt und erklärte mir, dass Margit zwar nichts gebrochen hätte, aber ihre Werte beunruhigend seien. Er schlug vor, noch ein MRT zu machen, um zu sehen, was die Ursache dafür war. Da ich der offizielle Vormund war, musste ich mich damit einverstanden erklären.

Weitere Stunden vergingen, Margit war inzwischen in den Raum gebracht worden, in dem das MRT gemacht werden sollte, und dahin durfte ich ihr nicht folgen. Ich wollte trotzdem nicht nach Hause fahren. Der Arzt hatte zwar versprochen, mich anzurufen, wenn ein Ergebnis vorlag, aber ich wartete lieber.

Mittlerweile war es Nacht geworden. Als der Arzt erschien, fielen mir sofort die Artikel ein, die ich über die Überforderung der Klinikärzte gelesen hatte. Er sah so fertig aus, dass er sicher schon vierundzwanzig Stunden Dienst hinter sich hatte.

»Ihre Mutter hat einen Tumor in der Gebärmutter«, erklärte er, und dass deshalb Urin in ihre Niere gelangt sei, was die schlechten Werte verursacht habe. Ich hörte nur Tumor und bekam nicht mehr richtig mit, dass er von einem kleinen Eingriff sprach, der sofort gemacht werden müsse.

»Ein Tumor?«, fragte ich. »Wie schlimm ist es?«

»Er hat bereits gestreut«, erklärte der Arzt.

Ich konnte es nicht glauben. Hatte Margit nichts davon gemerkt? Ich versuchte mich zu erinnern, ob sie irgendwann mal über Schmerzen geklagt hatte. Sie beschwerte sich häufig über irgendetwas, aber wenn es über gravierende Schmerzen gewesen wäre, hätte ich sofort Alarm geschlagen.

Ich rechnete es dem übermüdeten Arzt hoch an, dass er sich, obwohl er jetzt endlich heimgehen hätte können, die Zeit für ein Gespräch mit mir nahm.

»Natürlich können wir das übliche Programm fahren, Operation, Chemo und so weiter, aber ich frage mich, ob das im Hinblick auf das Alter und die Demenz Ihrer Mutter sinnvoll wäre.« Er machte eine Pause. »Aber Sie kennen Ihre Mutter am besten, Sie müssen in ihrem Sinn entscheiden.«

Ich konnte schlecht sagen, dass ich meine Mutter eigentlich überhaupt nicht kannte. Ich wusste nichts über ihr Leben. War es glücklich gewesen, wenigstens teilweise? Dass sie getrunken hatte, sprach nicht dafür. Manche würden ihr jetziges Dasein vielleicht als armselig bezeichnen, aber hing sie deswegen weniger am Leben?

Ich hatte in letzter Zeit den Eindruck gehabt, sie sei ganz zufrieden, teilweise sogar glücklich. Aber konnte ich beurteilen, wie sie sich wirklich fühlte? Ich konnte ihre Gedanken nicht lesen, ahnte nicht, was in ihrem Kopf vorging.

Ihr Flirt mit Walter kam mir in den Sinn. Wenn sie mir etwas darüber anvertraute, dann wirkte sie wieder wie ein junges Mädchen, das mit seiner besten Freundin auf die Toilette geht, um dort kichernd Geheimnisse auszutauschen.

»Aber wenn der Tumor bereits gestreut hat ...«, sagte ich hilflos.

»Es ist nur eine Frage der Zeit«, erklärte der Arzt. »Natürlich kann man durch diese Maßnahmen das Leben verlängern, aber manchmal ist der Preis dafür auch zu hoch.«

Es war schon Jahre her, dass sich meine damalige Nachbarin einer Chemotherapie unterziehen musste, aber ich weiß noch genau, wie dreckig es ihr anschließend ging. Wir kannten uns nicht besonders gut, aber irgendwann klingelte sie bei mir und erzählte mir ihre Leidensgeschichte. Nachdem sie ganz allein damit fertigwerden musste, ging ich zu ihr hinüber, wenn ich wusste, dass sie von der Chemo kam. Ich kochte ihr Kamillentee, nachdem sie stundenlang gekotzt hatte. Gestorben ist sie dann trotzdem.

Nein, so eine Quälerei würde ich Margit nicht antun.

»Das Heim kann einen Palliativdienst organisieren, der dafür sorgt, dass sie keine Schmerzen hat«, fuhr der Arzt fort.

Palliativ! Das klang so schrecklich endgültig, dass ich fast angefangen hätte zu heulen. Der Arzt würde sicher denken, ich hätte ein besonders enges Verhältnis zu meiner Mutter. Aber so war es doch gar nicht. Ich drängte die Tränen zurück und bedankte mich bei ihm.

»Den Eingriff heute Nacht macht ein Kollege und in ein paar Tagen lassen wir sie ins Heim zurückbringen.«

Ich sagte noch einmal danke und ging. Margit wurde für die OP vorbereitet, jetzt noch zu bleiben, brachte weder ihr noch mir etwas. Eine unglaubliche Müdigkeit überfiel mich und ich fuhr zurück.

Zu Hause dachte ich über Margits Leben nach. Ich wusste so wenig darüber. Wie war ihre Kindheit gewesen? Wie war sie als Teenager, als erwachsene Frau? Hatte sie sich verliebt? War sie mit jemandem zusammen?

Beziehungen – wenn es jemals längere gegeben hatte, so wusste ich es nicht. Mit meinem Vater jedenfalls war sie nie zusammen gewesen.

Manchmal las ich in Todesanzeigen, die Verstorbenen würden auf ein glückliches, erfülltes Leben zurückblicken. Wenn das stimmte, war es sicher beneidenswert. Vielleicht war es aber auch nur Wunschdenken derer, die zurückblieben. Oder eine vom Beerdigungsunternehmen vorgeschlagene Floskel.

Margit war dement, aber ich bezweifle, dass sie auch vor ihrer Krankheit von einem erfüllten Leben gesprochen hätte. Und was würde ich einmal über mein Leben sagen?

Was machte ein erfülltes Leben aus? Kinder? Mit 43 war der Zug bei mir ohnehin abgefahren, ganz abgesehen davon, dass mir der Partner dafür fehlte. Bereute ich es? Ich wusste es nicht. Ich konnte ja nicht sagen, wie es mit Kindern gewesen wäre. Vielleicht hätten sie mich genauso gehasst wie ich meine Mutter früher.

Margit hatte gesagt, sie wisse nicht, wie das ginge, eine gute Mutter zu sein. Hätte ich es gewusst?

So oft hatte ich gelesen, dass Kinder die Fehler ihrer

Eltern bei ihren eigenen Kindern wiederholen würden. Aus geprügelten Kindern werden oft prügelnde Eltern. Wäre ich eine lieblose Mutter geworden? Ich werde es nicht mehr herausfinden können.

Natürlich konnte man auch ohne Kinder ein erfülltes Leben haben. Meist füllte der Beruf dann diese Lücke. Margit hatte irgendwas im Büro gemacht, zuletzt bei einem Möbelgrossisten. Was genau, wusste ich gar nicht. Sie hatte jedenfalls nicht an einem neuen Medikament geforscht oder sonst etwas Bedeutendes vollbracht. So wenig wie ich.

Ach verflucht, Margit! Inzwischen bereute ich, dass ich nie die Größe hatte, den ersten Schritt zu machen. Warum habe ich die alten Kränkungen nicht vergessen können? Was hat mich daran gehindert, einmal nach München zu fahren und mich mit ihr auszusprechen? Ich hätte ihr Vorwürfe machen können, sie anschreien, beschimpfen – alles wäre besser gewesen als unser gegenseitiges Schweigen. Vielleicht hätte ich ihr sogar helfen können, vom Alkohol wegzukommen. Aber ich habe es nicht einmal versucht.

Im Heim war das einfacher gewesen, als ich es mir jemals vorgestellt hatte. Ich brachte noch Wein für sie vorbei, weil ich dachte, sie könne nicht ohne. Aber man bat mich, höchstens alkoholfreien zu kaufen, weil sich das mit den Medikamenten nicht vertrug. Abgesehen davon, dass Trunkenheit und Demenz wohl eine Kombi war, die das Personal überforderte.

Auch der Neurologe hatte schon Alkohol verboten, aber ich hatte es aus Bequemlichkeit ignoriert. Ich war überzeugt, Margit würde einen Riesenaufstand machen, wenn sie keinen Wein mehr bekam, aber das war gar nicht der Fall. Im Heim trank sie Saft, so wie alle anderen.

Ich hatte es mir einfach gemacht, nur ihre Fehler gesehen, mir nicht die Mühe gemacht, auch hinter die Fassade zu schauen. Stets hatte ich mich als armes Opfer fehlender mütterlicher Liebe gesehen. Aber vielleicht hatte sie unter meiner fehlenden Tochterliebe ebenfalls gelitten.

Ich nahm mir vor, in der Zeit, die uns noch bleiben würde, ihr so viel wie möglich davon zu geben.

21. Kapitel

Margit

1948–1952

Die Mutter war nach drei Jahren aus der Nervenheilanstalt zurückgekommen. Noch blasser und stiller, als sie es zuvor schon gewesen war. Sie erinnerte Margit an eine Pflanze, die man schon lange vergessen hatte zu gießen.

Margit bot an, ihr den Koffer auszupacken, weil sie ihr leidtat.

»Das ist lieb von dir«, sagte die Mutter, die sich offenbar über die freundliche Geste freute.

»Wie war es denn dort?«, fragte Margit.

»Nicht schön.« Die Mutter betrachtete Margit, die wieder ein Stück in die Höhe geschossen war. »Jetzt hab ich dich wieder so lange nicht gesehen. Groß bist du geworden und dünn wie eine Zaunlatte.«

»Du weißt ja, was es auf die Marken gibt. Und wir haben nichts mehr zum Tauschen.«

»Wie geht es in der Schule?«, wollte die Mutter wissen.

»Ich bin eine der Besten in der Klasse«, berichtete Margit stolz. »Die Lehrerin sagt, ich soll auf die höhere Schule gehen, aber das geht natürlich nicht.«

»Warum denn nicht?«

»Der Vater sagt, das ist rausgeschmissenes Geld,

weil ich sowieso heiraten werde. Dazu brauch ich keine höhere Schule.«

»Du könntest studieren. Lehrerin werden, oder Ärztin.«

Margit lachte, weil ihr das so abwegig vorkam. Aber die Mutter schien das ernst zu meinen.

»Das würde der Vater nie erlauben«, sagte sie.

»Würdest du das denn wollen?«

Margit zog die Schultern hoch. »Darüber hab ich noch nie nachgedacht.«

Das hatte sie tatsächlich nie. Ein Studium war etwas, das außerhalb ihrer Vorstellung lag. Schon die höhere Schule war Kindern aus anderen Elternhäusern vorbehalten. Kindern aus Akademikerfamilien.

Margits Vater war ein Arbeiter, der offiziell immer noch nicht arbeiten durfte und sich mit Schwarzarbeit auf dem Bau durchschlug. Dass er vor dem Krieg mal bei der mächtigen Sturmabteilung war, zählte nicht mehr. Man sollte es sogar lieber verschweigen, hatte ihr der Vater geraten.

Alles, was damals wichtig war, sollte plötzlich nichts mehr gelten. Ein Umschwung, mit dem Margit nur schwer zurechtkam – und der Vater schon gar nicht. Dass er jetzt nur ein Arbeitsloser war, wie damals, bevor die Nationalsozialisten an die Macht kamen, machte ihm schwer zu schaffen und manchmal ließ er seinen Frust auch an Margit aus. Sie nahm es ihm nicht übel, wusste sie doch, wie schwer er es hatte.

Margit hatte immer noch die Parolen aus dem Lager im Ohr, in dem man ihr beigebracht hatte, dass es für eine Frau das höchste Ziel sei, Mutter zu werden. Nein, über eine höhere Schule oder gar ein Studium hatte sie bestimmt noch nie nachgedacht.

»Aber wir sind doch ... ihr wart doch auch auf keiner höheren Schule.«

»Vielleicht bist du klüger als dein Vater und ich«, sagte die Mutter.

Margit lachte verlegen.

»Dein Vater und ich, wir kommen von Bauernhöfen. Unsere Eltern konnten kaum lesen und schreiben und wir waren auch nur ein paar Jahre auf der Schule. Aber du bist intelligent, du hast die Möglichkeit, etwas aus dir zu machen.«

»Aber es ist viel zu teuer, das Schulgeld und was allein die Bücher kosten.«

»Ich hab mal gehört, dass es für sehr gute Noten eine Vergünstigung gibt«, sagte die Mutter. »Und jeder von uns hat jetzt neues Geld gekriegt. Vierzig Mark. Das ist viel.«

»Vater wird es trotzdem nie erlauben.«

»Vielleicht doch.«

Die Mutter wagte es wirklich, das Thema beim Abendessen anzuschneiden. Der Vater bekam gleich einen ganz roten Kopf vor Zorn. Margit hätte sich am liebsten irgendwohin verkrochen, doch sie traute sich nicht aufzustehen.

»Dich hätten sie nie da rauslassen dürfen!«, schrie er die Mutter an. »Du bist und bleibst irre!«

»Warum soll es Margit nicht besser haben als wir? Sie ist begabt«, hielt sie dagegen.

»Niemand hat es mehr gut in diesem Land. Wir sind besetzt von den Scheißalliierten, falls du das noch nicht gemerkt hast. Die haben aus Deutschland einen Trümmerhaufen gemacht und werden dafür sorgen, dass wir nie mehr hochkommen.« Er starrte in sein Bierglas. »Wir waren so kurz davor. Wir hätten die Welt beherrscht.«

»Wir haben den Krieg verloren«, entgegnete die Mutter.

»Aber wir lassen uns nicht in die Knie zwingen, es sind noch genug mit der richtigen Gesinnung übrig.«

»Margit soll auf die höhere Schule«, beharrte die Mutter mit einer Bestimmtheit, die Margit nicht an ihr kannte.

»Nein!«, schrie der Vater. »Und das ist mein letztes Wort.« Er sah Margit an. »Sag deiner Mutter, sie soll aufhören mit dem Schmarrn!«

Als Margit nicht gleich reagierte, stand er drohend auf. »Hier wird das gemacht, was ich sage. Habt ihr das verstanden?«

»Ja, Vater«, antwortete Margit brav. Sie hoffte, mit ihrer Zustimmung das Donnerwetter abwenden zu können.

Eine Weile sagte niemand etwas. Die Mutter begann den Tisch abzuräumen, Margit stand schnell auf, um zu helfen.

»Ich könnte den Amis ein paar Sachen über dich erzählen, die sie noch nicht wissen«, sagte die Mutter im Rausgehen beiläufig.

Der Vater sprang auf und lief ihr nach. Er schlug ihr die Teller aus der Hand, dass sie mit einem Knall auf dem Boden zersprangen.

»Ich bring dich um, du Miststück!«, schrie er, während er auf sie einschlug. »Ich bring dich um!«

Margit versuchte, ihn von der Mutter wegzuziehen, was ihr schließlich auch gelang. »Ich will gar nicht auf die höhere Schule«, rief sie und hoffte, dass damit das Thema erledigt sei.

»Bild dir ja nicht ein, du seist was Besseres«, knurrte der Vater. »Gute Noten nützen dir gar nichts im Leben. Da geht es um was ganz anderes. Um Ehre, Kameradschaft, die Treue zum Vaterland ... Versprich, dass du das nie vergisst!«

»Ich versprech's«, gelobte Margit.

Sie hatte nie erfahren, was den Sinneswandel vom Vater bewirkt hatte. Aber er willigte ein, dass sie auf die Mädchenrealschule gehen durfte, nachdem sich ihre Lehrerin dafür eingesetzt hatte, dass ihr das Schulgeld erlassen wurde.

Margit war bange vor der neuen Schule, sie wusste nicht, was sie erwarten würde. Aber sie war auch ein bisschen stolz, dass sie die Aufnahmeprüfung geschafft hatte. Doch schon als sie zum ersten Mal das Klassenzimmer betrat, wurde ihr klar, dass sie hier keine Freundinnen finden würde.

Die anderen Mädchen sahen auf sie herab, weil sich schnell herumsprach, dass sie ein Arbeiterkind war, dem noch dazu das Schulgeld erlassen worden war. Selbst diejenigen, die ausgebombt waren und noch in Notunterkünften wohnten, fühlten sich ihr überlegen.

Ganz abgesehen von den Mädchen, deren Eltern in ihren Betrieben und Fabriken auf kriegswichtige Dinge gesetzt hatten und jetzt noch reicher waren als vor dem

Krieg. Sie alle hatten jemanden gefunden, den man piesacken konnte. Ihr Opfer hieß Margit.

Margit hatte jeden Tag Bauchweh, wenn sie ihre Tasche für die Schule packte. Zu Hause erzählte sie nichts davon. Bei wem hätte sie sich auch beschweren sollen. Ihr Vater hielt ohnehin nichts von einer höheren Schulbildung und sparte nicht mit Spott, wenn sie über ihren Büchern saß und kaum ansprechbar war. Die Mutter hatte sogar Schläge eingesteckt, weil sie die Realschule für Margit wollte, aber jetzt schien sie sich nicht mehr dafür zu interessieren.

Als ob die Auflehnung gegen den Vater sie all ihre Kraft gekostet hätte, versank sie seitdem wieder in einer seltsamen Antriebslosigkeit. Manchmal brachte sie kaum die Energie auf zu kochen oder zu putzen, lag einfach nur im Bett und wollte nicht aufstehen.

Mechanisch fragte sie Margit ab und zu, wie es ihr in der Schule ergehen würde und Margit sagte dann wie erwartet, dass sie gern dort hinging, die anderen Mädchen nett wären und sie gute Noten schrieb. Letzteres entsprach sogar der Wahrheit.

Die Schikanen der anderen machten Margit nur noch ehrgeiziger. Sie wollte es allen zeigen, auch den Lehrern, die nicht viel besser waren als ihre Mitschülerinnen und auf sie herabsahen.

Die Lehrkräfte, die unterrichten durften, hatten zwar den Persilschein, aber manche von ihnen machten keinen Hehl daraus, dass sie noch der alten Ideologie anhingen. Für sie gehörten Frauen an den Herd und ins Kindbett, nicht auf eine höhere Schule. Und ein Arbeiterkind hatte dort überhaupt nichts zu suchen. Ihre wahre Gesinnung mussten sie verbergen, aber sie konnten wenigstens für Disziplin sorgen. Manche schrien im Klassenzimmer herum wie auf dem Kasernenhof.

Strenge war Margit von klein auf gewohnt. Resi ist sofort die Hand ausgerutscht, wenn Margit nicht gefolgt hat, und im Lager wurde jede noch so kleine Verfehlung sofort geahndet. Die Strafe wurde dann vor allen anderen vollstreckt, um die Delinquenten noch zusätzlich zu demütigen. Besonders hart traf es die, die nachts ihr Bett einnässten, sie waren dem gnadenlosen Spott der Erzieher und dem der anderen Kinder ausgeliefert.

Auch Margits Vater verlangte unbedingten Gehorsam, aber sie kannte es nicht anders und liebte ihn trotzdem. Sie hatte keinen Zweifel an dem, was er sagte, deckte es sich doch mit dem, was man ihr zuvor jahrelang eingetrichtert hatte. Wie ihr Vater und viele andere bedauerte sie das Ende des Dritten Reichs, das in seinen Erzählungen immer großartiger wurde.

Ganz hinten im Schrank hing seine SA-Uniform, die er ab und zu herausholte und sorgfältig ausbürstete, als würde er sie irgendwann wieder brauchen.

Die Flüchtlinge waren aus dem Haus verschwunden und in den Geschäften gab es wieder mehr zu kaufen. In München wurde gebaut wie verrückt und der Vater fand endlich eine Anstellung als Maurer. Ob er einen Persilschein hatte oder nicht, kümmerte niemanden mehr. Es wurde jeder Mann gebraucht.

Margit war vierzehn, als eine Neue in die Klasse kam. Elisabeth war Amerikanerin und wurde allseits bestaunt, weil sie so einen komischen Akzent hatte. Deutsch konnte sie ein bisschen, weil ihre Mutter Deutsche war, aber die Familie hat zuvor in Washington gewohnt und Elisabeth sprach man englisch aus, wobei sich viele mit der richtigen Aussprache des *th* schwertaten.

Man solle sie einfach Liza nennen, sagte Elisabeth.

Ihr Vater sei ein Diplomat, hieß es, aber genau wusste es niemand. Liza hatte Schwierigkeiten, in der Klasse mitzukommen, weil sie nicht so gut Deutsch sprach und in Amerika einen ganz anderen Stoff durchgenommen hatte.

»Soll ich dir helfen?«, bot Margit ihr an, als sie sah, wie Liza verzweifelt auf ihr Buch starrte und ganz offenbar keine Ahnung von der Aufgabe hatte.

»Das wäre ganz reizend von dich«, sagte Liza.

»Von *dir*«, verbesserte Margit. Von da ab waren sie Freundinnen.

Margit flocht ihre braunen Haare immer noch zu Zöpfen, weil ihr Vater fand, das sei eine angemessene Frisur für ein junges Mädchen. Liza dagegen versuchte ihre wilden Locken gar nicht erst zu bändigen.

Nach der Schule ging sie in den Waschraum und malte sich die Lippen an. Margit stand staunend daneben und sah ihr dabei zu. Liza hielt ihr den Lippenstift hin.

»Willst du?«

Margit nahm zögernd den Lippenstift und Liza half ihr, ihn richtig aufzutragen.

Bewundernd blickte sie sich im Spiegel an. »Aber nach Hause kommen darf ich damit nicht, mein Vater würde das nicht erlauben.«

»Warum denn nicht?«

Margit wollte eigentlich sagen, eine deutsche Frau schminkt sich nicht, aber sie wusste nicht, was Liza davon halten würde.

»Meine Mutter hat sich auch nie geschminkt«, sagte sie stattdessen.

»Mein Mutter war beim Theater früher, die alle schminken sich dort«, entgegnete Liza.

»*Meine* Mutter«, verbesserte Margit. »Ist sie auch mit nach Deutschland gekommen?«

»Ja, aber mein Vater musste sie lange ... überzeugen?«

»Überreden?«, half Margit.

»Ja, überreden. Sie wollte nie wieder einen Fuß auf deutschen Boden setzen, hat sie gesagt.«

»Warum denn nicht?«

»Sie ist Jüdin und 1936 nach Amerika emigriert. Zum Glück hatte sie da *Relatives*. Verwandte.«

Margit wusste erst nicht, was sie sagen sollte.

»Dann bist du auch ...«, meinte sie zögernd.

»Ja, ich bin halb Jewish, aber eigentlich ganz, weil meine Mutter ist Jüdin.«

Margit sah ihre Freundin an, die sich durch nichts von anderen Mädchen, die sie kannte, unterschied. Aber ihr erschrockener Blick musste sie verraten haben.

»Du siehst mir an, als ob mir plötzlich Hörner gewachsen sind.«

»Du siehst *mich* an«, verbesserte Margit automatisch.

»Meine Mutter hat gesagt, ich soll das nicht sagen, weil hier noch alle Nazis sind. Du auch? Bist du auch ein Nazi?«

Margit wurde rot. »Nein!«, sagte sie bestimmt und schämte sich für ihre Lüge.

»Und dein Eltern?«

»*Deine* Eltern«, verbesserte Margit, froh über den Aufschub. »Mein Vater war im Krieg bei der Wehrmacht. Da wurde jeder eingezogen.« Dass er SA-Mann war, brauchte sie Liza ja nicht auf die Nase zu binden.

»Meine Großeltern wollten nicht mit meiner Mutter gehen in ein fremdes Land«, sagte Liza. »Sie sind hier umgekommen.«

»Das tut mir leid.«

»Sie haben sie alle gemordet in den Lagern.«

Was? Ermordet? Was redete Liza da? Das konnte Margit nicht unwidersprochen hinnehmen.

»Wieso sagst du sowas? Das waren Arbeitslager.«

»Don't tell me, you don't know it.«

»Was?«

»Sie haben vergast die Juden. Alle. Millionen von ihnen.«

»Du lügst! Wie kannst du so etwas sagen?« Margit war echt empört. Sie hatte Liza gemocht. Aber das war vorher. Wahrscheinlich war es die Rache der Juden, solche Lügen in die Welt zu setzen.

Liza war ebenso empört wie Margit. »I don't lie! Ihr seid Mörder! Ein Volk von Mörder!« Sie verließ türenknallend den Waschraum.

Margit sah ihr nach und wischte sich dann den Lippenstift aus dem Gesicht.

Sie war traurig, weil sie Liza mochte und bis dahin keine Freundin gehabt hatte. Wie gern hätte sie auch mehr über Amerika und Washington gehört. Sie selbst kannte gerade mal München und Berchtesgaden. Aber wie kam die Freundin dazu, so grässliche Lügen zu verbreiten?

»Wer behauptet denn sowas?«, schimpfte der Vater, als sie ihn zu Hause danach fragte. »Das waren stinknormale Arbeitslager. Natürlich hat man die Juden dort nicht mit Samthandschuhen angefasst. Das waren ja Volksschädlinge. Aber umgebracht? Wer hat das gesagt?«

»Jemand in der Schule.«

»Du musst nicht alles glauben, was man dir erzählt. Jetzt hacken sie wieder alle auf den Deutschen rum, können nicht genug Schauermärchen erfinden. Es war Krieg. Was glaubst du wohl, haben die anderen gemacht?«

»Ich hab's auch nicht geglaubt«, sagte Margit. »Aber was haben die Juden eigentlich so Schlimmes verbrochen?«

»Es gab eine jüdische Weltverschwörung«, sagte der Vater. »Die hat der Führer zum Glück rechtzeitig erkannt und Maßnahmen dagegen ergriffen.«

Margit nickte. Aber Lizas Sätze steckten in ihrer Haut wie kleine Widerhaken, die sie beständig piesackten. Warum nur hatte sie so etwas behauptet?

Unter einer Weltverschwörung konnte sie sich nichts Rechtes vorstellen, sie musste sich das noch von jemand anderem erklären lassen. Aber wen sollte sie fragen?

In Geschichte lernten sie gerade etwas über das Kaiserreich, über den Zweiten Weltkrieg wurde nicht gesprochen. Für Margit war das verständlich. Sie war in Sicherheit auf dem Land gewesen, kannte die furchtbaren Bombennächte nur aus Erzählungen. Aber wer die Schrecken des Krieges hautnah an der Front oder im

Luftschutzkeller erlebt hatte, wollte jetzt nur noch vergessen.

Liza strafte Margit mit Verachtung. Hatten sie sich zuvor mit einem Lächeln in der Früh begrüßt, so tat Liza jetzt, als sei Margit nicht vorhanden. Margit hatte ihre einzige Freundin verloren, und das schmerzte. Warum verbreitete Liza solches Zeug? War es, weil sich so viele Leute nach wie vor abfällig über die Juden äußerten?

Im Lager hatte Margit damals gelernt, dass Juden Volksschädlinge seien, wie Ungeziefer. Weil sie sich gegen die Deutschen verschworen hatten? Sie wollte mehr darüber wissen.

Zeitungen, in denen sie sich hätte informieren können, wurden zu Hause nicht gelesen. Auf diese *Schmierblätter,* die ohnehin nur das schrieben, was die Amis wollten, gab der Vater nichts.

Margit kaufte sich eine Zeitung.

Bisher hatte sie über die gegenwärtige Politik nur das gewusst, was der Vater ihr darüber erzählte, und er war erfüllt vom Hass auf die alliierten Besatzer, die Deutschland besiegt hatten.

Durch die Zeitung erfuhr sie Dinge, von denen sie noch nie zuvor gehört hatte. Sie las, dass sich die Außenminister Englands, Frankreichs und der USA mit Bundeskanzler Adenauer trafen, um das Ende der Besatzung zu verhandeln. Und zum ersten Mal erfuhr sie, dass Deutschland den Zweiten Weltkrieg begonnen hatte. Sie hatte geglaubt, dass die Deutschen nach dem Überfall der Polen nur zurückgeschlagen hätten.

Jetzt entpuppte sich das als Lüge wie auch vieles andere. Margit war vollkommen verstört. Sie glaubte bisher das, was man ihr eingehämmert hat und wovon der Vater noch heute überzeugt war.

Sie versuchte sich zu erinnern. An die Zeit auf dem Bauernhof, in der der Führer wie ein Gott verehrt wurde, an die Zeit im Lager, in der der Unterricht mit dem Hitlergruß begann und man die unbedingte Treue zum Führer einforderte. Sie war ein Kind und hatte nichts anderes gehört.

Nur ihre Mutter war anders. Margit erinnerte sich, wie sie auf den Hitlergruß reagiert hatte, mit dem Margit sie beim Wiedersehen begrüßt hatte. Das hatte sich bei Margit eingebrannt, weil es die erste Begegnung mit der Mutter nach jahrelanger Abwesenheit war und zu einer riesigen Enttäuschung bei Margit führte.

Plötzlich fiel ihr auch wieder ein, was zu dem Nervenzusammenbruch der Mutter geführt hatte. Es hatte mit einem Film über die Arbeitslager zu tun gehabt, den die Amerikaner ihr damals gezeigt hatten. Propaganda der Amis, hatte der Vater gesagt.

Margit hatte sich daran gewöhnt, dass die Mutter oft nicht ansprechbar war. Die Schwermut schien sie wie dichter Nebel zu umgeben, den sie nicht zu durchdringen vermochte. Fröhlich war sie nur noch selten. Aus der Klinik hatte sie Medikamente mitgebracht, die ihr halfen, den Alltag durchzustehen, wie sie Margit einmal erzählte. Trotzdem gab es Tage, an denen sie einfach nicht aus ihrem Zimmer kam.

Margit kannte es nicht anders und übernahm viele häusliche Pflichten. Auch der Vater hatte sich damit abgefunden; ihm war es egal, wer den Haushalt machte.

Ab und zu erkundigte sich die Mutter nach der Schule und lobte Margit für ihre guten Noten. Sie bemühte sich dann, so etwas wie Freude vorzutäuschen, aber Margit merkte, dass sich nur ihre Lippen zu einem Lächeln verzogen, ihre Augen lächelten nicht mit.

Die Mutter war krank, das wusste sie. Aber anders als bei Scharlach oder Windpocken, konnte man die Krankheit nicht sehen. Wenn Margit den Vater danach fragte, tippte er sich an die Stirn, sagte, dass bei ihr im Oberstübchen etwas nicht stimmte.

Margit wusste nicht, wie sie mit der ständigen Traurigkeit der Mutter umgehen sollte und ging ihr deshalb lieber aus dem Weg. Sie hielt sich an den Vater, obwohl der streng war. Bei ihm wusste sie, woran sie war, und an dem, was er sagte, hatte sie nie gezweifelt. Aber einmal aufgewacht aus ihrem Dornröschenschlaf, wollte sie mehr wissen.

Auch heute saß die Mutter apathisch auf ihrem sorgsam gemachten Bett und reagierte kaum, als Margit hereinkam.

»Ich möchte dich gern etwas fragen«, begann Margit.

»So? Was denn?«

»Es ist lange her, aber bevor du in der Klinik warst, hast du einen Film gesehen, hat Vati gesagt. Einen Propagandafilm der Amerikaner. Über die Arbeitslager.«

Die Mutter, die sich bis dahin kaum gerührt hatte, wandte sich zu Margit um.

»Ich weiß nicht, ob du dich daran erinnern kannst«, sagte Margit.

Die Mutter gab einen Laut von sich, der ein Lachen sein sollte, aber mehr ein gequälter Aufschrei war. »Ich würde die Bilder so gern vergessen«, flüsterte sie kaum hörbar. »Aber das kann ich nicht. Sie verfolgen mich noch nachts im Traum.«

»Kannst du mir davon erzählen?«, fragte Margit vorsichtig. Sie hatte Angst, die Mutter so aufzuregen, dass sie wieder einen Nervenzusammenbruch bekam. Daran wollte sie nicht schuld sein.

»Das waren Vernichtungslager«, sagte die Mutter. *»Arbeit macht frei*, haben sie an das Tor geschrieben, aber da kam keiner mehr raus.«

»Vernichtungslager?«, wiederholte Margit, die wieder daran denken musste, dass Juden als Ungeziefer bezeichnet worden waren. Ungeziefer vernichtete man, aber doch keine Menschen.

»In den Lagern im Osten haben sie die Juden vergast«, sagte die Mutter. »Sie haben sie in ein Brausebad getrieben, aber statt Wasser kam Gas aus den Leitungen.«

Jetzt weinte die Mutter hemmungslos.

»Woher weißt du, dass das stimmt? Vielleicht war das wirklich nur Propaganda.«

»Sie haben das alles gefilmt, als sie Auschwitz befreit haben. Da waren Berge von Leichen. Berge! Das kannst du dir nicht vorstellen. Dass Menschen anderen Menschen so etwas antun können …«

Margit nahm die Mutter ungeschickt in den Arm. Eine fremde, ungewohnte Geste.

»Es gab viele solcher Lager«, berichtete die Mutter, »Millionen sind dort umgekommen, haben sie gesagt.«

Margit kamen ebenfalls die Tränen. Also hatte Liza recht gehabt. Eine ganze Weile saßen beide nur da und hielten sich umfasst.

»Warum?«, fragte Margit schließlich. »Was haben die

Juden Schlimmes verbrochen? Gab es wirklich eine Welt-verschwörung?«

»Gar nichts haben sie verbrochen«, erwiderte die Mutter traurig. »Das hat man den Leuten nur eingeredet, damit sie sich besser fühlten, wenn sie ihre Nachbarn denunziert haben.«

»Hast du denn welche gekannt?«

Die Mutter weinte noch heftiger und Margit hütete sich, weiter zu fragen. Sie streichelte ihr nur über den Rücken und murmelte beruhigende Worte.

Nach einer Weile wurde die Mutter ruhiger. Margit fragte, ob sie ihr einen Tee machen sollte, aber die Mutter wollte nur allein gelassen werden.

»Geh nur«, sagte sie, »du hast sicher noch Hausaufgaben.«

Margit wollte die Mutter eigentlich nicht allein lassen, aber sie wusste auch nicht, wie sie ihr hätte helfen können.

Sie setzte sich an ihre Aufgaben, aber sie konnte sich nicht konzentrieren. Was sie gehört hatte, ging ihr nicht mehr aus dem Kopf.

Ein Volk von Mördern, hatte Liza gesagt.

Sie fühlte sich so elend. Alles, woran sie geglaubt hatte, war eine einzige große Lüge gewesen. Ihr Weltbild war zertrümmert, wie mit einem riesigen Hammer in Stücke geschlagen worden. Und sie verachtete sich dafür, dass sie so naiv gewesen war, so bereitwillig den Parolen gefolgt war, selbst als der Krieg längst vorbei war. Ihr Vater hatte dafür gesorgt, dass sie brav in der Spur blieb. Sie hätte ihn dafür hassen müssen, aber das konnte sie nicht.

Margit musste an den GI denken, der ihr damals Schokolade schenken wollte und vor dem sie ausgespuckt hatte. Sie weinte.

22. Kapitel

Britta

2023

Der kleine Eingriff, von dem der Arzt gesprochen hatte, fand natürlich unter Narkose statt, und als ich Margit am nächsten Tag besuchte, war sie noch um einiges verwirrter als vorher. Ich war froh, dass sie mich überhaupt erkannte.

Ich brachte ihr ein Plüschbärchen mit und Pralinen. Aber die rührte sie nicht an, obwohl sie Süßigkeiten liebte. Nachdem sie vollkommen unverständliches Zeug geredet hatte, schloss sie die Augen und ich merkte nur an ihrer Atmung, dass sie überhaupt noch am Leben war.

Lange blieb ich an ihrem Bett sitzen, erzählte irgendwelche Geschichten aus meinem Leben und wünschte mir, ich könnte ein paar schöne gemeinsame Erinnerungen heraufbeschwören. Doch selbst wenn es welche gegeben hatte, ich konnte mich an keine einzige erinnern.

Wahrscheinlich bekam sie ohnehin kein Wort von dem, was ich so vor mich hin quasselte, mit. Ich hoffte nur, dass sie, obwohl sie die Augen geschlossen hatte, spürte, dass ich bei ihr war.

Dann verrieten ihre regelmäßigen Atemzüge, dass sie eingeschlafen war. Ich versprach, morgen wiederzukommen, und schlich mich leise aus dem Zimmer.

Am Abend besuchte ich Jenny. Ich brauchte dringend Ablenkung von meinen trüben Gedanken.

Trotz all ihrem Mitgefühl dachte Jenny immer logisch. Vielleicht war das ihrer Mathebegabung zu verdanken, vor der ich immer die größte Hochachtung hatte. Mir blieb das Fach ein ständiges Rätsel und ohne Jennys unermüdliche Nachhilfe hätte ich nie das Mathe-Abitur bestanden.

Jenny erinnerte mich daran, dass meine Fürsorge für Margit wahrscheinlich bald ein Ende finden würde. Was hatte ich dann vor?

Einen Grund, in München zu bleiben, gab es dann nicht mehr. Wollte ich zurück nach Hamburg?

Ich wusste es nicht, hatte mich bis jetzt vor der Entscheidung gedrückt. Meine Wohnung in Hamburg hatte ich behalten, mein Auto stand auch noch dort, aber es wäre natürlich idiotisch, dort weiter Miete zu bezahlen, wenn ich hierblieb.

Und was würde ich mit dem Haus anstellen? Das einzig Sinnvolle wäre, es zu verkaufen. Aber das käme mir wie ein Verrat an Margit vor. Wie oft hatte ich ihr versprochen, das nicht zu tun.

Ich musste zumindest herausfinden, warum ich es nicht tun sollte. Oder – mir kam ein ganz neuer Gedanke – sollte ich versuchen, Nachfahren der Familie Goldmann aufzutreiben? Vielleicht gab es Enkel, die wussten, was damals geschehen war.

Jenny bremste meinen Enthusiasmus. »Wo willst du anfangen zu suchen? In ganz Europa? In Amerika? Das ist die Nadel im Heuhaufen. Und selbst wenn du einen Nachfahren finden würdest, was dann? Willst du ihm das

Haus dann zurückgeben? So altruistisch bist du doch gar nicht.«

Jenny hatte recht. Das Haus im Hintergrund zu wissen, war ein beruhigender Gedanke. Es würde mir ein sorgenfreies Leben garantieren.

Mein Großvater war ein übler Nazi, der Jakob Goldmann sicher beim Kauf des Hauses übervorteilt hatte. Aber er hatte es immerhin gekauft. Musste ich mich deswegen noch schuldig fühlen? Es jetzt zu verschenken, würde eine Größe erfordern, die ich bestimmt nicht aufbringen könnte.

Jenny lachte. »Seine eigenen Grenzen zu erkennen, ist ein wichtiger Schritt auf dem Weg zum inneren Frieden.«

»Ist das vom Dalai Lama?«

»Nein. Von mir«, sagte Jenny und wir lachten beide.

Ich beneidete sie um die klare Vorstellung, die sie von ihrem Leben hatte. Sie wusste früh, dass sie keine Kinder haben wollte und entschied sich für eine Sterilisation, obwohl ihr die Ärzte vehement davon abrieten. Aber die Arbeit war ihr wichtiger und sie hat es nie bereut. Jenny hatte ein paar längere Beziehungen, später auch mit Frauen, wollte aber nie heiraten.

Ich dagegen wusste weder, was ich mit dem Haus anfangen würde, noch mit meinem Leben.

23. Kapitel

Margit

1953–1958

Seit dem Gespräch mit ihrer Mutter hatte Margit das Gefühl, man habe ihr den Boden unter den Füßen weggezogen. Zuallererst entschuldigte sie sich bei Liza und war unglaublich erleichtert, als ihr die Freundin verzieh. Sie schwor ihr, dass sie keine Ahnung gehabt hätte und Liza glaubte ihr, obwohl ihre Mutter behauptete, das würden jetzt alle Deutschen sagen.

Ihrem Vater konnte Margit kaum mehr in die Augen sehen. Eigentlich hätte sie ihm sagen müssen, dass sie jetzt wusste, was für Verbrecher die Nazis gewesen waren. Aber sie wagte es nicht.

Sie trug Zeitungen aus und kaufte sich von dem Geld den *Spiegel* und die *Süddeutsche Zeitung*. In beiden wurde die Schuld der Deutschen nicht kleingeredet.

Margit war zwar katholisch getauft worden, doch eine Erziehung im christlichen Glauben hatte nicht stattgefunden. Ihr Vater ging nicht in die Kirche, also besuchte Margit auch nur den Schulgottesdienst. Aber sie mochte den Pfarrer, der den Religionsunterricht gab.

Einmal sprach sie ihn nach der Stunde an, fragte, ob sie mit ihm über etwas reden könne, was sie beschäftigte. Daraus ergab sich ein langes Gespräch über den Holocaust. Pfarrer Riedel hatte einen Kollegen, der für seine

Predigten gegen den Nationalsozialismus ins KZ gekommen ist. Er hatte nie wieder von ihm gehört.

»So viele sind schuldig geworden«, sagte der Pfarrer wehmütig. »Schuldig sind auch die, die ihm zujubelten oder ihn einfach nur gewähren ließen.«

Margit versuchte auszublenden, dass ihr Vater einer jener Täter war, von denen der Pfarrer gesprochen hatte. Das war eine Bürde, die sie ständig mit sich herumtrug. Sie liebte ihn immer noch, obwohl er sich schuldig gemacht hatte. Durfte sie das überhaupt?

Als sie eines Tages früher aus der Schule heimkam, überraschte sie ihn in seiner SA-Uniform. Da konnte sie nicht mehr länger schweigen.

»Wieso hast du die an?«, fragte sie.

»Hat mich an die alte Zeit erinnert. Die beste Zeit meines Lebens.«

»Für andere war es die schlimmste.«

»Was redest du da?«

»Ich rede von den Leuten im KZ, die von Nazis umgebracht wurden.«

»Es war Krieg. Da sterben Leute.«

»Und die Vernichtungslager? Da sind Millionen ermordet worden!

»Hast du das von deiner Mutter?« Der Vater gab ihr eine Ohrfeige, dass sie das Gleichgewicht verlor. Er schlug weiter auf sie ein. »Ich werd dich lehren, solche Lügen zu verbreiten!«

Er wirkte furchterregend in dieser Uniform, selbst wenn sie jetzt nur noch Staffage war. Margit duckte sich und hob die Hände, während die Schläge weiter auf sie einprasselten. Ihr lief bereits das Blut aus der

Nase, aber der Vater war wie rasend, konnte nicht aufhören.

Margit hatte geahnt, dass er so reagieren würde und was sie riskierte, wenn sie etwas sagte. Sie hatte es trotzdem getan, und so absurd es in dieser Situation auch war, sie konnte ihn verstehen. Es war die hilflose Wut darüber, dass sich jetzt auch seine Tochter auf die Seite des »Feindes« geschlagen hatte, die ihn jedes Maß verlieren ließ.

»Vati, bitte!«, sagte sie leise und das brachte ihn wieder zur Besinnung. Margit konnte ihm ansehen, dass es ihm leidtat, aber sie wusste ebenso, dass er das nie zugeben würde. In einer hilflosen Geste versuchte er, ihr das Blut aus dem Gesicht zu wischen.

»Ist schon gut«, sagte sie und ging ins Bad. Sie säuberte ihr Gesicht und kühlte es mit Wasser.

Als ihre Mutter in die Küche kam, um das Abendessen zu richten, sah sie Margits lädiertes Gesicht.

»War er das?«, fragte sie.

»Nein. Ich bin mit dem Fahrrad gestürzt«, sagte Margit. »Mit dem von Liza«, setzte sie noch schnell hinzu, weil sie selbst keines besaß.

Die Mutter nahm es zur Kenntnis, ohne nachzufragen.

Über Politik, die vergangene oder die gegenwärtige, sprach Margit nie mehr mit dem Vater und er schnitt das Thema auch nicht mehr an.

Aber ihr erschien plötzlich alles vollkommen sinnlos. So kompromisslos sie früher an die Ideologie der Nationalsozialisten geglaubt hatte, so unbedingt war sie jetzt dagegen. Aber niemand wollte mehr etwas von

Kriegsverbrechen hören. Man sprach nur noch vom Wirtschaftswunder und vom Fernsehen, der neuen Sensation. Ob jemand entnazifiziert war oder nicht, spielte keine Rolle mehr. Nicht wenige Nazi-Karrieren gingen nach dem Krieg nahtlos weiter.

Margit ließ die Schule schleifen, es kümmerte sich ohnehin niemand darum. Ihre Zeugnisse mit den Bestnoten hatten niemanden interessiert, genauso wenig wie die jetzigen, die ihre schlechten Leistungen widerspiegelten.

Die Mutter hätte Margit vielleicht ermahnt, wenn sie davon gewusst hätte, aber sie wusste es nicht.

Der Vater, der merkte, dass sich Margit verändert hatte, schimpfte über die Schule, die, statt den Kindern Respekt vor ihren Eltern beizubringen, sie zur Aufmüpfigkeit anstachelte.

Die Lehrer bestellten ihn ein, doch er dachte nicht daran, hinzugehen. Was hatte er mit denen schon zu reden.

Sie sprachen auch mit Margit, redeten ihr ins Gewissen. Sie müsse sich zusammenreißen, weil sie sonst durchfallen würde. Doch Margit war es egal. Ihr früherer Ehrgeiz hatte sich in Luft aufgelöst.

Liza war mit ihrer Familie wieder nach Amerika zurückgegangen. Sie war Margits einzige Freundin gewesen und Margit vermisste sie schrecklich.

Liza hatte versprochen zu schreiben, aber ihr Versprechen bis jetzt nicht eingelöst. Margit freundete sich mit Christa an, die ebenfalls wenig Interesse an der Schule zeigte.

Christas Vater war im Krieg gefallen. Ihre Mutter hatte für die Amerikaner gearbeitet und dort auch ihren Freund kennengelernt. Jetzt, wo die Besatzung endete, wurde er wieder in die Heimat zurückbeordert. Aber er hatte versprochen, Christa und ihre Mutter mitzunehmen.

Auch bei Christa kümmerte sich niemand um die Schule, und das war Christa nur recht. In Amerika würde sowieso alles anders sein.

Sie lud Margit zu sich nach Hause ein. Anders als Margit hauste Christa mit ihrer Mutter in zwei kleinen Zimmern. Eine größere Wohnung konnten sie sich momentan nicht leisten, aber in Montana, wo James, der Freund von Christas Mutter, herstammte, würden sie ein Haus haben. James hatte ihnen schon Fotos davon gezeigt.

Mit Christa trank Margit das erste Mal Alkohol. James brachte oft Whiskey mit, zwei Flaschen davon standen in der Küche.

Beim ersten Schluck schüttelten sich die beiden Mädchen, weil es so in der Kehle brannte. Aber es musste wohl etwas dran sein, wenn die Erwachsenen so wild darauf waren. Nach ein paar weiteren Schlucken fanden sie es schon nicht mehr so schlimm, und bald waren sie ziemlich betrunken.

Ein völlig neues Gefühl, von dem Margit nicht wusste, ob es ihr gefiel. Aber es ließ die Wirklichkeit verschwimmen, sorgte dafür, dass man sich etwas außerhalb der realen Welt befand. Das mochte Margit, denn welchen Platz sie in der realen Welt einnehmen sollte, das wusste sie nicht.

Am nächsten Morgen hatte sie einen furchtbaren

Kater, aber nachdem es Christa genauso ging, lachten sie darüber und bedienten sich am Abend darauf gleich wieder am Whiskey. Christa klaute auch Zigaretten bei ihrer Mutter, und nach anfänglichen Hustenanfällen kamen sich beide schick und erwachsen mit den Glimmstängeln vor und übten vor dem Spiegel die besten Posen.

Die Träume von Christa und ihrer Mutter zerplatzten.

»Stell dir vor, James ist einfach abgehauen«, sagte Christa. »Ohne ein Wort. Meine Mutter ist zur Basis gegangen, weil sie nichts von ihm gehört hatte, und da hieß es, er ist weg. Einfach so! So ein Schwein! Dabei hatte er noch gesagt, es würde ein paar Tage dauern, bis er die Schiffspassagen für uns alle hätte. Der verlogene Kerl!«

Christa war völlig außer sich. Sie hatte sich schon so auf Amerika gefreut, genau wie ihre Mutter. Margit wollte die Freundin nicht allein lassen und begleitete sie nach der Schule heim.

Christas Mutter hatte bereits ein volles Glas Whiskey vor sich stehen und sie schenkte auch Margit und ihrer Tochter ein.

»Das Leben ist einfach beschissen«, lallte sie und fing an zu weinen. »Ich hab keine Arbeit mehr und keinen Freund und werde schief angeschaut, weil ich was mit einem Ami hatte. Die freuen sich jetzt auch noch, weil er mich sitzengelassen hat.«

Margit schaute in ihr Glas. Alle, die sie kannte, waren vom Leben enttäuscht worden, und sie hatte das vage Gefühl, dass es ihr nicht anders gehen würde.

Sie fiel zwar nicht durch, aber das Lernen machte ihr keinen Spaß mehr. Wenn sie sich nicht gewaltig anstrengte, würde sie keinesfalls das Abitur schaffen, prophezeiten ihr die Lehrer. Aber das war Margit egal, sie hatte keine Lust, sich anzustrengen.

Christa war bereits von der Schule abgegangen, sie machte jetzt eine Lehre als Verkäuferin.

»Keineswegs ein Zuckerschlecken«, beklagte sie sich bei Margit, dagegen war die Schule die reinste Erholung. Doch nachdem sie durchgefallen war, hatte ihre Mutter entschieden, dass sie genauso gut Geld verdienen könne.

Die Lehre hatte ihr immerhin ihren ersten Freund eingebracht, und sie hatte nun jemanden, mit dem sie tanzen gehen konnte. Einmal wollte sie auch Margit überreden, mitzukommen, aber der Vater hatte Margit nicht erlaubt, abends in ein Tanzlokal zu gehen. Sie war immerhin erst siebzehn.

»Ich bin fast achtzehn«, hatte Margit aufbegehrt, aber der Vater blieb stur.

»Ich kenne deine Freunde gar nicht«, sagte er, »und ich will nicht, dass du dich mit Gott-weiß-wem herumtreibst. Das tut ein deutsches Mädchen nicht. Am Ende will dich niemand mehr heiraten.«

»Wie soll ich denn einen kennenlernen, der mich heiratet?«, entgegnete Margit. »Ich darf ja nirgends hin.«

Christa hatte ihren Freund immerhin schon geküsst, was sie Margit haarklein erzählt hatte. »Er will natürlich mehr«, hatte sie gesagt, »und es ist gar nicht leicht, ihn in Schach zu halten.«

Sie vertraute Margit an, dass sie es selbst gern tun würde, aber die Angst, am Ende vielleicht mit einem ledigen Kind dazustehen und nie mehr einen Mann zu finden, hielt sie davon ab.

Eine Lehre zu machen, schien Margit wenig verlockend. Dann lieber Schule. Aber den Ausschlag für sie, wieder zu lernen, gab ihre Mutter.

Sie hatte einen ihrer wenigen guten Tage gehabt und mit Margit Kaffee getrunken.

»Weißt du, ich würde mir mehr als alles andere wünschen, dass du Medizin studierst«, sagte sie. »Du eine Ärztin, das wäre meine größte Freude.«

Margit musste schlucken. Die Mutter hatte keine Ahnung, wie sehr sie in der Schule abgerutscht war. Für sie stand es fest, dass Margit Abitur machen würde.

»Wieso Ärztin?«, fragte Margit. »Haben wir vielleicht Ärzte in der Familie?«, setzte sie schnippisch hinzu, aber das tat ihr sofort wieder leid.

Die Mutter hatte sich so angestrengt, sie auf die höhere Schule zu bringen, weil sie es besser haben sollte als ihre Eltern. Dass ein Medizinstudium nie im Leben finanzierbar wäre, hatte sie wohl nicht bedacht. Abgesehen von den Kosten würde der Vater Margit auch nicht noch jahrelang durchfüttern.

»Ich würde es mir nur wünschen«, flüsterte die Mutter. Sie sprach immer so leise, manchmal hatte Margit das Gefühl, sie wolle nicht, dass jemand überhaupt merkte, dass sie da war.

Margit setzte sich wieder an ihre Bücher. Aber sie hatte so viel versäumt, stand so schlecht in vielen Fächern, dass es fast unmöglich war, das wieder aufzuholen. Sie schaffte das Abitur trotzdem mit Ach und Krach, aber es würde nie dazu reichen, Medizin zu studieren. Doch ein Studium war ohnehin außerhalb jeder Vorstellung. Der Vater würde es nie erlauben, er war schon gegen die höhere Schule gewesen.

Margit war fast dankbar dafür, dass die Mutter zu müde war, um sich für das Ergebnis der Prüfung zu interessieren. Sie gab sich damit zufrieden, dass Margit bestanden hatte.

Zum Feiern ging Margit zu Christa, wo sie erst mit Sekt anstießen und dann mit Schnaps weitermachten. Seit James nicht mehr da war, gab es auch keinen Whiskey mehr. Schnaps war billiger.

Später kam auch Christas Freund Hans, und er brachte Ingo mit. Ingo war wie Hans schon zweiundzwanzig und fuhr Motorrad. Er hatte eine Tolle, die ihm in die Stirn fiel, und ein unverschämtes Lachen.

Ingo konnte nicht glauben, dass Margit Elvis Presley nicht kannte, und nachdem Christa keinen Plattenspieler hatte, gingen sie in seine Wohnung, um Elvis zu hören. Er hatte tatsächlich eine eigene Wohnung, zwar nur ein Zimmer und das bezahlte sein Vater, aber eine eigene Bude! Margit war schwer beeindruckt. Ingo studierte Jura, zumindest glaubte das sein Vater, aber er schwänzte oft die Vorlesungen, wie er freimütig zugab.

Er brachte Margit mit dem Motorrad nach Hause, was unglaublich aufregend war, und nach dem Absteigen küsste er sie, was noch viel aufregender war. Margit verliebte sich auf der Stelle in ihn.

24. Kapitel

Britta

2023

Margit war wieder im Heim und es ging ihr besser. Sie war ansprechbar und freute sich, wenn ich kam.

Ich besuchte sie jeden Tag, las ihr etwas vor, obwohl ich bezweifelte, dass sie verstand, was ich las. Ich fütterte sie, meist nur mit Joghurt, weil sie nichts anderes mehr essen wollte, und gab ihr ihre Medikamente.

Ich hatte mit der Heimleitung gesprochen und mit dem Palliativteam. Wir waren uns darin einig, dass eine künstliche Ernährung nicht infrage kam. Das wäre nur eine unnötige Quälerei gewesen.

Um in den Aufenthaltsraum zu gehen, war Margit bereits zu schwach, sie lag durchgehend in ihrem Zimmer. Manchmal schaute sie zur Decke und fragte, ob ich sie auch sehen würde. Aber ich erfuhr nie, wen sie dort sah, so oft ich auch fragte.

Meist blieb ich den ganzen Nachmittag bei ihr, spielte ihr Weihnachtslieder vor, bis mein Akku leer war.

Zu Weihnachten brachte ich ihr einen kleinen Baum mit künstlichen Lichtern. Ich erzählte ihr von vergangenen Weihnachtsfesten, wobei ich bezweifelte, dass sie überhaupt begriff, dass Weihnachten war.

Es hatte bei uns auch nie eine große Rolle gespielt. Wir sind weder in die Kirche gegangen noch haben wir Weihnachtslieder gesungen. Wir haben Würstchen mit Kartoffelsalat gegessen, wie es viele in Bayern taten, und meistens habe ich mich später vor den Fernseher gesetzt, weil sich Margit mit einem Drink in ihr Schlafzimmer verzogen hatte.

Im Kindergarten und in der Grundschule hatten wir gebastelt, gesungen und Weihnachtsgeschichten gelesen, und ich hätte gern so ein kitschiges Fest gefeiert wie in diesen Geschichten.

Als ich dann allein wohnte, feierte ich stets ganz unkitschige Weihnachten mit Freunden, die ebenso wenig von dem Fest hielten wie ich und über den Konsumrausch schimpften.

Die einzig schönen Weihnachtsfeste habe ich mit Niklas erlebt. Er hatte eine kindliche Freude daran, die Wohnung zu schmücken, zu backen und den schönsten Baum auszusuchen. Er schaffte es sogar jedes Mal, mich mit einem Geschenk zu überraschen, das ich wirklich haben wollte.

Niklas kam aus einer Familie, in der Weihnachten immer groß gefeiert wurde, und das wünschte er sich auch für seine Kinder.

Natürlich habe ich ihn nach der Trennung auf Social Media gestalkt, obwohl ich mir vorgenommen hatte, das auf keinen Fall zu tun. Er war schon immer zurückhaltend, was das anbelangt, aber ein Foto mit seiner neuen Freundin hat er dann doch gepostet. Inzwischen ist sie schwanger, wie er auf Insta freudig mitteilte.

Statt die Fotos seines Glücks anzusehen, hätte ich mir auch glühende Nadeln unter die Haut stechen können. Ich weiß nicht, warum ich mir das antat.

Margit war wieder fest eingeschlafen und ich beschloss zu gehen.

Als ich zu Hause war, klingelte es. »Du bist sicher Britta«, sagte eine Frau in Margits Alter, die vor der Tür stand und die ich noch nie gesehen hatte. »Wahrscheinlich erinnerst du dich nicht an mich, du warst ja damals noch klein, als wir weggezogen sind.«

Ich sah sie so verständnislos an, dass sie sich zu einer weiteren Erklärung genötigt sah.

»Ich bin Christa, eine alte Freundin deiner Mutter. Wir waren zusammen auf der Schule.«

Ich bat sie herein, bot ihr ein Glas Wein an.

»Entschuldigen Sie, dass ich Sie erst geduzt habe, aber ich kannte Sie schon als Neugeborenes«, sagte Christa.

»Du ist schon in Ordnung«, erwiderte ich. Dass Christa mich schon als Baby gekannt hatte, machte mich neugierig.

Sie sah sich um. »Ist Margit gar nicht da?«

Ich erzählte ihr die ganze traurige Geschichte.

»Wie schrecklich«, sagte sie und erzählte mir, dass Margit und sie sich nur mehr selten sahen, weil Hans, Christas Mann, damals einen guten Job in Nürnberg hatte und sie schon vor Jahrzehnten dorthin gezogen waren.

Ihre Tochter, die in München wohnte, hatte sie zu Weihnachten eingeladen und bei der Gelegenheit wollte Christa Margit mal wieder besuchen.

Ich bat sie, mir mehr von Margit zu erzählen und gab zu, dass wir über die Jahre kaum Kontakt zueinander gehabt hatten.

»Das wundert mich nicht«, sagte Christa. »Soweit ich das mitbekommen habe, war Margit zumindest in der ersten Zeit eine lausige Mutter. Entschuldige, wenn ich das so geradeaus sage.« Sie lächelte. »Aber wer gibt schon ein wenige Wochen altes Baby zu einer Tagesmutter.«

Christa war offenbar jemand, der gern redete.

»Ihr hat da einfach etwas gefehlt«, sagte sie. »Sowas wie ... ich weiß nicht, wie man das ausdrückt, vielleicht ein Muttergen. Ihre eigene Mutter war depressiv, glaube ich, und ihr Vater ... Ich hab immer gedacht, wenn du erst mal auf der Welt bist, dann wird das schon, aber dann hat sie wieder angefangen zu trinken.«

Sie machte eine hilflose Geste. »Ich habe zwei Kinder und vier Enkel mittlerweile, für mich sind Kinder das Größte.«

Ich wollte noch mehr über Margit wissen und Christa erzählte bereitwillig. Dadurch erfuhr ich, dass Margit einmal in einen Ingo verliebt war, der sie aber sitzengelassen hat, worüber sie sehr unglücklich war. Dass sich Christa und sie aber über lange Zeit aus den Augen verloren hatten, auch weil Margit so viel trank, was Hans, Christas Mann, nicht mochte. Erst als das mit der Schwangerschaft passierte, haben sie sich wieder oft gesehen.

»Kannten Sie vielleicht auch meinen Vater?«, fragte ich in einer plötzlichen Eingebung.

»Ja«, sagte Christa zu meiner großen Überraschung.

Ich sah sie gespannt an.

»Aber mach dir nicht allzu viele Hoffnungen«, dämpfte Christa meine Erwartungen, »ich habe ihn nur einen Abend lang erlebt. Er schien ein netter Mann zu sein. Er war gutaussehend, höflich und großzügig. Sonst wäre Margit bestimmt nicht mit ihm aufs Zimmer gegangen.«

Ihrer Miene konnte ich entnehmen, dass sie das trotzdem keineswegs gut gefunden hatte. Ich war ein bisschen enttäuscht, aber ich wusste ja bereits, dass ich das Ergebnis eines One-Night-Stands war.

»Hat Margit nie versucht, ihn ausfindig zu machen?«, versuchte ich es dennoch.

»Das hat sie tatsächlich einmal, aber das war chancenlos. Das Hotel hat keine Daten herausgegeben und sie wusste ja nicht einmal seinen Nachnamen. Er war viel auf Reisen, davon hat er an dem Abend erzählt. Dein Vater war wirklich charmant«, sagte sie, als wollte sie mich darüber hinwegtrösten, dass sie nicht mehr über ihn sagen konnte. Aber ich hatte mich längst damit abgefunden, dass mein Vater ein Fremder für mich bleiben würde.

Sie würde Margit natürlich gern im Heim besuchen, meinte Christa, leider seien ihre Tage in München schon vollkommen verplant, aber ich solle Margit herzlich von ihr grüßen. Vielleicht erinnere sie sich ja noch an ihre alte Freundin.

»Sie war so begabt«, erinnerte sich Christa, »in der Schule war sie erst ein richtiger Überflieger. Dann schrieb sie plötzlich nur noch schlechte Noten, hat aber trotzdem noch das Abi geschafft. Keiner sonst hätte das hingekriegt. Es ist ein Jammer, dass sie nicht mehr daraus gemacht hat. Sie hätte Gott weiß was erreichen können ...«

Christa zuckte mit den Achseln, sah auf die Uhr. »Schon so spät. Jetzt hab ich mich total verquatscht. Aber es hat mich sehr gefreut, dich wiederzusehen.«

»Mich auch«, sagte ich und sah ihr nach, als sie ging.

Margit hatte also einen brillanten Verstand gehabt. Auch davon wusste ich nichts, denn bei Hausaufgaben hatte sie mir nie geholfen. Sie war der Meinung, ich müsse das allein hinkriegen.

Sie hätte sicher studieren können, Karriere machen können. Stattdessen hatte sich Margit mit Bürojobs über Wasser gehalten. Was für eine Verschwendung!

Nein, ein glückliches Leben hatte sie bestimmt nicht gehabt.

25. Kapitel

Margit

1958–1960

Dem Vater ging es nicht gut. Sein Atem ging rasselnd, die schwere Arbeit auf dem Bau packte er nicht mehr. Im Büro konnte man ihn auch nicht brauchen, dafür waren seine Kenntnisse in Deutsch und Mathe nicht ausreichend.

Also saß er mit einer kümmerlichen Invalidenrente ausgestattet zu Hause und trauerte einmal mehr vergangenen Zeiten nach.

Er war erst Anfang fünfzig – uralt für Margit –, doch wenn er hustend und nach Luft ringend in der Küche saß, glaubte man, er sei wesentlich älter.

Das Geld war vorher schon knapp gewesen und an den Luxus eines Studiums konnte Margit nicht einmal denken. Im Gegenteil, sie musste dringend etwas zum Lebensunterhalt beisteuern und fand eine Arbeit als Sekretärin. Dass sie Abitur hatte, brachte ihr einen Vorteil bei ihren Mitbewerberinnen, die meist nur von einer Sekretärinnen-Schule kamen. Zum Glück hatte Margit während ihrer Schulzeit schon einen Kurs in Steno und Schreibmaschine belegt, sonst wäre sie nicht genommen worden.

Ihre Arbeit bestand zum größten Teil aus Tippen und

daraus, ihrem unsympathischen Chef das Leben so angenehm wie möglich zu machen. Durchaus auch nach Feierabend, wie er einmal durchblicken ließ.

Margit verstand erst gar nicht, was er andeutete, denn es kam ihr völlig unmöglich vor, dass ein Mann, der so alt war wie ihr Vater, noch dazu verheiratet und unattraktiv, etwas von einem jungen Mädchen wie ihr wollen könnte. Erst als er seinen verklausulierten Worten Taten folgen ließ und ihren Busen betatschte, begriff sie und flüchtete aus seinem Büro.

Von da an war der Umgangston frostiger und wenn er mitbekam, dass sie etwas vorhatte, brummte er ihr grundsätzlich Überstunden auf.

Margit beschwerte sich nicht. Die Bezahlung war in Ordnung und das war die Hauptsache. Außerdem war sie verliebt und die Stunden im Büro waren nur dazu da, überstanden zu werden.

Erst wenn sie am Abend die Stempelkarte in den Apparat steckte, begann ihr wahres Leben. Leider war sie immer noch nicht einundzwanzig und musste sich den strikten Regeln ihres Vaters beugen. Aber seit es ihm so schlecht ging, war er weniger streng.

Er war dankbar, dass Margit ihn umsorgte, nachdem es seine Frau nicht tat. Sie verdämmerte die Tage meist in ihrem Zimmer, zog nicht einmal die Vorhänge auf. Als würde sie vollkommen in das Dunkel, das ihre Seele umgab, abtauchen wollen.

Doch Margit würde ihren Vater nie im Stich lassen. Seine Vergangenheit spielte keine Rolle mehr für sie; er war nur noch ein alter, kranker Mann, der ihre Hilfe brauchte.

Was ihr Leben ausmachte, war weder ihr Elternhaus noch ihre Arbeit. Es war Ingo.

Ingo! Allein bei dem Gedanken an ihn lief Margit ein Schauer über den Rücken. Ingo, dessen Küsse in Margit den Wunsch entfachten, nie mehr von ihm getrennt zu sein. Auch er war leidenschaftlich in Margit verliebt, wie er ihr oft ins Ohr flüsterte.

»Oh Baby, was machst du nur mit mir!«, stöhnte er, wenn er über ihren Busen strich und seine Hand tiefer wandern wollte, wo Margit ihn jeweils stoppte. Eigentlich wollte sie überall von ihm angefasst werden, vor allem da unten. Doch das war unerlaubtes Gebiet, selbst wenn sich ihr Körper danach sehnte.

Einmal hatte er ihre Hand genommen und auf sein Geschlecht gelegt, das sich groß und hart unter seiner Jeans abzeichnete. Margit hatte sie erschrocken zurückgezogen.

»Damit du siehst, was du mit mir machst«, sagte er lachend.

Christa bekam von ihrem Hans einen Verlobungsring angesteckt und war überglücklich. Auch Margit wartete darauf, dass Ingo ihr einen Antrag machte. Sie waren beide noch jung, aber sie wollten unbedingt zusammen sein. Und der Beischlaf war der Ehe vorbehalten, das bekam jedes Mädchen schon mit der Muttermilch eingetrichtert. Strauchelte eine, bekam sie den Stempel der Schlampe aufgedrückt.

Margit war durchaus bereit, sich dem gesellschaftlichen Diktat zu beugen. Sie hätte auch ihre ungeliebte Arbeit sofort an den Nagel gehängt, um in einer Ehe mit Ingo Hausfrau zu spielen.

Doch als sie einmal eine diesbezügliche Bemerkung fallen ließ, lachte er nur. Das spießige Konzept der Ehe sei nichts für Freigeister wie ihn, sagte er und gab ihr »Das andere Geschlecht« von Simone de Beauvoir zu lesen.

»Damit du endlich aufwachst«, sagte er. »Schau dich doch um! Keiner redet mehr von den Verbrechen im Dritten Reich. Stattdessen ist es jetzt ein Verbrechen, Sex außerhalb der Ehe zu haben. Die Gesellschaft war nie verlogener.«

Margit las die Bücher, die er ihr gab, und sie ließ endlich zu, dass sich seine Hand in ihre Unterhose schob und dort für nie gekannte Gefühle sorgte. Nur zum letzten Schritt konnte sie sich nicht entschließen.

Mit Ingo trank sie auch wieder Whiskey, die Zeiten des billigen Fusels waren vorbei. Ingo bekam außer der Miete noch jeden Monat einen großzügigen Scheck von seinem Vater. Er musste nicht aufs Geld achten und dass er Margit einlud, wenn sie ausgingen, war selbstverständlich.

Das Rauchen hatte sie sich auch längst angewöhnt. Es war schick und ließ sie erwachsen wirken, genau wie das Trinken.

Ingo wollte nicht mehr länger warten. Er liebte Margit und wenn sie nicht mit ihm schlafen wollte, akzeptierte er das natürlich. Nur wäre es dann besser, sie trennten sich.

Margit erschrak zu Tode. Ein Leben ohne Ingo konnte und wollte sie sich nicht vorstellen. Sie war doch längst bereit, mit ihm zu schlafen, dachte, sie hätte sich seine freigeistigen Ansichten zu eigen gemacht.

———

Doch so leicht war es nicht, die Regeln und Gebote, mit denen sie aufgewachsen war, abzustreifen. Als Christa ihr freudestrahlend ihren Ring unter die Nase hielt, konnte Margit nicht anders, als sie zu beneiden. Mochte es auch spießig sein, Margit wäre gern an ihrer Stelle gewesen.

Doch einen Mann wie Hans hätte sie nie im Leben gegen Ingo eintauschen wollen. Ingo gefiel ihr ja gerade, weil er wild und unkonventionell war und darauf pfiff, was andere sagten. Oft trank er auch zu viel und fuhr lebensgefährlich Motorrad, aber er wollte das Leben spüren, wie er sagte.

Margit trank sich Mut an, denn genau wusste sie nicht, was sie erwartete. Christa konnte ihr leider nichts darüber erzählen, weil sie bis zur Hochzeit warten wollte, und Margit hütete sich, ihr zu verraten, was sie vorhatte.

Sie wusste nicht, ob Ingo irgendetwas von ihr erwarten würde. Und wenn ja, was? Sie war so unsicher, aber er sagte nur, sie solle sich entspannen, und keine Sorge, er würde aufpassen. Er schälte sie aus ihren Kleidern, wobei er sich viel Zeit ließ, sie zu küssen und zu streicheln.

Vielleicht hatte Margit ein bisschen viel von dem Whiskey erwischt, denn das meiste nahm sie anschließend nur verschwommen wahr. Sie war aber ganz froh darüber, denn er machte Sachen mit ihr, von denen sie noch nie gehört hatte.

Ein kurzer Schmerz sagte ihr dann, dass sie keine Jungfrau mehr war, und das machte sie fast ein wenig stolz.

Wie Ingo fühlte sie sich den Spießern, die selbst herumhuren durften, aber so großen Wert darauf legten, bei ihrer Frau der Erste zu sein, haushoch überlegen.

Ingo zündete zwei Zigaretten an und steckte ihr eine davon in den Mund.

»Und? Zufrieden, oder hat es sehr weh getan? Beim ersten Mal ist es nie so toll, aber dabei werden wir es nicht belassen, oder?«, sagte er mit einem süffisanten Grinsen.

Margit küsste ihn. »Ich kann's kaum erwarten.«

Er hatte recht. Sie fand den Akt selbst eher enttäuschend, nachdem das, was er vorher mit ihr angestellt hatte, so erregend gewesen war, aber das spielte keine Rolle.

Sie lag neben dem Mann, den sie liebte, und war so glücklich, dass sie am liebsten gesungen oder getanzt hätte.

Zuvor hatte er Juliette Gréço aufgelegt, denn er fühlte sich den Existentialisten zugehörig. Allerdings fand er auch alles Amerikanische toll, schon allein wegen Elvis und der Jeans. Deshalb nannte er Margit meist *Baby*, was Margit schick fand.

Sie bat ihn, etwas Schnelles aufzulegen und fing an zu tanzen, nackt wie sie war. Ingo machte es ihr nach und sie hüpften beide ausgelassen durch die Wohnung, bis sie erschöpft wieder aufs Bett fielen und sich noch einmal liebten.

Meist holte Ingo sie von der Arbeit ab und sie gingen etwas essen oder gleich in seine Wohnung. Oft kam Margit erst um elf Uhr abends nach Hause, eine Zeit, die für ihren Vater gerade noch akzeptabel war. Aber er hatte sie schon länger nicht mehr kontrolliert oder gefragt, wo sie eigentlich ihre Zeit verbringe.

Sie versorgte ihn nach wie vor, kochte oft am Sonntag für die ganze Woche vor und stellte die fertigen Schüsseln in den Kühlschrank, damit die Mutter das Essen nur aufwärmen musste. Wenn sie ausfiel, weil sie mal wieder nicht aus dem Bett kam, konnte das notfalls auch ihr Vater selbst tun.

Margit war jedes Mal erleichtert, wenn sich bei ihrem Heimkommen im Haus nichts mehr rührte und ihr die Inquisition erspart blieb.

Deshalb dauerte es auch eine Weile, bis sie merkte, dass es ihrem Vater schlechter ging. Bei der kleinsten Anstrengung ging ihm die Luft aus und er musste sich setzen.

Margit wollte ihm das Versprechen abnehmen, zum Arzt zu gehen. Er wehrte zunächst ab.

»Mir fehlt doch nichts Ernstes, ich werde eben alt. Da kann man nichts machen.« Er versuchte zu lachen, bekam aber wieder einen Hustenanfall.

»Versprich mir, dass du hingehst«, beharrte Margit. »Ich mach einen Termin für dich.«

»Wenn du drauf bestehst«, sagte er, »aber das ist wirklich nicht nötig.«

Margit lief in der Mittagspause zu einer Telefonzelle, denn Privatgespräche waren streng verboten und sie wollte ihrem Chef keine neue Gelegenheit zur Schikane bieten.

Sie rief die nächstgelegene Arztpraxis an, die ihr Vater zu Fuß erreichen konnte. Nachdem er dort kein

Patient war, bekam sie erst drei Wochen später einen Termin. Ihre Bitten nützten nichts, denn um einen Notfall schien es sich nicht zu handeln und dafür wäre sowieso die Notaufnahme zuständig, sagte die patzige Sprechstundenhilfe. Margit notierte den Termin, bedankte sich und eilte zurück ins Büro. Ihr Chef hatte sie schon vermisst, er hatte Besuch und sie sollte Kaffee und Cognac servieren.

»Kommt sofort!«, flötete sie in die Gegensprechanlage und verdrehte die Augen. Sie hätte ihn erwürgen können, aber der Gedanke an den Feierabend mit Ingo reichte, um ihn aus ihren Gedanken zu verbannen.

Manchmal hatte sie eine leise Stimme im Hinterkopf, die sie warnte, dass es Glück nicht auf Dauer gebe. *Glück und Glas, wie leicht bricht das*, hatte sie einmal als Kalenderspruch gelesen. Aber solche Gedanken verscheuchte sie schnell.

Der Arzt sagte ihrem Vater, dass er zu einem Herzspezialisten ins Krankenhaus müsse, weil seine Arterien verstopft wären. Vielleicht müsse er sich einer Operation unterziehen.

Margit brauchte eine ganze Weile, um das aus ihm rauszukriegen, denn er wollte ihr wieder weismachen, dass alles gut wäre.

Sie rief in der Klinik an und bekam einen Termin in zwei Monaten. Bis dahin sollte sich ihr Vater eben schonen.

Margit plagten im Moment eigene Sorgen. Ihre Periode blieb aus. Sie hatte nie genau Buch darüber geführt und konnte sich deshalb auch eine ganze Weile vormachen, dass ihre Tage nur verspätet seien. Aber irgendwann nützte es nichts mehr, sich zu belügen. Sie war zweifellos schwanger.

Das musste sie sich nicht nur selbst eingestehen, sondern auch Ingo.

»So ein Mist«, sagte er, »so ein verdammter Mist!« Er nahm sie in den Arm. »Tut mir so leid, dabei hab ich immer aufgepasst. Aber passieren kann trotzdem was.«

Kurz hatte Margit gehofft, diese Nachricht würde ihn vielleicht doch noch zu einer spießigen Ehe bewegen – sie wäre sofort dazu bereit gewesen –, doch seine Reaktion machte diese Hoffnung sofort zunichte.

»Ich bezahle natürlich alles«, sagte er, »mach dir keine Sorgen.«

»Was?«, fragte Margit, obwohl sie natürlich wusste, was er meinte.

»Das Wegmachen«, sagte Ingo. »Ich finde raus, wo du das machen lassen kannst.« Er überlegte. »Ich kenne einen an der Uni, dessen Freundin war auch mal in Schwierigkeiten. Den frag ich.«

»Du weißt, dass das verboten ist.«

»Klar weiß ich das. Aber uns bleibt doch nichts anderes übrig.«

Margit sagte nichts und er sah sie ungläubig an. »Du willst das Kind doch nicht etwa kriegen?« Er lachte verlegen. »Als Vater wäre ich 'ne totale Niete. Auf mich kannst du nicht zählen.«

»Tu ich auch nicht«, sagte Margit. »Besorg einfach die Adresse.«

Zwei Tage später drückte er ihr einen Zettel und dreihundert Mark in die Hand. »Er verlangt zweihundertfünfzig, der Rest ist fürs Taxi. Auf dem Motorrad willst du sicher nicht zurückfahren.«

Er küsste sie, wollte dann mit ihr schlafen, aber ihr war nicht danach.

»Melde dich, wenn du's hinter dir hast, dann unternehmen wir was Schönes«, sagte er, als er sie zur Tür brachte.

Margit saß im Taxi und fuhr zu der Adresse, die ihr Ingo gegeben hatte. Sie versuchte, das, was vor ihr lag, auszublenden und sich auf die Zeit mit Ingo danach zu freuen. Aber es gelang ihr nicht. Als hätte jemand ihre Gefühle abgeschaltet, verspürte sie nur eine dumpfe Leere.

Der Mann, der die Abtreibung vornehmen wollte, war so wenig vertrauensvoll wie seine Wohnung. Das Geld wollte er im Voraus und Margit drückte es ihm in die Hand. Er deutete auf einen Stuhl im Flur und sagte, sie solle sich untenrum freimachen und dann – er deutete auf die Tür rechts – ihm nachkommen.

Margit zog Unterhose und Strümpfe aus und folgte ihm in den Raum, auf den er gezeigt hatte. Es war die Küche.

Der Küchentisch war mit einem Wachstuch abgedeckt und darauf waren die Instrumente ausgebreitet, die er brauchen würde.

Margit hatte sich keine Sekunde überlegt, ob sie das Kind vielleicht haben wolle. Sie dachte an ihr Elternhaus, an ihre Mutter. Nein, eine Mutter wollte sie bestimmt nicht sein. Unter Mutterliebe konnte sie sich nichts vorstellen. Keine Ahnung, ob ihre Mutter sie jemals geliebt hatte. In manchen Momenten vielleicht, aber die waren schnell vorbeigegangen. Jetzt tat sie es jedenfalls nicht mehr. Und Margit liebte das Kind in ihrem Bauch auch nicht. Es störte, es sollte nur weg.

Er sagte ihr, sie solle sich auf den Tisch legen und die Beine aufstellen. Er schaltete eine Lampe ein und grelles Licht strahlte ihren Unterleib an. Es war ihr unangenehm, sich so vor ihm zu zeigen. Sie spürte, wie er Instrumente in sie einführte. Er sprach nicht, erklärte ihr nicht, was er tat, vermutlich hätte sie es sowieso nicht verstanden.

Dann spürte sie plötzlich einen so fürchterlichen Schmerz, dass sie glaubte, ohnmächtig zu werden. Etwas tropfte aus ihr heraus. War das Blut? Er wischte es ab, gab ihr eine Binde und eine Packung Aspirin. Sie solle sich wieder anziehen, sagte er, und dass in den nächsten Tagen noch Schmerzen und Blutungen auftreten könnten. Er rief ihr ein Taxi und brummte eine Verabschiedung.

Sie war gleich nach der Arbeit zu dem Mann gefahren, jetzt war es schon spät und Margit hoffte, ihr Vater wäre bereits im Bett und sie könnte sich auch gleich hinlegen.

Zu ihrer Überraschung brannte noch Licht im Wohnzimmer. Sie ging hinein, sah ihren Vater auf der Couch liegen und röchelnd nach Luft ringen. Er war erschreckend blass und Schweiß rann ihm über das Gesicht.

Ihre Mutter saß daneben.

Margit sah auf den ersten Blick, dass die Situation ernst war. »Um Gottes willen, was hat er?«

»Ich glaube, es ist ein Herzinfarkt«, antwortete die Mutter. »Der Arzt hatte ihm gesagt, dass so etwas passieren könnte.«

»Hast du einen Krankenwagen gerufen?« Margits Stimme war panisch.

»Natürlich«, sagte die Mutter. »Der muss jeden Moment hier sein.«

Margit setzte sich neben ihre Mutter, weil der Schmerz sie jetzt wie eine Welle überrollte. Der Mann hatte ihr gesagt, dass sie damit rechnen müsse, aber nicht, wie schlimm es sein würde.

Sie wartete auf die erlösende Sirene des Krankenwagens, während es ihrem Vater immer schlechter ging.

Margit sah auf die Uhr. »Wann hast du denn angerufen?«

»Kurz bevor du gekommen bist.«

Margit hielt es nicht mehr aus. »Ich rufe nochmal an.« Sie ging zum Telefon und wählte den Notruf.

»Hier nochmal Stadler. Meinem Vater geht es wirklich sehr schlecht. Können Sie mir sagen, wann der Krankenwagen endlich hier sein wird?«

Sie lauschte ungläubig den Worten des Mannes in der Zentrale. »Dann schicken Sie bitte jetzt einen so schnell wie möglich!«, rief sie panisch.

Sie nannte die Adresse und sah dann ihre Mutter an. »Der Mann sagt, es hätte niemand angerufen. Sie schicken erst jetzt einen Wagen.«

»Das muss ein Irrtum sein«, erwiderte die Mutter gleichmütig.

Der Vater hatte inzwischen eine wächserne Gesichtsfarbe und atmete kaum noch.

Eine Viertelstunde später hörte Margit endlich die Sirene des Krankenwagens und öffnete dem Notarzt die Tür.

Der kniete sich neben den Vater, begann sofort mit einer Herzmassage. Doch es war zu spät. Der Arzt schüttelte bedauernd den Kopf. »Wahrscheinlich ein Herzinfarkt oder Schlaganfall. Da zählt oft jede Minute.«

Er drehte sich zu der Mutter um. »Tut mir sehr leid, Frau Stadler. Aber ich kann nichts mehr für Ihren Mann tun.«

Die Mutter nickte teilnahmslos.

Er wandte sich an Margit. »Sie sind die Tochter? Auch Ihnen mein herzliches Beileid.«

Er stellte einen Totenschein aus und sagte der Mutter, sie solle einen Bestatter beauftragen. Dann ging er endlich.

Margit starrte ihrer Mutter ins Gesicht. »Du hast gar keinen Krankenwagen gerufen, oder?« Sie bekam keine Antwort. Die gab sie sich selbst. »Du wolltest, dass er stirbt. Du hast ihn einfach sterben lassen!«, schrie Margit.

Die Mutter sagte immer noch nichts.

»Das verzeih ich dir nie!«, sagte Margit. Sie ging ins Bad und nahm zwei Aspirin, weil die Schmerzen unerträglich wurden. Danach legte sie sich ins Bett und wälzte sich von Krämpfen geschüttelt hin und her. Sie war überzeugt, sterben zu müssen. So allein, wie es auch ihr Vater gewesen war.

Dass sie vor Glück getanzt hatte, war erst wenige Wochen her. Jetzt schien es ihr in einem anderen Leben gewesen zu sein.

26. Kapitel

Britta

2023–2024

Jenny feierte Weihnachten wie immer mit ihrer Mutter und ihren Geschwistern und hatte mich ebenfalls eingeladen. Ich wusste, dass sie das nur gemacht hatte, um mir einen einsamen Abend im Haus zu ersparen. Ich lehnte ab. Mir war nicht so nach fröhlicher Familie.

Natürlich posteten wieder alle ihre Weihnachtsbäume auf Insta und wünschten ihren Followern Merry Xmas. Ein paar Leute schickten ihre Grüße auch auf WhatsApp, unter anderen Philip. Wir hatten in letzter Zeit öfter telefoniert und waren zum Du übergegangen.

Na, du reiche Erbin, schrieb er unter die üblichen Grüße, was macht das schöne Haus? Vergiss nicht, mir Bescheid zu sagen, wenn du verkaufen willst.

Ich schrieb ihm zurück, dass er der Erste wäre, der erfahren würde, wenn es dazu käme, und wünschte ihm ebenfalls Frohe Weihnachten.

Dann aß ich Würstchen mit Kartoffelsalat – so viel Nostalgie musste sein – und holte meinen Laptop, auf dem ich zumindest Netflix hatte.

Die Tage vergingen gleichförmig. Vormittags erledigte ich irgendwas oder kaufte ein, nachmittags war ich bei Margit. Manchmal hatte sie gute Tage, manchmal schlechtere. Schmerzen hatte sie jedenfalls keine, danach fragte ich immer.

»Es ist so schön, dass du da bist. Du bist so lieb«, hatte sie gestern gesagt, und mich damit zu Tränen gerührt.

Sie aß immer weniger und wurde immer dünner; manchmal dachte ich, wenn das so weiterginge, würde sie irgendwann einfach verschwinden.

Silvester kam und als ich aus dem Heim nach Hause ging, hörte ich schon vereinzelt Raketen knallen.

Während der Schulzeit war ich oft mit Jenny zum Friedensengel gepilgert, wo es besonders spektakulär krachte.

»Sollen wir auch diesmal?«, fragte sie.

Ich war unschlüssig. Das neue Jahr wollte ich stets mit einem Feuerwerk beginnen, so schädlich der Feinstaub auch für die Umwelt war. Das Hochgefühl, das ich empfand, wenn die Raketen ihren Sternenregen in den Himmel ergossen, ließ mich jedes Mal glauben, das kommende Jahr würde großartig werden, irgendetwas Fantastisches würde passieren.

Es war dann meistens doch ein Jahr wie alle anderen geworden.

Aber was würde dieses Jahr auf mich zukommen? Meine Mutter würde sterben, daran gab es keinen Zweifel, und ich würde mit vielen ungelösten Rätseln zurückbleiben. Sie jetzt noch mit Fragen über die Vergangenheit zu nerven, schien mir unangebracht.

Ich blieb zu Hause, machte einen Spaziergang durch die verschneite Nachbarschaft, wo auch in vielen Gärten geballert wurde. Der Schnee hatte sich noch nicht in den üblichen Großstadtmatsch verwandelt, glitzerte fast unberührt im Schein der Straßenlampen. Es war so romantisch wie in den kitschigsten Weihnachtsfilmen und machte mir meine Einsamkeit einmal mehr bewusst. Bald würde auch meine Mutter nicht mehr da sein und das stimmte mich unglaublich traurig. Eine Weile gab ich mich meinem Selbstmitleid hin, dann fing ich an zu frieren, weil die Temperaturen unter null gefallen waren. Ich ging nach Hause.

27. Kapitel

Margit

1960–1963

Es blieb Margit überlassen, sich um die Beerdigung ihres Vaters zu kümmern. Ihre Mutter war wieder in Lethargie verfallen und stand nicht auf. Margit war froh, ihr aus dem Weg gehen zu können. Die Mutter hatte neben dem Vater gesessen und ihn sterben lassen, ohne einen Finger zu rühren. Das hatte sie praktisch zugegeben.

Margit wusste nicht, wie man so etwas Schreckliches tun konnte. Die beiden hatten sich nie verstanden, das wusste sie, aber so etwas?

Einmal hatte sie ihre Mutter angeschrien: »Warum lässt du dich nicht endlich scheiden, wenn du es nicht mehr mit ihm aushältst?«

»Dann würde er mich aus dem Haus werfen«, hatte sie gesagt und hinzugefügt, dass sie ihm das Haus niemals überlassen würde.

Margit hatte nicht einsehen wollen, dass man nur aus wirtschaftlichen Gründen zusammenblieb. Aber wie groß der Hass ihrer Mutter gewesen sein musste, hatte sich erst in dieser Nacht gezeigt.

Für Margit war es die schlimmste Nacht ihres Lebens gewesen. Sie hatte solche Schmerzen gehabt, dass sie dachte, sie würde die Abtreibung nicht überleben. Die Blutungen wollten einfach nicht aufhören und sie konnte niemanden um Hilfe bitten.

Unten auf dem Sofa lag ihr toter Vater und Margit war überzeugt, dass es ihr genauso ergehen würde. Vielleicht war das die Strafe für das, was sie getan hatte.

Doch am Morgen ließen die Blutungen nach und die Schmerzen wurden weniger. Sie dachte an ihren Vater. Hatte er vielleicht die Mutter um Hilfe angefleht? Er musste sie zu sich gerufen haben, sonst wäre sie doch nicht bei ihm gesessen. Hatte er dann gemerkt, dass sie keine Hilfe holen würde?

Doch der schlimmste Gedanke von allen war, dass Margit es hätte verhindern können, wenn sie da gewesen wäre. Hat der Vater vielleicht nach ihr gerufen, als er merkte, dass ihn die Mutter wie einen Hund verrecken lassen wollte?

Diese Vorstellung ließ Margit nicht mehr los, verfolgte sie bis in ihre Träume. Sie hasste ihre Mutter für das, was sie getan hatte, und ebenso hasste sie Ingo, der sie zu der Abtreibung getrieben hatte. Doch am meisten hasste sie sich selbst. In Margits Vorstellung verknäulte sich das alles zu einem riesigen Berg von Schuld, der sie erdrückte.

Vom Vater stand noch eine Flasche Schnaps in der Küche. Margit schenkte sich ein Glas ein und danach fühlte sie sich besser. Der Alkohol machte alles etwas leichter.

Auch Christa, die sah, wie ihre Freundin unter dem Tod ihres Vaters litt, bot ihr zum Trost sofort einen Whiskey an. Sie wusste nichts von der Abtreibung und dachte, Ingo hätte Margit sitzen lassen.

»Der hat sowieso nichts Ernstes gewollt«, sagte Christa, und dass sie sein Gerede schon immer doof gefunden hätte. »Schon wie er dich immer *Baby* genannt hat.« Dabei äffte sie seinen Tonfall so übertrieben nach, dass Margit lachen musste.

Inzwischen konnte sie sich kaum mehr erklären, warum sie einmal so verrückt nach ihm war. Die Liebe zu ihm war in jener Nacht gestorben, so als hätte sie nie existiert.

Ihr Ausflug ins Reich der Freigeister hatte ein böses Ende genommen. Margit fühlte sich den Leuten, die er als Spießer geschmäht hatte, wieder sehr viel mehr verbunden.

Nachdem die Flasche in der Küche leer war, kaufte sich Margit eine neue. Sie trank auch vor der Beerdigung ein Glas, sonst hätte sie das Ganze nicht durchgestanden.

Ihre Mutter wollte nicht mitgehen, doch Margit zwang sie dazu.

»Ich lasse nicht zu, dass du Vater vor allen Leuten blamierst«, sagte sie entschlossen.

»Vor welchen Leuten denn?«, fragte die Mutter.

»Wenn du nicht mitkommst, zeige ich dich an, wegen unterlassener Hilfeleistung«, drohte Margit. »Das ist strafbar.«

Margit hatte eine Todesanzeige veröffentlicht, in der stand, dass Mutter und Tochter um den geliebten Mann und Vater trauerten und sie hoffte, dass ein paar Leute, die ihren Vater gekannt hatten, kommen würden. Sie wollte, dass er einen würdigen Abschied bekam.

Christa und Hans wollten ebenfalls zu ihrer Unterstützung kommen.

Es erschienen dann viel mehr Leute, als sich Margit jemals träumen ließ. Ausschließlich Männer. Falls ihr Vater zu seinen alten Kameraden Kontakt gehalten hatte, so wusste es Margit nicht. Vielleicht war es auch die Anzeige, die seine Freunde bewogen hatte, zu seinem Abschied zu kommen.

Dass die Männer, als der Sarg hinuntergelassen wurde, das Lied vom alten Kameraden anstimmten, war noch in Ordnung, aber dass sie anschließend den rechten Arm hoben, um deutlich zu machen, welche Gesinnung sie mit dem Verstorbenen teilten, ließ Margit wünschen, sie wäre an jedem anderen Ort, nur nicht hier.

Ihre Mutter machte sofort kehrt und lief nach Hause. Margit stand es durch, nahm die Kondolenzwünsche seiner Kameraden entgegen, die ihr versicherten, was für ein aufrechter Mann ihr Vater gewesen sei. Einer, der nicht sein Fähnchen nach dem Wind hängte und von denen es leider viel zu wenig gebe.

Auch Christa und Hans kondolierten, wobei ihre Blicke deutlich verrieten, was sie dachten.

Eine Weile stand Margit noch allein am Grab, hin- und hergerissen zwischen der Liebe zu ihrem Vater und der Abscheu vor denen, mit denen er sich gemein gemacht hatte. Was mochte er für Schuld auf sich geladen haben?

Sie musste an den Spruch denken, den sie im Religionsunterricht gehört hatte: Wer von euch ohne Sünde ist, der werfe den ersten Stein.

Sie war es bestimmt nicht, also hatte sie auch kein Recht, ihn zu verurteilen.

»Ruhe in Frieden, Papa!«, flüsterte sie, bevor sie ging.

Zu Hause schenkte sie sich ein weiteres Glas ein. Mit

ihrer Mutter wollte sie nicht reden. Sie würde ihr vielleicht vorwerfen, dass Margit sie gezwungen hatte, diesem Schauspiel beizuwohnen. Dabei war sie die Letzte, die andere anprangern dürfte, dachte Margit wütend.

Sie verbrachten auch die nächste Zeit in Schweigen. Die Mutter zog sich noch mehr zurück in ihr Schneckenhaus, Margit war ohnehin den ganzen Tag bei der Arbeit.

Die Stimme ihres Chefs knarrte durch die Gegensprechanlage.

»Fräulein Stadler, zu mir ins Büro!«

Sie nahm ihren Stenoblock und folgte seiner Anweisung.

»Fräulein Stadler, ich musste in den vergangenen Tagen öfter feststellen, dass Sie nach Alkohol riechen. Bereits am frühen Morgen!«

Margit konnte geradezu fühlen, wie sie rot anlief. Sie fing an zu stottern. »Ich ... das kommt bestimmt nicht wieder vor ... es ist nur ... weil mein Vater gestorben ist. Es tut mir leid.«

Ihr Chef betrachtete sie mitleidslos. »Das Ableben Ihres Vaters ist bestimmt bedauerlich, aber sicher kein Grund, sich dem Alkohol hinzugeben. Wenn alle, deren Angehörige im Krieg gefallen sind, getrunken hätten, wären wir ein Volk von Alkoholikern. Wir sind noch mit einer gewissen Härte erzogen worden und das hat uns bestimmt nicht geschadet. Heutzutage wird die Jugend vollkommen verweichlicht.«

Margit registrierte, was ihr Chef damit andeutete, und ergriff die Chance, ihren Posten zu retten. »Ich weiß nicht, was ich mir dachte, mich so gehen zu lassen«, sagte sie reumütig. »Mein Vater wäre der Erste gewesen, der mich deswegen getadelt hätte. Er hat Schwäche verachtet.«

»Dann hat er sicher für das Vaterland gekämpft?«, fragte ihr Chef.

»Ja, und er war immer stolz darauf.«

»Dann will ich mal großzügig sein und über Ihre Verfehlungen hinwegsehen«, sagte der Vorgesetzte. »Ich kann verstehen, dass Sie Ihren Vater sehr vermissen. Aber das war das letzte Mal. Reißen Sie sich zusammen!«

»Das werde ich ganz bestimmt«, versprach Margit. »Vielen Dank für Ihr Verständnis!«

Sie machte, dass sie rauskam und nahm sich vor, das Trinken wieder sein zu lassen. Auch Christa hatte neulich gefragt, ob sie es damit nicht ein bisschen übertreiben würde.

Zuhause leerte sie den Schnaps in den Ausguss. Nur einen kleinen Rest ließ sie noch in der Flasche. Für Notfälle.

Margit besaß keinen Fernseher, aber bei Christa, die seit neuestem stolze Besitzerin eines Geräts war, schauten sie zusammen die Sendung *Das Dritte Reich*.

»Das hätten sich die Typen mal ansehen sollen, die bei deinem Vater auf der Beerdigung waren«, sagte Christa. »Weißt du eigentlich, was er in der Zeit gemacht hat?«

Margit schüttelte den Kopf. Dass er bei der SA war, würde sie bestimmt niemandem erzählen.

»Hast du ihn mal danach gefragt?«, bohrte Christa weiter.

»Nein«, sagte Margit und musste daran denken, wie stolz sie auf seine Gesinnung gewesen war, weil sie genauso gedacht hatte. Aber das war lange her und sie erinnerte sich nur höchst ungern daran.

Abgesehen von Christa und Hans hatte Margit keine Freunde.

Im Betrieb war man eher neidisch auf sie, weil sie aufgrund ihres Abiturs bevorzugt behandelt wurde. Außerdem war sie hübsch und zog die Blicke der Männer auf sich.

Auch mit dem üblichen Bürotratsch konnte Margit wenig anfangen und war deshalb von Anfang an eine Außenseiterin. Dass sich die Kollegen, die sich mit ihr verabreden wollten, stets einen Korb holten, trug mit zu ihrem Ruf bei, arrogant zu sein und sich für was Besseres zu halten.

Die Trennung von Ingo war fast zwei Jahre her und Christa war der Meinung, dass ihre Freundin wieder einen Freund bräuchte. Aber die Männer, mit denen sie Margit verkuppeln wollte, interessierten Margit nicht.

Studenten gehörten eigentlich nicht zum Freundeskreis von Hans, aber genau wie Ingo war auch Manfred mit Hans zur Schule gegangen und ihre Verbindung hatte die Jahre überdauert. Bei einer Party, die Hans und Christa schmissen, lernte Margit ihn kennen.

Er saß den ganzen Abend bei ihr und sie redeten über alles Mögliche. Endlich jemand, der sich nicht nur für Klatsch interessierte und mit dem sich Margit gut unterhalten konnte. Natürlich wurde auch Alkohol getrunken, es war schließlich eine Party. Cola mit Rum war derzeit angesagt und Margit wäre sich komisch vorgekommen, als Einzige abzulehnen. Aber sie nahm sich fest vor, es nicht wieder zu übertreiben.

Manfred brachte Margit in seinem klapprigen VW nach Hause und küsste sie, bevor sie ausstieg. Es fühlte sich angenehm an und Margit erwiderte den Kuss.

Am nächsten Tag holte er sie von der Arbeit ab und sie gingen auf die Leopoldstraße, was trinken. Der *Hahnhof* war bei den Studenten beliebt, weil es dort das Brot zu den Getränken umsonst gab.

Manfred wohnte in einer WG mit drei anderen Studenten und Margit wurde bald Teil seiner Clique. Irgendwann schlief sie auch mit ihm, weil er das erwartete. Sie war nicht in ihn verliebt, aber sie genoss es, Freunde zu haben und beteiligte sich gern an den Debatten, bei denen sich alle die Köpfe heiß redeten. Sie übernachtete jetzt öfter in der WG, es war ja niemand mehr da, der es ihr verboten hätte.

Margit hätte liebend gern zu den Studenten gehört, statt langweilige Büroarbeit zu erledigen und ihrem Chef, den sie seit dem letzten Gespräch besonders verabscheute, Kaffee zu kochen.

Manchmal dachte sie mit Wehmut an die Zeit, in der sie zu den Besten in der Schule gehört hatte. Sie hätte auch locker ein Studium geschafft. Aber selbst wenn sie ein Einser-Abitur hingelegt und ein Stipendium erhalten hätte, hätte ihr Vater ihr nie erlaubt zu studieren.

Es war sicher nicht allein das Finanzielle, vermutete Margit. Er hätte es nicht ertragen, dass sie so viel mehr als er wusste, ihm überlegen war.

In gewisser Weise war es sogar tröstlich, dass er es nie erlaubt hätte. So war es nicht ihr Versagen allein, mit dem sie sich die Zukunft versaut hatte.

Sie hatte natürlich Angst, wieder schwanger zu werden, aber ein Freund von Manfred, dessen Vater Gynäkologe war, vertickte ohne dessen Wissen Rezepte für die Antibabypille, die sonst nur an verheiratete Frauen abgegeben wurde.

Margit glaubte zwar, dass die Abtreibung so viel bei ihr kaputt gemacht hatte, dass sie sowieso nicht mehr schwanger werden würde, aber sie ging lieber auf Nummer sicher. Noch einmal würde sie so etwas nicht durchstehen wollen.

Der Münchner Sommer zeigte sich von seiner besten Seite und meist ging Margit mit den Freunden aus der WG abends noch auf die Leopoldstraße. Im *Nest*, ihrem bevorzugten Café, oder im *Hahnhof* trafen sie immer irgendwelche Bekannte.

Sie hörten gerade einer Gruppe von Straßenmusikern zu, als plötzlich die Polizei auftauchte. Anwohner hatten sich gestört gefühlt, weil es bereits nach zehn war, hieß es. Als die Polizisten die fünf Musiker abführten und sie in den Streifenwagen verfrachten wollten, protestierten die Umstehenden lautstark. Die Polizisten riefen Verstärkung. Weitere Streifenwagen kamen und die Polizisten prügelten wild in die Menge, die nicht daran dachte, das Feld zu räumen.

Margit verlor ihre Freunde in dem Tumult und bekam einen Schlag ab, der sie zu Boden stürzen ließ.

Einen Moment fürchtete sie sogar, zertrampelt zu werden, doch dann schaffte sie es irgendwie, sich aus dem Pulk zu befreien und nach Hause zu kommen.

Ihr Schädel brummte noch von dem Schlag, den sie abgekriegt hatte, trotzdem ging sie mit den anderen am nächsten Abend wieder auf die Leopoldstraße. Es war das erste Mal, dass sie sich gegen die Obrigkeit auflehnte, und obwohl sie dabei Angst verspürte, fühlte es sich gut an.

Vier Tage lang tobten noch regelrechte Straßenschlachten und viele der Studenten, auch Manfred und sein Freund Thomas, wurden verhaftet. Doch mit dem Protest hatten sie ein Zeichen gesetzt. Die Jungen würden sich dem Diktat der Staatsmacht nicht mehr länger beugen.

Manfred kam aus dem Gefängnis und war um einiges wütender als zuvor. Margit und er stritten jetzt häufig und das Ende ihrer Beziehung war absehbar. Margit war nicht besonders traurig darüber.

Von der Idee einer Heirat hatte sie schon lange vorher Abschied genommen. Mit Ingo, ihrer ersten Liebe, wäre sie noch auf diese romantische Illusion hereingefallen, hätte er ihr diesen Zahn nicht rechtzeitig gezogen. Doch er hatte ihn ihr gleich mit der ganzen Wurzel ausgerissen und sie für alle Zeit kuriert.

Im Nachhinein schien es Margit ein geradezu absurder Gedanke gewesen zu sein, dass ausgerechnet sie es hinkriegen könnte, eine glückliche Ehe zu führen. Um zu sehen, wie ein Paar sich hassen konnte, gab es doch kein besseres Anschauungsmaterial als ihre Eltern. Wahrscheinlich hatte es irgendwann auch einmal mit Liebe begonnen.

Selbst Christa, die Margit immer glücklich wähnte, saß jetzt mit einem Kind zu Hause, war mit einem zweiten schwanger und haderte mit ihrem Hausfrauenschicksal.

Nein, heiraten würde Margit ganz bestimmt nicht, und die Pille garantierte ihr und allen Frauen eine Freiheit, die es bisher nicht gegeben hat.

Die meiste Zeit übernachtete sie jetzt in der Wohngemeinschaft und freundete sich mehr und mehr mit Uwe an. Manfred war es egal, er wollte ohnehin ausziehen.

Daheim hätte es Margit wesentlich komfortabler gehabt, aber seit Vaters Tod war die Luft zwischen der Mutter und ihr vergiftet. Keiner von ihnen sprach an, was passiert war, auch über die Beerdigung wurde kein Wort verloren. Aber das Unausgesprochene stand wie eine Wand zwischen ihnen. Wenn sie miteinander redeten, dann höchstens über irgendwelche Vorräte, die eingekauft werden mussten.

Als Manfred aus der WG auszog, boten die Jungs Margit an, bei ihnen einzuziehen. Sie nahm an. Es war laut und chaotisch in der Wohnung, aber gerade das gefiel ihr. Das Putzen blieb zwar meist an ihr hängen, aber das machte ihr nichts. Auch dass sie oft die Einkäufe bezahlte, fand sie in Ordnung. Sie war die Einzige, die bereits richtig Geld verdiente, die anderen mussten mit ihren schlecht bezahlten Studentenjobs über die Runden kommen.

Bei den hitzigen Diskussionen, die oft über die Generation der Väter und ihre Rolle in Nazi-Deutschland geführt wurden, hielt sich Margit zurück. Sie konnte sich vorstellen, was ihre Freunde sagen würden, wüssten sie, dass ihr Vater ein überzeugter Nazi gewesen war und Margit ihn lange dafür bewundert hatte.

Das war immer noch der Teil ihrer Vergangenheit, für den sie sich schämte und den sie lieber verschwieg. Wie hätte sie auch erklären können, dass sie ihren Vater trotz allem geliebt hatte. Ein Konflikt, mit dem sie selbst nie fertig geworden war.

Margit hatte es nie gewagt, ihren Vater nach seiner Rolle im Dritten Reich zu fragen. Doch was sie über die SA gehört und gelesen hatte, war schlimm genug. Manchmal wünschte sie, er wäre im Krieg gefallen wie Christas Vater. Dann wäre sie nicht in diesem Zwiespalt, müsste sich nicht damit auseinandersetzen.

Gerade hatte der Auschwitz-Prozess begonnen und Uwe, der Jura studierte, hatte einen Fernseher organisiert, damit sie die Übertragung in der WG verfolgen konnten. Bei den Ungeheuerlichkeiten, die bei der Vernehmung der Zeugen zur Sprache kamen, hatte Margit wieder die Worte ihres Vaters im Ohr und fühlte sich nur noch scheußlich.

Den Aufenthalt ihrer Mutter in der Nervenklinik hatte sie lange vergessen. Jetzt fiel er ihr wieder ein. Der Mutter waren die Bilder aus dem KZ damals so nahegegangen, dass sie einen Nervenzusammenbruch erlitten hatte.

Margit hatte solche Bilder inzwischen auch gesehen. Sie waren schrecklich, kaum auszuhalten, aber ein Nervenzusammenbruch?

Zum ersten Mal überlegte sie, ob die Mutter vielleicht jemanden gekannt hatte, der in einem dieser Lager umgekommen war.

28. Kapitel

Britta

2024

Ich ging weiterhin jeden Tag ins Heim zu Margit. Selbst wenn wir oft nicht miteinander sprachen, wollte ich so viel Zeit wie möglich mit ihr verbringen. Anfangs hatte ich noch krampfhaft versucht, etwas zu erzählen, mittlerweile vertraute ich darauf, dass sie meine Gegenwart spürte. Die Pfleger hatten ihr ein Radio ins Zimmer gestellt, auf dem ein klassischer Sender als Hintergrundgeräusch lief.

Als ich ihr anfangs einen Fernseher oder ein Radio bringen wollte, lehnte sie ab, sagte, sie unterhalte sich lieber mit den anderen. Doch sie war längst zu schwach, um in den Aufenthaltsraum zu gehen.

Wenn Margit etwas sagte, dann bezog sich das meist auf imaginäre Personen, die sie zu sehen glaubte und mit denen sie sprach.

Einmal, es war draußen schon dunkel, sah sie aus dem Fenster und stupste mich an.

»Da ist die Mutti, siehst du sie auch?«, fragte sie aufgeregt. Ich half ihr, sich etwas aufzurichten. »Hallo, Mutti!«, sagte sie noch, bevor sie wieder verstummte und in ihre Kissen zurücksank.

Für einen Augenblick hatte sich für Margit die Grenze zwischen Diesseits und Jenseits aufgelöst. Ein Moment, der mich sehr berührte, weil ich spürte, dass es nun nicht mehr lange dauern würde.

Jenny war der Meinung, ich müsste mich auch einmal ablenken. Sie hielt mir das Handy mit der Einladung zum jährlichen Treffen unseres Gymnasiums unter die Nase.

Früher hatte ich diese Mails auch regelmäßig bekommen, aber nachdem ich nie darauf reagierte, hatte man mich wohl von der Liste gestrichen.

Ich hatte nie Lust gehabt, für so ein Treffen extra nach München zu fliegen. Meine einzig gute Freundin in der Klasse war Jenny gewesen, was aus den anderen geworden war, kümmerte mich herzlich wenig.

Es interessierte mich auch jetzt nicht, aber Jenny ließ nicht locker, sagte, es sei schließlich kein Aufwand mehr für mich, da ich in München sei, und brachte noch zig andere Argumente, warum ich mit ihr hingehen sollte.

Am Ende ließ ich mich dazu breitschlagen.

Die Frauen, die das Event seit Jahren organisierten, hatten einen Nebenraum in einem Restaurant gemietet. Die schummrige Beleuchtung erinnerte mich an den Abiball zu später Stunde, als mich Torsten mit schwitzigen Händen angrabschte und versuchte, mir die Zunge in den Hals zu stecken.

Ich fragte Jenny, ob er hier sei. Sie zeigte auf einen smarten Typen im Slimfit-Anzug, der dazu angesagte Sneaker trug. Wie so viele hier, hätte ich ihn nie mehr erkannt. Keine Spur vom pickeligen Torsten von früher.

Er hatte mich ebenfalls erspäht. »Britta, oder? Dass du dich auch mal blicken lässt!«

»Ich bin gerade in München«, sagte ich, »und Jenny hat mich mitgeschleppt.«

»Wo lebst du sonst und was treibst du so?«

Sicher erwartete er eine megaspannende Zusammenfassung meines Daseins in den letzten fünfundzwanzig Jahren. Solche Treffen waren eine ideale Bühne für die, die es geschafft hatten, um die anderen damit gebührend zu beeindrucken. Leider hatte ich nichts dergleichen zu bieten und drehte den Spieß schnell um.

Torsten ließ sich nicht zweimal bitten. Als ich ihn fragte, erzählte er von seiner Firma – irgendwas mit Consulting –, die selbstredend glänzend lief, erwähnte regelmäßige New-York-Flüge und hippe Hotels. Was High-Performer eben so schwätzen, schloss er mit wohlkalkulierter Selbstironie.

Ich sah mich schon hilfesuchend nach Jenny um, als er noch hinterherschob, dass er damals total verknallt in mich gewesen sei. Das fand ich dann doch ziemlich süß.

»Aber du wolltest leider nichts von mir.«

»Du hattest ziemlich viele Pickel«, sagte ich, »die haben mir wohl den Blick auf dein Inneres verstellt.«

Er lachte. »Hat sich gegeben, oder?« Torsten flirtete mit mir, legte sich mächtig ins Zeug, um mich mit seinem Charme umzuhauen.

»Bist du noch länger in München?«, fragte er und sagte, dass er mich immer noch ziemlich heiß fände. Er hatte tatsächlich *heiß* gesagt, was mich etwas irritierte. Ich sagte ihm, dass ich gerade meine Mutter beim Sterben begleitete, aber sicherlich noch die Zeit für einen heißen Flirt fände.

Er sah mich unsicher an, wusste nicht, ob das vielleicht ein geschmackloser Scherz von mir war. Er tat mir fast leid.

»Entschuldige, ich bin nicht in Stimmung, ich hätte nicht kommen sollen.«

»Schon gut«, sagte er entschuldigend und beeilte sich, wegzukommen.

Die meisten Frauen, die da waren, hatten Familie. Manche waren schon wieder geschieden und zogen über ihre Ex-Männer her, andere über ihre pubertierenden Kinder, die zu unausstehlichen Monstern mutiert waren. Manche waren nach den Kindern aus dem Leim gegangen, andere hatten sich gut gehalten. Und fast alle klagten über die Belastung, die Kinder und Beruf mit sich brächten, und taten so, als beneideten sie mich um meine Freiheit.

Ich war mir sicher, dass sie, sobald ich mich umdrehte, über mich herziehen würden und mein Dasein bedauernswert fänden.

»So ganz ohne Verpflichtungen, das stelle ich mir herrlich vor«, sagte Charlotte, die seit *Sex and the City* ihren Vornamen englisch aussprach.

»Stell dir vor, du könntest zum Christmas Shopping einfach nach New York fliegen!«, sagte sie zu ihren geknechteten Freundinnen, denen solches Vergnügen wegen familiärer Verpflichtungen versagt war.

»Mache ich jedes Jahr«, sagte ich, »New York zu Weihnachten ist wirklich mega!« Für einen Moment genoss ich die doofen Blicke der anderen, die sich nicht sicher waren, ob ich sie verarsche.

Ich machte, dass ich wegkam. Für einen Abend hatte ich genug von New York gehört. Eine Weile stand ich vor dem Restaurant und atmete die kalte Nachtluft ein.

Torsten kam mir nach.

»War das ernst, was du über deine Mutter gesagt hast?«, fragte er.

Ich nickte.

»Meine Mutter ist letztes Jahr gestorben«, sagte er. »Das war unglaublich hart für mich.«

»Das tut mir leid.«

»Sie war der wichtigste Mensch in meinem Leben. Ich vermisse sie heute noch jeden Tag.«

»Meine Mutter und ich, wir haben uns eigentlich nie verstanden, aber jetzt ist es anders und ich ... ich bin einfach traurig.«

»Sollen wir noch was trinken gehen? Vielleicht magst du mir von ihr erzählen?«

»Ja, das wäre schön«, sagte ich.

Irgendwann sollte ich wirklich an meiner Menschenkenntnis arbeiten, nahm ich mir vor.

29. Kapitel

Margit

1965

Margit schaute immer seltener zu Hause vorbei. Anfangs hatte sie sich noch verpflichtet gefühlt, einmal die Woche hinzugehen, war aber nie mehr über Nacht geblieben. Ihre Mutter kam allein zurecht und Margit hatte keine Lust, das turbulente Leben in der Wohngemeinschaft gegen das düstere Schweigen in dem viel zu großen, leeren Haus zu tauschen.

Sie war jetzt mit Uwe zusammen und hatte sich auch einen anderen Job gesucht. Wieder im Büro, aber mit mehr Verantwortung, und ihr neuer Chef war bei weitem angenehmer als der vorige und ging ihr auch nicht an die Wäsche.

Die Studentenproteste, die in den Unis begonnen hatten, waren zu einem Flächenbrand angewachsen, der sich auf den Straßen fortsetzte und längst nicht mehr nur Studenten betraf. Wenn es ihre Arbeitszeit zuließ, lief auch Margit mit bei den Demos.

Manchmal musste sie dabei an ihren Vater denken, der zum Glück nicht mehr lebte. Denn gegen ihn hätte sie es nicht gewagt, aufzustehen. Das Demonstrieren war für sie auch ein Versuch, sich von der eigenen Vergangenheit reinzuwaschen.

Als es an der Tür klingelte, ahnte Margit nicht, dass die Vergangenheit dabei war, sie mit aller Macht einzuholen.

Draußen stand ein Polizist.

»Margit Stadler?«, fragte er und bat sie mitzukommen.

Er fuhr mit ihr nach Hause, führte sie ins Schlafzimmer.

Dort lag ihre Mutter im Bett und über sie beugte sich ein Notarzt.

Es war wie ein Déjà-vu. Für einen Moment war Margit wieder in die Nacht zurückversetzt, in der ihr Vater starb. Die Bilder verschwammen vor ihren Augen und sie musste sich an einem Stuhl festhalten.

Genau wie damals schüttelte der Notarzt auch jetzt den Kopf.

Er drehte sich zu Margit um. »Sind Sie die Tochter? Mein herzliches Beileid.«

»Was ist passiert?«, wollte Margit wissen.

Er deutete auf das leere Tablettenröhrchen auf dem Nachttisch. »Sie hat Tabletten genommen.«

Margit sah ihn entsetzt an. »Sie hat sich ...?«

Der Notarzt nickte. »Ein Suizid, ja.«

Margit stand da wie versteinert. Es war sicher drei Wochen her, seit sie ihre Mutter das letzte Mal gesehen hatte. Sie hatte endlich ihr eigenes Leben führen wollen, ohne auf andere Rücksicht nehmen zu müssen. Und wieder war sie mit grausamen Schuldgefühlen damit gestraft worden.

Sie näherte sich vorsichtig dem Bett, in dem ihre Mutter lag. Der Notarzt hatte ihr die Augen geschlossen.

Fremd sah sie aus, aber fremd war sie Margit auch immer geblieben.

War der Krieg daran schuld, der sie in den entscheidenden Lebensjahren von ihr ferngehalten hatte?

Solange sich Margit erinnern konnte, war die Mutter von schwarzen Schatten umgeben gewesen, die ihr das Leben zur Qual gemacht hatten.

»Der Postbote hat uns gerufen«, sagte der Polizist, »weil ihm auffiel, dass der Briefkasten nicht mehr geleert worden war. Da haben wir uns Zugang verschafft und sie gefunden.«

Der Postbote, dachte Margit. Der Postbote musste die Polizei rufen, weil sich die Tochter einen Dreck um ihre Mutter geschert hatte.

Der Polizist hatte einen Brief in der Hand. *FÜR MEINE TOCHTER,* stand in Druckbuchstaben darauf.

»Sie hat einen Abschiedsbrief für Sie hinterlassen.«

Margit nahm den Umschlag entgegen. »Danke«, sagte sie und wünschte nur, alle würden endlich das Haus verlassen und sie mit ihren Gedanken allein lassen.

»Ja, für uns bleibt hier nichts mehr zu tun«, sagte der Polizist. »Wir mussten die Tür aufbrechen, das Schloss müssen Sie erneuern lassen.«

Margit nickte. Dann waren sie endlich draußen.

Eine ganze Weile konnte sie sich nicht dazu entschließen, den Brief zu öffnen. Sie fühlte sich so furchtbar elend und ahnte, dass die letzten Worte ihrer Mutter ihr nichts von ihrer Schuld nehmen würden.

Nachdem sie lange ruhelos auf und ab gelaufen war, setzte sie sich auf einen Stuhl neben dem Bett und riss den Umschlag auf.

Das Sütterlin, in dem ihre Mutter schrieb, hatte sie noch als Kind gelernt, aber es kostete sie einige Mühe, es jetzt zu entziffern.

———

Der Brief war lang und Margit las fassungslos Seite um Seite, die die Mutter mit ihrer sorgfältigen Schrift gefüllt hatte.

Dann war sie am Ende angelangt.

Sie stand auf und schlug gegen alles, was ihr im Weg stand, bis ihre Knöchel blutig waren.

»Warum hast du mir nie etwas davon gesagt!«, schrie sie ihre tote Mutter an. »Warum nur hast du mir denn nichts gesagt?« Die Tränen strömten ihr über das Gesicht, während sie ihre Mutter immer weiter verzweifelt anschrie und nicht damit aufhören konnte.

Aber sie wusste, warum die Mutter nie etwas gesagt hatte. Weil Margit als überzeugte Nationalsozialistin aus dem Lager der Kinderlandverschickung kam und ihren Vater vergötterte, weil der ebenfalls ein Nazi war.

Aus der Nervenheilanstalt war sie gebrochen zurückgekommen, hatte sich nur noch einmal gegen den Vater aufgelehnt, als sie durchsetzte, dass Margit auf die höhere Schule kam. Sie hätte sich gewünscht, dass Margit Medizin studierte, wie ihr Vater David Goldmann. Als Margit daran dachte, konnte sie gar nicht mehr aufhören zu weinen.

Sie weinte um all das, was hätte sein können. Um ihre Mutter, der sie nicht geholfen hatte, und um den fremden Vater, den der, den sie als Vater geliebt hatte, auf dem Gewissen hatte.

Der Brief schloss mit der Forderung, das Haus niemals zu verkaufen. David Goldmann sollte in Ehren gehalten werden. Sein Geist und auch Margit als Teil von ihm sollten in dem Haus weiterleben.

»Ich versprech's dir, Mama«, flüsterte Margit. »Ich schwör's dir.«

Später, als sie keine Tränen mehr hatte, ging sie in den Lebensmittelladen und kaufte Schnaps. Sie betrank sich so sinnlos wie nie zuvor in ihrem Leben. Am nächsten Morgen trank sie weiter. In die WG kehrte sie nie mehr zurück.

30. Kapitel

Britta

2024

Am Vormittag bekam ich den Anruf. Die Frühschicht hatte Margit tot im Bett gefunden. Ich fuhr ins Heim. Ich war lange darauf vorbereitet, die Nachricht kam nicht überraschend.

Doch als ich die zwei Gipsengel vor ihrer Tür stehen sah, die einen schwarzen Kunstblumenstrauß einrahmten, musste ich schlucken. Es war albern, das wusste ich. Die Requisiten waren sicher Routine, wurden in einem Sterbefall vor die Tür gestellt. Dennoch berührten sie mich.

Ich ging zu ihr ins Zimmer, betrachtete Margits eingefallenes Gesicht und hoffte, dass ihre Mutter, die Margit zuletzt gesehen hatte, sie bei diesem letzten Gang an die Hand genommen hatte.

Lange hielt ich Zwiesprache mit ihr. Ich sagte ihr, wie leid es mir täte, dass es erst ihre Krankheit gebraucht hatte, um uns zusammenzubringen, und wie sehr ich die Zeit, die wir miteinander hatten, zu schätzen gewusst habe.

Ich dachte an alles, was gewesen war, und war dankbar dafür, dass wir uns zuletzt doch lieb hatten.

Was wäre es für ein bitterer Abschied geworden, ohne die versöhnlichen Worte, die wir uns am Ende noch gesagt hatten.

Der Arzt, der die Leichenschau machen sollte, klopfte. Ich sagte ihm, dass er hereinkommen könne.

Die Heimleitung sprach mir ihr Beileid aus und fragte mich, welches Beerdigungsunternehmen ich beauftragen wollte.

Ich versprach, mich darum zu kümmern.

Jenny kam abends und umarmte mich, ohne etwas zu sagen. Sie wusste, wie mir zumute war, und ich war dankbar, dass sie mich mit irgendwelchen Floskeln verschonte.

Ich suchte ein Beerdigungsunternehmen im Internet und machte einen Termin. Für eine Urnenbeisetzung hatte ich mich aus Umweltgründen schon zuvor entschieden. Trotzdem musste ich einen Sarg aussuchen, und die Mitarbeiterin fragte mich, ob ich das Kleid bringen wollte, in dem Margit eingeäschert werden würde.

Ich suchte das schönste Kleid aus ihrem Schrank aus, obwohl auch das albern war. Aber ich wollte, dass sie noch einmal schön aussehen sollte. Ich wählte auch eine Urne aus und den Blumenschmuck.

Ob ich eine christliche Beerdigung wünsche, fragte mich die Frau. Ich wusste nicht einmal, ob Margit in der Kirche war. Mich hatte sie nicht taufen lassen.

Wie sich herausstellte, war sie aber katholisch getauft worden und nie aus der Kirche ausgetreten.

»Dann soll sie auch ein Pfarrer beerdigen«, sagte ich.

Ich traf mich dann mit dem Pfarrer, dem ich für seine Trauerrede etwas über Margit erzählen sollte. Ich sagte ihm ehrlich, dass ich sie eigentlich kaum gekannt hatte, sich das erst zum Schluss geändert hatte.

Er fand es schön, dass wir uns am Ende so nahe

waren. Das würde er viel lieber sagen als die ganzen ver-
logenen Lobhudeleien, die die meisten Angehörigen von
ihm hören wollten.

Jenny fragte, was ich denn jetzt mit dem Haus vorhätte,
denn das Nachlassgericht würde mich zweifellos zu ihrer
Alleinerbin erklären. Es gab ja sonst niemanden.

Ich wusste es nicht. Ich hatte Margit versprochen, es
nicht zu verkaufen, aber ich hatte nie verstanden, warum
ihr das so wichtig war.

Zum Glück musste ich jetzt noch keine Entscheidung
treffen. Nach der Beerdigung war noch genug Zeit dafür.
Ich wusste auch immer noch nicht, ob ich in München
bleiben wollte oder nicht.

Die Frauen auf dem Klassentreffen, die mich angeblich so um meine Freiheit beneidet hatten, behielten
recht. Ich hatte tatsächlich keinerlei Verpflichtungen
mehr, konnte tun und lassen, was immer ich wollte. Ich
müsste nur wissen, was ich wollte. Aber das wusste ich
nicht.

31. Kapitel

Margit

1980

Margit hatte ihren Job verloren. Nur weil sie einmal angeheitert zur Arbeit erschienen war. Es war ihr egal. Sie würde einen neuen finden. Sie war gut in dem, was sie tat, und meistens riss sie sich auch zusammen.

Sie redete sich ein, dass sie keinen Alkohol brauchte, jederzeit aufhören konnte zu trinken, wenn sie wollte. Sie wollte aber nicht.

Christa hatte das Thema einmal angesprochen, als sie Margit besuchte und die Batterie leerer Flaschen in der Küche sah.

Mit Christa und Hans war Margit nach wie vor befreundet, doch Hans hatte sich geweigert, Margit weiter einzuladen. Er fand ihren Alkoholkonsum bedenklich, Margit hatte mehr als einmal bei ihnen zu viel getrunken. Also war Christa dazu übergegangen, Margit zu Hause zu besuchen, wenn sie sich sehen wollten.

Christa deutete auf die leeren Flaschen in der Küche. »Du trinkst langsam ein bisschen viel, meinst du nicht auch?«

»Die sind von Monaten«, wiegelte Margit ab. »Ich habe den Haushalt etwas schleifen lassen, es gab so viel in der Firma zu tun.« Sie schenkte sich ein neues Glas

Wein ein und wollte auch Christa nachschenken. Die schüttelte den Kopf.

»Ich bin deine Freundin, deshalb will ich ehrlich sein. Ich glaube, du hast das nicht mehr unter Kontrolle. Du solltest etwas dagegen unternehmen.«

»Spar dir dein Wort zum Sonntag, ich hab alles unter Kontrolle.«

»Dann ist es ja gut«, erwiderte Christa. »Bist du denn noch mit Michael zusammen? Den hab ich schon lang nicht mehr hier gesehen.«

»Wir haben schon vor Wochen Schluss gemacht.« Margit zuckte die Achseln. »Aber andere Mütter haben auch hübsche Söhne. Ich habe mich ja nicht unter das Joch der Ehe zwingen lassen«, sagte sie lachend.

»Verheiratet zu sein ist vielleicht langweilig, da hast du schon recht. Aber eine Familie zu haben, ist etwas Schönes. Meine Kinder ...« Christa machte eine Pause. »Was einem Kinder bedeuten, weiß man wohl nur, wenn man selber welche hat.«

»Wahrscheinlich ist dem so«, erwiderte Margit. »Das weiß ich nicht und ich will es auch nicht wissen. Außerdem ist der Zug bei mir ohnehin abgefahren. Aber du hast wunderbare Kinder«, setzte sie schnell hinzu, »das hätte ich nie im Leben hingekriegt.«

Sie drehte sich übermütig vor Christa. »Lass uns heute Abend ausgehen! Dein Mann ist auf Geschäftsreise, es spricht nichts dagegen, dass wir zwei uns ein bisschen amüsieren.«

Christa zögerte.

»Ach komm schon«, bettelte Margit, »lass uns ein bisschen Spaß haben!«

»Okay«, ließ sich Christa breitschlagen, »aber nicht so lange, ich muss früh aufstehen und du doch auch.«

Christa hatte vor einem Jahr wieder zu arbeiten angefangen. Die Kinder waren schon groß und ihr war es daheim zu langweilig geworden. Lieber beschwerte sie sich über die anstrengende Arbeit im Kaufhaus, doch das war besser, als allein zu Hause rumzusitzen.

Dass Margit ihren Job verloren hatte, verschwieg sie der Freundin, denn die hätte sie nach dem Grund gefragt und Margit hätte etwas erfinden müssen. Dass es mit ihrer Trinkerei zu tun hatte, würde sie Christa bestimmt nicht auf die Nase binden.

Sie gingen in den *Night Club* im *Bayerischen Hof.* Da war das Publikum altersmäßig gemischt, denn aus dem Disco-Alter waren sie beide raus.

Margit war immer noch ausgesprochen attraktiv, vor allem wenn sie sich wie heute Abend zurechtgemacht hatte.

Es dauerte auch nicht lange, bis ein Mann sie ansprach und fragte, was sie gern trinken würde.

»Champagner«, entgegnete Margit. »Aber ich bin mit meiner Freundin hier, die müssen Sie dann auch einladen.«

»Kein Problem«, willigte der Mann ein, der sich als Gerhard vorstellte und drei Gläser Champagner orderte. Den Nachnamen hatte er auch gesagt, aber den vergaß Margit sofort wieder.

Es blieb natürlich nicht bei dem einen Glas. Gerhard war charmant und er erzählte unterhaltsam von seinen vielen Reisen. Die letzte hatte ihn nach Südamerika geführt und er schwärmte Margit von den Stränden in Rio vor. Dabei rückte er näher, streichelte ihren Nacken. Er war ein angenehmer Gesellschafter und Margit mochte auch seine Berührungen.

Christa kletterte auf den Barhocker neben Margit, zeigte auf ihre Uhr. »Komm, lass uns gehen, sonst kommen wir morgen nicht aus dem Bett.«

»Noch ein Glas«, schlug Gerhard vor.

Christa schüttelte den Kopf. »Tut mir leid, ich brauche meinen Schlaf. Außerdem hatte ich genug Champagner.«

Gerhard sah Margit an. »Wie ist es mit dir?«

»Ich bleibe noch ein bisschen«, sagte Margit.

Christa zögerte, wollte Margit nicht allein lassen.

»Fahr nur«, ermunterte Margit ihre Freundin, »ich bin hier in bester Gesellschaft.«

Wie zur Bestätigung legte Gerhard den Arm um sie. Christa lächelte etwas gezwungen, aber es blieb ihr nichts anderes übrig als zu gehen. Schließlich war Margit erwachsen.

Gerhard wohnte im *Bayerischen Hof* und nach einem weiteren Glas folgte ihm Margit aufs Zimmer.

Christa rief natürlich am nächsten Tag an, um sich nach dem Verlauf des Abends zu erkundigen.

»Ich bin gleich nach dir gegangen«, sagte Margit.

»Wirklich?«

Margit lachte. »Was glaubst du denn? Es ist noch eine ziemlich heiße Nacht geworden.«

»Und? Siehst du ihn wieder?«

»Er ist schon abgereist. Und sicher war er sowieso verheiratet.«

»Und das macht dir nichts aus? Ich meine … weil …«
Christa kam ins Stottern.

»Du meinst, weil es nur Sex war? Nein, das macht mir
nichts aus. Und die Zeiten haben sich geändert. Jetzt dürfen auch Frauen mal Spaß haben.«

»Ich will dich überhaupt nicht kritisieren, aber für
mich wär das nichts.«

»Ich weiß. Aber bist du nicht manchmal neugierig,
wie es mit anderen Männern im Bett wäre?«

»Vielleicht. Aber wenn man so lange verheiratet ist
wie ich, zählen andere Dinge mehr.«

»Hauptsache, du bereust es nicht eines Tages.«

»Das gilt auch für dich.«

Margit lachte. »Ich bereue vieles. Aber das bestimmt
nicht.«

Sie musste sich einen neuen Job suchen, fühlte sich aber
so abgeschlagen und müde, dass sie es immer wieder
vertagte. Dann war ihr auch noch ständig schlecht. Margit wollte nicht zum Arzt gehen, um Fragen nach ihrem
Alkoholkonsum zu vermeiden. Wahrscheinlich hatte
sie es damit wirklich übertrieben und bezahlte jetzt mit
einer Magenschleimhautentzündung oder etwas Ähnli-
chem dafür. Keinen Alkohol die nächste Zeit, nahm sie
sich vor, und ihr war auch so schlecht, dass ihr richtig
davor grauste.

Nachdem es nicht besser wurde, ging sie doch zum
Arzt. Immerhin konnte sie jetzt wahrheitsgemäß behaup-
ten, dass sie abstinent war.

Der Arzt machte die üblichen Untersuchungen und
nahm ihr Blut ab. Auf Anhieb konnte er nicht sagen, was

ihr fehlte, aber wenn der Laborbericht kam, wüssten sie sicher mehr.

Nach drei Tagen bestellte er sie wieder in die Praxis.

»Herzlichen Glückwunsch«, sagte er. »Sie sind schwanger!«

Margit sah ihn verwirrt an. »Das ist nicht möglich. Ich nehme die Pille.«

»Vielleicht haben Sie sie einmal zu spät genommen oder vergessen.«

»Und das kann kein Irrtum sein?«

»Ihr hCG-Wert ist so hoch, da ist kein Irrtum möglich.«

»Ich will es nicht«, erklärte Margit bestimmt.

»Ich denke, die Frist für einen Abbruch ist schon überschritten, aber Sie sollten das mit einem Gynäkologen besprechen.«

Margit zermarterte ihr Hirn, um sich zu erinnern, wann sie zuletzt mit einem Mann geschlafen hatte. Es war einige Zeit her, weil sie sich in der letzten Zeit viel zu elend dafür gefühlt hatte.

Die Nacht im *Bayerischen Hof* fiel ihr ein, das war das letzte Mal, da war sie sich sicher. Aber wann war das gewesen? Wann genau hatte sie ihren Job verloren? Es war am Tag danach gewesen, aber das Datum wusste sie nicht mehr.

Sie rief Christa an. »Erinnerst du dich noch, wann wir zusammen im *Bayerischen Hof* waren?«

»Warum willst du das wissen?«, fragte Christa natürlich sofort.

»Es ist wichtig, ich muss es wissen«, sagte Margit und klang so dringend, dass Christa nicht weiter bohrte.

»Warte«, sagte sie, »da war Hans auf Geschäftsreise und das trage ich immer im Kalender ein.«

Nach einem Moment kam sie wieder ans Telefon. »Das war vor vier Monaten.«

»Scheiße!«

»Was ist los?«

»Ich bin schwanger«, sagte Margit, »und für einen Abbruch ist es offenbar schon zu spät.«

»Oha.« Christa brauchte einen Moment, um die Nachricht zu verdauen. »Der Mann aus dem Hotel?«

»Genau der.«

»Ich kann mir vorstellen, was für ein Schock das für dich ist. Aber wenn das Kind erstmal da ist, wirst du es lieben. Ganz sicher.«

»Ich weiß nicht, wie das geht, ein Kind lieben«, sagte Margit.

Obwohl sie schon wusste, dass es sinnlos war, rief sie einmal im *Bayerischen Hof* an, um nach dem Gast, von dem sie nicht einmal den Nachnamen wusste, zu fragen. Nachdem sie lange herumgestottert hatte, denn natürlich wollte sie den Grund ihres Anrufs nicht sagen, war die Antwort kurz und bündig. »Bedaure, aber wir geben keinerlei Informationen über unsere Gäste heraus.«

Sie ging zu einem Gynäkologen, bekam einen Mutterpass und außerdem eingeschärft, dass sie auf keinen Fall Alkohol trinken dürfe. Aufgrund ihres Alters sei das ohnehin eine Risikoschwangerschaft und sie müsse deswegen besonders vorsichtig sein.

Margit trank keinen Alkohol, aber sie war keineswegs besonders vorsichtig. Worauf sollte sie denn noch wegen dieses Kindes verzichten? Es reichte schon, dass ihr Bauch jeden Monat dicker wurde, sie sich irgendwann sicher nicht mal mehr die Schuhe zubinden könnte.

Schwanger eine neue Anstellung zu finden, konnte sie knicken; sie übernahm Schreibarbeiten, die sie zu Hause erledigen konnte.

Christa half ihr rührend mit dem ganzen Behördenkram und ging mit ihr auch eine Erstausstattung für das Baby kaufen. Sie war so aufgeregt, als wäre sie selbst noch einmal schwanger geworden.

So dankbar Margit für ihre Hilfe war, so sehr nervte sie das Gerede von dem großen Glück, das so ein Kind bedeuten würde.

Margit erinnerte sich noch gut daran, wie fertig Christa manchmal wegen des ständigen Schlafmangels war und wie sie auf Hans schimpfte, weil der nicht daran dachte, nachts aufzustehen. Aber das hatte sie wohl im Lauf der Zeit verdrängt.

Margit nahm zuletzt so viel zu und die Schwangerschaft wurde so beschwerlich, dass sie direkt froh war, als die Wehen endlich einsetzten und sie in die Klinik fahren konnte.

»Haben Sie niemanden, der Sie begleitet?«, fragte die Hebamme im Krankenhaus verwundert.

Margit schüttelte den Kopf. Christa wäre mitgekommen, hätte sich das Kind danach gerichtet, wann sie frei hatte. Es war aber ein ganz normaler Dienstagmorgen, als es sich ankündigte.

So schlimm würde es schon nicht werden, dachte Margit, als sie die üblichen Vorbereitungen überstanden hatte und in den Kreißsaal geschoben wurde.

Wie sehr man sich doch täuschen konnte! Es war die reinste Hölle und dauerte eine Ewigkeit. »Ich kann nicht mehr«, stöhnte Margit schließlich erschöpft.

Der Arzt hatte ein Einsehen und fragte, ob sie eine Periduralanästhesie wolle.

»Bitte!«, flehte Margit. »Am liebsten gleich eine Vollnarkose.«

Der Arzt lachte, gab ihr eine Spritze in den Rücken und kurz darauf verschwanden die Schmerzen auf wundersame Weise.

Wenig später kam ihr Kind auf die Welt. Vielleicht hatte es auch noch länger gedauert, Margit hatte jedes Zeitgefühl verloren.

Der Arzt schnitt die Nabelschnur durch und untersuchte das Baby. »Gratuliere«, sagte er, »Sie haben eine gesunde, wunderschöne Tochter!« Die Hebamme machte das Kind notdürftig sauber und legte es Margit in den Arm.

Die Kleine hatte die Augen offen und sah Margit an.

»Da bist du ja«, sagte Margit. »Irgendwie werden wir zwei das schon hinkriegen, was meinst du?«

Christa kam mit einem großen Blumenstrauß ins Krankenhaus. Sie konnte sich gar nicht einkriegen über das süße Baby. So hübsch und schon so viele Haare!

Sie kam auch so oft sie konnte vorbei, als Margit wieder zu Hause war, half ihr beim Baden oder Wickeln. Zwar hatten es die Schwestern Margit im Krankenhaus gezeigt, aber sie hatte immer noch zu viel Angst, etwas falsch zu machen, und stellte sich reichlich ungeschickt dabei an. Britta quittierte das mit Geschrei.

Margit war dankbar für Christas Hilfe und für ihre

Gegenwart. Denn das Kind schrie viel und ließ sich von Margit nicht beruhigen. Wenn Christa das Baby auf den Arm nahm und hin und her wiegte, wurde es schnell ruhig, nur bei Margit nicht. Für Margit war das ein Beweis, dass ihre Tochter sie nicht mochte.

Sie hatte Britta nicht haben wollen und jetzt rächte sich die Kleine dafür, indem sie die Nächte durchschrie. Sie wollte keinen Schnuller und kein Fläschchen, sie wollte Margit in den Wahnsinn treiben.

Während Margit mit dem brüllenden Kind im Arm auf und ab ging, versuchte sie, ihre Gefühle für ihre Tochter zu analysieren. Das unglaubliche Glücksgefühl nach der Geburt, von dem Christa so schwärmte, hatte sich bei ihr nicht eingestellt. Sie hatte das kleine Wesen, das in ihrem Arm lag, betrachtet und darauf gewartet, dass sie von der Liebe zu ihm überwältigt werden würde. Doch das geschah nicht. Margit war nur erschöpft. Und wenn sie an die Verantwortung dachte, die sie von jetzt an für ihre Tochter haben würde, wollte sie nur noch schlafen.

Beim nächsten Einkauf im Supermarkt legte sie wieder Wein in ihren Wagen.

Als Christa das nächste Mal kam und den Wein im Kühlschrank entdeckte, sah sie ihre Freundin strafend an. »Das darfst du nicht! Du stillst doch!«

»Nicht mehr«, sagte Margit. »Britta will lieber ein Fläschchen haben.«

Christa wollte zu einem großen Vortrag über die Vorteile von Muttermilch ansetzen, doch Margit bremste sie.

»Ich werde sowieso eine Tagesmutter für sie suchen, ich muss wieder arbeiten.«

Christa war entsetzt. »Aber sie ist doch noch so winzig, sie braucht ihre Mutter!«

»Eine Mutter wie mich braucht sie nicht. Im Ernst, Christa, sie ist bei jemand anderem besser dran.«

»Sag doch so was nicht«, beharrte Christa.

»Doch. Ich weiß nicht, wie das geht, das Muttersein.«

Christa versuchte noch eine Weile, Margit umzustimmen, aber ohne Erfolg.

Margit nahm das Baby auf den Arm und sah es an. »Ich will das Beste für dich, glaub mir. Ich kann es dir nur nicht selbst geben.«

32. Kapitel

Britta

2024

Nur die erste Reihe in der Aussegnungshalle war besetzt, als das Totenglöckchen bimmelte und der Pfarrer nach vorne trat.

Jenny war natürlich gekommen und ihre Mutter ebenfalls. Einer der Pfleger aus dem Heim war da und zu meiner Überraschung war auch Torsten erschienen.

Wir hatten uns einmal zum Kaffeetrinken verabredet und ich muss dabei den Termin erwähnt haben, aber ich hatte nie damit gerechnet, dass er kommen würde.

Im letzten Moment betrat auch noch Philip die Aussegnungshalle. Er hatte sich eigentlich für später angekündigt, war aber wegen eines drohenden Streiks mit einem früheren Flieger gekommen.

Er war es auch, der mich bei einem unserer Telefonate auf die Erbschaftssteuer aufmerksam machte, an die ich überhaupt nicht gedacht hatte. Deshalb hatten wir ausgemacht, dass er das Haus in Augenschein nehmen sollte, um mir eine realistische Einschätzung seines Wertes zu geben. Aufgrund der Fotos war er sich ziemlich sicher, dass der Wert der Villa, und vor allem des Grundstücks, den Freibetrag, der mir steuerfrei zustand, weit übersteigen würde. Ich würde das Haus höchst-

wahrscheinlich verkaufen müssen, um die Erbschaftssteuer zu begleichen. Über sonstiges Vermögen verfügte
ich nicht, schon gar nicht über solche Summen.

Halleluja von Leonard Cohen erklang. Ich hatte den Song
ausgesucht, weil ich ihn so gern mochte. Margit konnte
ich nicht mehr fragen, aber ich denke, dass er ihr auch
gefallen hätte.

Der letzte Ton war verklungen und der Pfarrer begann
zu sprechen. Er bezog sich auf das Gleichnis vom verlo-
renen Sohn, der reumütig heimgekehrt war und den sein
Vater wieder freudig aufgenommen hatte. Auch ich hätte
am Ende wieder heimgefunden und meine Mutter in dieser schweren Zeit nicht allein gelassen.

Er sprach von dem Trost, den mir das geben würde,
in den letzten Stunden meiner Mutter beigestanden zu
haben und von den versöhnlichen Worten, die wir uns
noch sagen konnten. Ich fühlte mich tatsächlich getröstet durch das, was er sagte.

Anschließend gingen wir alle zusammen zum Essen.

Leichenschmaus nannte man das zumindest früher
und als Kind stellte ich mir immer vor, dass bei einem
Leichenschmaus die Leiche gegessen würde. Ich hatte
schon immer eine etwas makabre Fantasie.

Ich war froh, Freunde um mich zu haben. Außer
Jenny hatte niemand von ihnen Margit gekannt, aber das
spielte keine Rolle. Sie waren zu ihrem Abschied gekommen.

Ich bedankte mich bei allen und fuhr mit Philip
zurück zum Haus.

Er ließ sich alle Zimmer zeigen, und ich machte ihn

auch auf den Schimmel aufmerksam, der sich hier und da in den Wänden eingenistet hatte.

Philip sah sich alles sorgfältig an, klopfte die Wände ab, maß die Zimmer aus und schritt den vernachlässigten Garten ab.

Wir gingen wieder ins Wohnzimmer.

»Tja«, sagte er, »die Substanz des Hauses ist immer noch gut. Und es hat diese schönen alten Stuckdecken.«

»Was, meinst du, ist es wert?«

»Bei den Quadratmeterpreisen hier ist allein das Grundstück Millionen wert«, sagte Philip. »Und was das Haus betrifft – zweihundert Quadratmeter würdest du steuerfrei erben, du hast aber fast vierhundert. Die Erbschaftssteuer wird weit höher sein als dein Freibetrag. Du wirst sicher verkaufen müssen.«

»Ich habe schon damit gerechnet«, sagte ich. »Ich komme mir trotzdem vor wie eine Verräterin. Ich habe meiner Mutter fest versprochen, dass ich es nicht verkaufen würde. Obwohl ich nicht weiß, warum sie so daran hing.«

»Wahrscheinlich sentimentale Gründe. Eltern wollen oft, dass so ein Haus in der Familie bleibt.«

»Von Eltern kann keine Rede sein. Ich kenne meinen Vater überhaupt nicht. Und für besonders sentimental habe ich meine Mutter nie gehalten.«

Das Telefon klingelte. Ich hatte nie daran gedacht, Margits Festnetzanschluss zu kündigen, weil auch selten jemand auf dieser Nummer anrief.

»Gerlach«, sagte ein Mann, den ich nicht kannte. »Rechtsanwalt Gerlach. Ich habe vom Ableben Ihrer

Mutter durch die Todesanzeige in der Zeitung Kenntnis erhalten. Sie hat vor Jahren ein Testament bei mir hinterlegt. Könnten Sie vielleicht in den nächsten Tagen bei mir vorbeikommen?«

»Ja, natürlich.« Ich war vollkommen überrascht und versprach, ihn gleich am nächsten Tag aufzusuchen.

»Meine Mutter hat bei einem Anwalt ein Testament hinterlegt. Davon hatte ich keine Ahnung.«

»Vielleicht wusste sie nicht, dass du das Haus sowieso erbst. Oder sie überrascht dich mit einem weiteren Kind, das die andere Hälfte erbt. Wäre nicht das erste Mal, dass so etwas passiert.«

»Ich werde es dich wissen lassen«, versprach ich.

»Und wenn du mir mit dem Verkauf hilfst, bin ich dir dankbar. Falls keine Miterben aus der Versenkung auftauchen.«

»Klar helf ich dir«, sagte Philip. »Vielleicht kaufe ich es selbst, falls ich eine günstige Finanzierung finde. Ich habe von Anfang an einen Narren daran gefressen.«

»Es ist seltsam«, überlegte ich laut. »Früher mochte ich es überhaupt nicht, doch das hat sich geändert. Aber was soll ich damit? Für mich allein ist es viel zu groß.«

Philip küsste mich zum Abschied auf beide Wangen. »War schön, dich zu sehen. Ruf mich an, wenn es etwas Neues gibt.«

Ich brachte ihn zum Taxi, das draußen wartete, und ging wieder hinein.

Nichts hatte sich geändert, aber das Haus kam mir plötzlich so leblos vor, so leer. Ich war, seit Margit ins Heim gekommen ist, hier allein gewesen, aber jetzt war es so endgültig.

Ich war die Letzte unserer Familie und das Haus würde mir bald auch nicht mehr gehören. Meine Wurzeln, wenn ich jemals welche gehabt hatte, waren endgültig gekappt worden.

Am nächsten Tag fuhr ich zu dem Anwalt.

Dr. Gerlach war ein freundlicher alter Herr, ich schätzte ihn auf Ende siebzig.

»Ich habe die Todesanzeige Ihrer Mutter in der Zeitung gesehen«, sagte er. »Normalerweise melden sich nach einem Todesfall die Erben bei mir, aber nachdem ich nichts gehört habe ... Sie ausfindig zu machen, war nicht schwer, es ist immer noch dieselbe Telefonnummer.«

»Ich hatte keine Ahnung, dass es ein Testament gibt. Das hat mich ehrlich gesagt sehr überrascht«, sagte ich.

»Es ist auch über zwanzig Jahre her, dass Ihre Mutter es hinterlegt hat. Aber nachdem sie es nie widerrufen hat, ist es immer noch gültig.«

Er schaute auf die Papiere, die in einer Mappe vor ihm lagen, und las vor:

»Testament von Margit Stadler, verfasst am 30.1.2001. Im Vollbesitz meiner geistigen Kräfte ...«

Ich unterbrach ihn. »Sagen Sie mir doch einfach, was drinsteht.«

»Gut.« Der Anwalt war etwas pikiert. »Sie hinterlässt Ihnen das Haus mit allem, was darin ist. Mit der Maßgabe, es nicht zu verkaufen.«

»Sie hat leider nicht an die Erbschaftssteuer gedacht.

Vielleicht bin ich gezwungen, es zu verkaufen.« Ich sah ihn an. »Was geschieht denn in so einem Fall?«

»Nachdem Sie das einzige Kind sind, würden Sie nach dem Gesetz trotzdem erben.«

Er griff nach einem anderen Papier. »Sie hat noch einen Brief für Sie hinterlassen.« Er reichte mir das Blatt hinüber. Es waren nur ein paar Zeilen.

Liebe Britta, es tut mir leid, dass ich dir nie mehr über deinen Vater sagen konnte. Aber manchmal ist es auch gut, nicht so viel zu wissen.

Meine Mutter hat sich umgebracht und mir einen Abschiedsbrief hinterlassen, der mich ein Leben lang gequält hat. Bitte lies den Brief, damit du weißt, warum du das Haus nicht verkaufen darfst.

Margit

»Haben Sie den Brief meiner Großmutter?«, fragte ich.

»Ja«, sagte er, »und ich habe mir erlaubt, ihn von jemandem, der noch die Sütterlin-Schrift beherrscht, abtippen zu lassen. Sie hätten ihn sonst wahrscheinlich nicht lesen können.«

»Das war sehr umsichtig von Ihnen.« Ich versuchte, mir meine Ungeduld nicht anmerken zu lassen.

Er gab mir einen Umschlag mit fünf maschinenbeschriebenen Seiten. Ich war zu neugierig, konnte nicht warten, bis ich zu Hause war, und begann sofort zu lesen.

So lange hatte ich versucht, herauszufinden, was für Geheimnisse dieses Haus barg – und nun würde ich es endlich erfahren. Doch ich war nicht darauf vorbereitet, was in diesem Brief stand.

———

Atemlos las ich Seite für Seite und konnte es kaum glauben.

Der Anwalt muss gemerkt haben, wie erschüttert ich war, denn er ging aus dem Zimmer und ließ mich allein.

Ich las von der großen Liebe meiner Großmutter zu David Goldmann, von dem Kind, das sie von ihm erwartete und das sie über alles geliebt hatte, aber weggeben musste, von den Jahren, in denen sie vergeblich auf ein Lebenszeichen von David gewartet hatte und dann hörte, dass ihr eigener Mann ihn ins Lager gebracht hatte. Wie sie nach Dachau fuhr, ihn zu retten versuchte und erfuhr, dass er in ein Vernichtungslager gebracht worden war. Wie ihre Tochter mit sieben Jahren als überzeugte Nationalsozialistin aus dem Kinderlandverschickungslager kam und ihre Mutter verachtete. All die Jahre hatte sie nicht mehr leben wollen, aber gedacht, es sei ihre Pflicht, für ihre Tochter durchzuhalten. Aber Margit hatte ihr nie verziehen, dass sie keine Hilfe rief, als Karl einen Herzinfarkt hatte, und sie konnte ihr nicht sagen, warum sie es getan hatte. Vielleicht würde sie es verstehen, wenn sie diesen Brief las.

Zum Schluss schrieb sie, dass Margit das Haus nie verkaufen dürfe, weil es die Erinnerung an David Goldmann berge, Margits Vater. Sein Geist sollte in dem Haus weiterleben.

Ich wischte mir über die Augen und bat Dr. Gerlach, als er wieder hereinkam, um ein Glas Wasser.

»Kennen Sie den Inhalt des Briefes?«, fragte ich.

Er nickte. »Was für ein furchtbares Schicksal.«

»Meine Großmutter«, sagte ich und fand keine

Worte für das, was sie erlitten hatte. Und meine Mutter! Ich konnte mir vorstellen, was in ihr vorgegangen sein musste, als sie den Brief las.

Und ich hatte mit der Ignoranz der Jugend über sie geurteilt, statt sie in den Arm zu nehmen. Nie hatte ich mehr Liebe für sie empfunden als in diesem Moment.

Vollkommen verstört verließ ich die Kanzlei. Ich war so in Gedanken, dass ich beinahe in ein Auto gelaufen wäre. Der Fahrer bremste im letzten Moment und zeigte mir den ausgestreckten Mittelfinger.

»Blödes Arschloch!«, schrie ich ihn an, um mir irgendwie Luft zu machen. Der Brief meiner Großmutter hatte mich so überwältigt, dass ich nicht wusste, wohin mit meinen Emotionen.

Jetzt verstand ich, warum sie so an dem Haus hing und auch Margit es nie verkauft hätte. Sie war es ihrer Mutter und David Goldmann schuldig gewesen. Und was war mit mir? Was schuldete ich ihnen?

Zuhause setzte ich mich an den Laptop, las sämtliche Artikel über Erbrecht, die sich finden ließen.

Es stimmte, ich würde das Haus verkaufen müssen, um die Erbschaftssteuer zu begleichen, es sei denn, ich widmete es der Wohltätigkeit.

Ich suchte nach den Fotos, die ich Margit damals gezeigt hatte, um ihrer Erinnerung nachzuhelfen. Ich hatte sie in irgendeine Schublade geworfen.

Ungeduldig leerte ich das Schubfach aus. Da war es. Das Bild von der Familie vor dem Haus. Jetzt kannte ich die Lösung: Das waren die Goldmanns. Ich betrachtete es lange. Den gutaussehenden jungen Mann, seine elegante Mutter, der er so ähnlich sah, und den Vater, der einen respektablen Eindruck machte. Sie wirkten so unbeschwert, so glücklich, aber vielleicht bildete ich mir das auch nur ein.

Ich hätte heulen können, wenn ich daran dachte, was man ihnen angetan hatte.

Bis jetzt war der Holocaust etwas Theoretisches für mich gewesen. Ein schreckliches Ereignis, das im Geschichtsunterricht behandelt wurde und das man nie vergessen durfte. Jetzt, da ich wusste, wie meine Familie darin verstrickt war, und dass mein eigener Großvater und sicherlich große Teile dieses Familienzweiges Opfer der NS-Diktatur wurden, berührte mich das Thema noch einmal ganz anders.

Auf dem Sims stand noch das Bild meiner Großeltern Elisabeth und Karl. Zumindest posthum wollte ich meine Großmutter von ihrem verbrecherischen Ehemann befreien. Ich nahm eine Schere und schnitt Karl heraus. Das halbierte Foto sah seltsam aus, aber das störte mich nicht. Ich stellte es neben die Goldmanns. Da gehörte meine Großmutter hin.

Ich suchte auch ein Foto von Margit heraus, dafür würde ich morgen noch einen Rahmen besorgen.

Jenny rief an und wollte wissen, was sich bei dem Anwalt ergeben hatte. Ich war immer noch so aufgewühlt, dass ich es kaum schaffte, die Geschichte plausibel wiederzugeben.

Am Abend stand sie bei mir vor der Tür. Auch sie blieb lange vor dem Bild der Goldmanns stehen.

Sie nahm das Foto meiner Großmutter in die Hand. »Wie hübsch sie war! Sie wären so ein schönes Paar gewesen!«

Jenny sah mich an. »Du siehst ihr ähnlich. Und Margit auch.«

»Und wir haben noch eines gemeinsam«, sagte ich, »eine gestörte Mutter-Tochter-Beziehung.«

Ich wollte lachen, aber es gelang mir nicht richtig.

»Ich werde das Haus nicht verkaufen, ich kann es nicht«, beschloss ich und erzählte ihr von der Möglichkeit, etwas Wohltätiges damit anzustellen.

»Und was?«, fragte Jenny, wie immer die praktische Seite sehend.

»Keine Ahnung«, erwiderte ich, »aber ich finde etwas. Vielleicht eine Zuflucht für Mütter mit Kindern, was weiß ich. Ich könnte einen Teil des Hauses privat nutzen, dann wäre noch genug Platz für etwas anderes.«

Die Idee wurde in meiner Vorstellung immer konkreter. »Ich könnte den Kindern Malunterricht geben.«

»Wow!«, sagte Jenny. »In dir steckt ja doch eine Altruistin.« Sie umarmte mich. »Das hätte ich dir gar nicht zugetraut, aber ich finde es gut.«

»Ich muss natürlich erst abklopfen, ob das überhaupt möglich ist«, sagte ich, »aber ich werde es irgendwie möglich machen.«

In Gedanken war ich bereits voller Pläne. Ich wusste nicht, ob sie sich so realisieren lassen würden, wie ich mir das vorstellte, aber mich hatte ein Elan gepackt, den ich lange nicht mehr verspürt hatte.

Als ob sich eine imaginäre Tür vor mir geöffnet hatte, wusste ich jetzt, was ich mit meinem Leben anfangen wollte.

Ich würde dieses Haus wieder mit Leben füllen, mit Freude und mit Lachen. Ich würde es im Gedenken an meine Mutter und meine Großmutter und natürlich an David Goldmann erhalten und ich würde die dunklen Schatten der Vergangenheit für immer daraus vertreiben.

Anmerkungen der Autorin

Das Haus der Goldmanns ist ein Roman. Ebenso fiktiv wie die Handlung sind auch die Personen. In Brittas Geschichte habe ich allerdings auch Geschehnisse aus meinem eigenen Leben verarbeitet. Es ist daher ein sehr persönliches Buch geworden, das mir besonders am Herzen liegt.

Bedanken möchte ich mich bei Katja Völkel, die sich gleich für das Manuskript begeistern konnte und mich mit wertvollen Anregungen unterstützt hat.

Die historischen Ereignisse im Roman sind mit den korrekten Jahreszahlen wiedergegeben. Nur einmal habe ich mir die Freiheit genommen, eine der Schikanen, mit denen die jüdische Bevölkerung während der Nazi-Herrschaft drangsaliert wurde, in der Zeit vorzuverlegen. Das Verbot für Juden, Haustiere zu halten, wurde erst 1942 erlassen.

Nachdem ich festgestellt habe, dass manche Begriffe aus der Nazi-Zeit heute nicht mehr so präsent sind, hier eine kurze Erläuterung:

Die SA (Sturmabteilung) war eine fürs Grobe zuständige Terrortruppe. Verantwortlich für Aufmärsche und gewalttätige Übergriffe auf politische Gegner, wurde aus ihren Reihen auch die Hilfspolizei rekrutiert.

Röhm-Putsch: 1934 wollte Hitler die SA entmachten und ließ den Stabschef der SA, Ernst Röhm, und seine gesamte Führungsriege von der SS ermorden. Rechtfertigung dafür war ein angeblicher Putschversuch von Röhm.

Die SS (Schutzstaffel) war das wichtigste Terror- und Unterdrückungsorgan im NS-Staat. Sie war an der Planung und Durchführung des Holocaust und zahlreicher anderer Kriegsverbrechen vorrangig beteiligt.

Die Geschichte von Elisabeth, Margit und David Goldmann ist, ich wiederhole, fiktiv. Aber so oder so ähnlich hätte sie stattfinden können. An solche Schicksale wollte ich erinnern.

»Nie wieder« ist jetzt.

FRAGMENTE EINER
FAMILIENGESCHICHTE

**Gewinnertitel des
Literaturfestes
Meißen 2022.**

Julia Gilfert
Himmel voller Schweigen
296 Seiten, Taschenbuch
mit Fadenheftung
ISBN 978-3-96887-012-0
18,80 EUR (D)

*„Ich stelle mir vor, wie es wäre, wenn ich klingelte und er wür-
de aufmachen. Mein eigener Großvater würde aufmachen,
mitten in Berlin, 75 Jahre bevor ich hier stehe und klingle. Ich
stelle mir vor, ich könnte ihm erzählen, was passieren wird.
Und ihn dann davor bewahren."*

Eine junge Frau träumt plötzlich von ihrem Großvater – ei-
nem Mann, den sie nie kennengelernt hat und der in den
Erzählungen ihrer Familie nicht vorkommt. Sie beginnt,
Fragen zu stellen. Wie konnte ein Mensch derart sorgfältig
aus dem Familiengedächtnis getilgt werden? Und vor allem:
Warum? Von einer immer stärker werdenden inneren Ver-
bundenheit zu ihrem Großvater geleitet, begibt sie sich auf
Spurensuche.

Ungewöhnlich, poetisch und berührend erzählt Julia
Gilfert die Geschichte ihres Großvaters Walter, der der „Eu-
thanasie" der Nationalsozialisten zum Opfer gefallen ist.
Eine Geschichte, die auch ihre eigene ist.

Florian G. Mildenberger
Kein Morgen ohne Gestern
156 Seiten, Taschenbuch
mit Fadenheftung
ISBN 978-3-96887-019-9
14,80 EUR (D)

Die russische Prinzenfamilie – Rasputin-Mörder Felix Jussopow samt Ehefrau Irina Alexandrowna Romanowna und Tochter – befindet sich im April 1919 auf der Flucht aus Russland und sitzt mit den letzten Repräsentanten des untergegangenen Zarenreiches wortwörtlich im selben Boot, dem Schlachtschiff HMS Marlborough. Überkommene Konventionen und gesellschaftliche Wertvorstellungen prallen aufeinander, das Verhältnis der Flüchtlinge untereinander verschlechtert sich ständig. Und dann gibt es noch Konstantin, der nicht gerettet werden konnte.

Fiktion? Wahrheit? Wer weiß das schon ganz genau. Bestens recherchiert, fantasievoll formuliert und überzeugend konstruiert.

WENN IM KOPF DER NEBEL AUFZIEHT ...

Christel Detsch
Elsbeth. Bilder im Nebel
276 Seiten, Taschenbuch
ISBN 978-3-96887-014-4
16,80 EUR (D)

Elsbeth hat ein bewegtes Leben hinter sich: die idyllische Kindheit im Sudetenland, der Krieg, die Vertreibung. Jetzt ist sie alt und wird immer vergesslicher. Langsam, fast unmerklich, entgleitet ihr die Gegenwart. Theo, ihr Mann, ist unzufrieden mit ihr. Elsbeth soll den Haushalt versorgen und sich um ihn kümmern. Doch Elsbeth ist Künstlerin und wird von einem Bekannten ermutigt, weiter zu malen. Ein Künstler hört nie auf, sagt er. Und so fängt sie wieder an. Theo nennt es Demenz, Elsbeth nennt es Glückseligkeit. Heimlich nachts, wenn Theo schläft, schleicht sie in ihr Arbeitszimmer. In ihrer Kunst findet sie Geborgenheit. Immer häufiger zieht Elsbeth sich in die Vergangenheit zurück und lässt ihrer Erinnerung freien Lauf.

Bibliografische Information der Deutschen Nationalbibliothek: Die Deutsche Nationalbibliothek verzeichnet diese Publikation in der Deutschen Nationalbibliografie; detaillierte bibliografische Daten sind im Internet über http://dnb.d-nb.de abrufbar.

1. Auflage 2025 © Ultraviolett Verlag
Fr.-Reuter-Str. 6 HH, 01097 Dresden
post@ultraviolett-verlag.de
Geschäftsführung: Katja Völkel
www.ultraviolett-verlag.de

Covergestaltung	Florian L. Arnold, www.florianarnold.de
Satz	graphiti-verlag
Lektorat	Katja Völkel
Autorenfoto	Marco Nagel
Druck	bookpress (PL)

ISBN 978-3-96887-032-8

WIR MACHEN
schöne bücher
Netzwerk unabhängiger Verlage
WWW.SCHOENEBUECHER.NET

Der Ultraviolett Verlag ist Teil des Netzwerks »Schöne Bücher«, eine Vereinigung unabhängiger Verlage.